U0582194

唱片不死

[美]埃里克·斯皮兹纳格尔 著

符夏怡 译

新 星 出 版 社 NEW STAR PRESS

新经典文化股份有限公司
www.readinglife.com
出　品

献给凯莉和查理，他们是一切的始末。

前　言

　　试想一首歌，对你有意义的第一首歌。

　　我指的不是旋律朗朗上口，老在广播里播，以至于你把歌词都记得滚瓜烂熟的那种。你感觉"我爱这首歌"，但其实你的爱和人们说"我爱冰淇淋"差不多，吃冰淇淋的时候人心里当然会喜欢它。但是冰淇淋不会让你满脑思绪、彻夜难眠。你不会和朋友争论冰淇淋的深层意义。你不会对冰淇淋着魔，只因它懂你，你以为不可能有东西这样懂你。没人会说："我希望在我的葬礼上能让人吃这种冰淇淋。"

　　我说的那种音乐，会深入毛孔，侵入血液，成为 DNA 的一部分。自觉被抛弃或误解时，纠缠你的是这首歌，你很确定这首歌是专为你写的。听到别人说"我也爱这首歌"时，你就会轻轻一笑。他们哪知道爱？他们和那首歌是一夜情——最多是夏日的风流韵事——而你和这首歌，却是灵魂伴侣。

　　当有人拿那个虚构问题问你，"你会带哪十张唱片到荒岛上去？",这首歌就是你会说出的第一首,因为你很笃定,剩下这半辈子你可以光听它,单曲循环,听着它找柴火,用粗制的箭打猎,慢慢发疯。这首歌,这特定的音符与词句的组合,将提供你所需的一切安慰,伴你在沙滩上孤身死去。但你不会这么说。你假装这问题很难,而且以前从来没想过。你装模作样地说:"唔,让我想想。"你假装很酷,很随意,假装你对那首歌的感情没有半点儿不对的地方,假装听它不会立刻让你觉得自己在这宇宙中没那么孤独,但如果没有这首歌,你身上一定会有一些东西不太一样。

想想那首歌,现在想想。闭上眼睛,让那熟悉的旋律淌过你的脑海。

出来了吗？你能听见吗？

它有什么味道？

好了,对你们中一些人来说,我刚刚问的问题不会有意义。你以为我在胡说八道。这也没关系。在你们这一代人眼里,音乐只是数据。它没法碰,没法拿着,不是实在的东西。它在虚空里,它在屏幕上,它得能变成比特流。它不过是和 MB、GB、压缩算法有关。它得下载,得在线播放,或者存在云盘里。

不久以前,只有两种音频格式:"听起来不错"和"不行,听起来像《鼠来宝》①的唱片"。知道这些就够了。现在,弄到新

---

① 蒂姆·希尔执导的福克斯鼠来宝动画电影系列,讲述了一位作曲家与三只花栗鼠相遇后发生的故事。

音乐时，你还得问："是不是需要 LAME①编码器才能听？"或者"比特率够高吗？才 128？没有 640 我都不接受！"

MP3、M4A、WMA、AIFF 或者 OGG，无论你偏爱哪种音频格式，都闻不到什么味道。播放音乐的器材——你的 iPod、手提电脑或者无论什么——可能会有点味道。但听喷火战机乐队和 Jay-Z 时，那味道都是一样的。它不独属于一首歌、一张专辑。

唱片就不一样了，它们是实实在在的。大，笨重，麻烦，容易坏。黑胶唱片就像会改变的皮肤，在一辈子的时间里变好或变糟。皮肤会受损，可能因为故意伤害，可能是意外——可能被烧伤、留了文身、落了伤疤——但它总保留着一些原来的特点。皮还是同一张皮，只不过受了风吹雨打。

有些唱片——至少是那些好的——有特殊的气味。闻起来可能像沙滩，或者你爹的古龙水。再比如，你在一九七七年花两美元买的埃尔顿·约翰的《最热金曲》，是在狮子俱乐部的跳蚤市场上找到的。那座房子刚刚翻修过，以前是樱桃加工厂。即使在十年以后，那唱片闻起来还是樱桃味的。

还有另一张，比利·乔尔的《陌生人》。我一看到那张唱片封面，就一定会闻到 CK 激情迷惑香水的味道。

二十世纪八十年代中期，我祖母被确诊为胆囊癌。我父母搭飞机去纽约，因为祖母要做手术。而我和我哥就被托付在亲友家里。那家人有个女儿，名叫黛比，比我大两岁，简直迷人得不讲

---

①一个开源的 MP3 音频压缩软件，全称"LAME 不是 MP3 编码器"，是公认有损质量 MP3 中压缩效果最好的编码器。同时，lame 这个词有"差劲"的意思。

道理。在白蛇乐队的MV里有这么一个美女是一回事，但如果她活生生地存在着，在学校走廊与你擦身而过，让你一次次猛醒：即使梦中情人就在眼前，也是遥不可及，那可就一点儿也不酷了。

我记得我被送到她家，她父母把我带去她房间，说："你就睡这里。"我坐在那里，在她房间里，完全昏了头。因为，上帝啊，我在她卧室里。她在这睡觉，可能睡的时候只穿内裤。

我立刻翻起了她的唱片，因为我一定要弄清楚——美女穿着性感内裤坐在自己房间里时，听的是什么歌？我拿出的第一张唱片就是比利·乔尔的《陌生人》。这张唱片我之前连听都没听说过，但封面非常棒。乔尔坐在床上，身上是全套西装，脚上却没穿鞋，低头看着身边的白色歌剧面具，墙上挂了一副拳击手套。装模作样得让人起鸡皮疙瘩，但对于一个十三岁大，还收藏了全套原版星战模型的男孩来说，比利·乔尔看上去真是超级复杂，无比深刻。

我心里暗暗决定，要多穿穿西装，还要买些拳击手套。

唱片上有种绝不可能让人弄错的气味，闻起来就像CK的激情迷惑香水。我几十年后才知道它叫这个名字，而当时我正在和朋友介绍的女孩子首次约会。亲热的时候，我对她的脖子深深一嗅，说："你闻起来就像比利·乔尔的《陌生人》。"（那次约会结局不太好。）

我不知道自己在那里坐了多久，闻着黛比的《陌生人》。突然间门甩开了，黛比大步流星地闯了进来。

"嗨，"她说，灿烂地笑着，"你来啦。"

"是啊。"我说，盯着她，好像她是头黑熊，刚刚游荡进了我的营地。

她点点头，向我靠过来。"这一定会超酷的。"她说。

我不知道她什么意思。我记得自己想："怎么酷了？有什么酷的？而且她干吗离我这么近？她是不是在等我采取主动？可能是要我亲她？上帝啊，我该不该亲她？我当然要亲！这暗示不能再明显了。我绝对要亲她了。"

我没亲她。而且我基本没有再和她说过话，我在她家整整住了一周。我可能是错过了机会。更大的可能性是，她把我错认成了另一个男孩子，靠近了才发现弄错人了。只是她太有礼貌，所以没戳穿。

我最终自己买了《陌生人》。但它不一样了。歌听起来大概没什么差别，但有些非常基本的东西不在了。它没有性感女孩的味道。

还有另一张唱片带着让人绝无法错认的气味，也成了我个人的神话。那张唱片是代替乐队的《随它去》，首发于一九八四年，我在一九八六年买下，最后在一九九九年卖掉。它在的这段时间里，唱片套的功能不仅仅是保护里面那片黑胶，同时还充当了保险箱，用来存我的大麻。

真难想象我曾以为自己无论做什么都能逃脱惩罚。我觉得自己当时的思路是，如果有人——我父母，或是禁药取缔机构里来随机抽查青少年卧室的人——脑子发了傻，以为小孩会把大麻藏在唱片套里，他们会翻看标题更明显一点的唱片。他们很可能会搜我的柏树山，或者是感恩至死，或者是那张鲍勃·马利的《传奇》，被我藏在衣柜里，当幌子吸引搜查大麻的人。他们绝对想不到要去其他地方搜。他们肯定会这么想："别浪费时间去搜那些老垫儿①的唱片啦，他们酗酒，不狠抽大麻。"因为，很明显嘛，禁药取缔机构的人和我妈自然会很详细地研究我最爱的艺术家最喜欢滥用的到底是什么东西。

我的大麻从没被找到过，不是因为我用《随它去》打的掩护特别巧妙，而是根本没人在意我到底抽不抽大麻。

我一直在听这些歌。这张专辑我收集了好几种格式。有三张《随它去》的 CD，好几个版本的 MP3 文件，被我同步到了一大堆 iPod、iPad、nano、mini 和 shuffle 上。音符都是一样的，歌声听起来都很熟悉，但感觉再也不像是我的音乐了。首先，那股气味没了。还有刮痕，再也没有刮痕了。你以为你不会怀念这种东西。但我想得最厉害的就是那些刮痕。

刮痕很重要，它们不只是缺陷。刮痕之所以存在，是因为发生了有意义的事。有东西混到唱片套里了。有些重要的东西成了你永久唱片的一部分。这首歌就是见证。它见证了人生的里程碑，在精神上握着你的手助你渡过人生难关，或者猛地捶你一拳，庆祝你遇见的好事。这首歌很重要，没错，但更重要的是这个实在的东西，伴着你，你能触碰、能抓紧，能看着它转啊转，同时听它创造出音乐，它创造出的音乐可能是你还能活下去的唯一理由。它不仅是信使，它是同伴，它是同伙。

---

① 老垫儿 (Mats) 是代替乐队的昵称，出自某个乐队黑，他把"代替"(replacement) 说成了"餐垫"(Placemat)。从此，乐队就开始用起这个名字来。

如果你再见到它——就是那张唱片，不是别的——你能认出来吗？

你能知道那是不是你的吗？

如果那曾是我的唱片，我觉得我认得出来。即使它一直囤在潮湿的地下室里，或者被放在漏水的空调下面，我都能认出来。我知道刮痕都在哪儿，那都是我留下的刮痕。我知道所有爆裂声和嘶嘶声。我能认出我的唱片，就像我能认出自己的血肉。

我父亲一九九九年去世，之后的几个月，我会不断出现一种幻觉，以为他这场心脏病发作是伪装的。可能他是为了躲到另一个镇，免得被追查多年前没缴的税款，或是为了和情人私奔。无论怎么样，这个故事都很抚慰人心。在他葬礼上，它是我的救生筏，让我还能把头露在水面上，不至于在悲伤中淹死。我想象他正在新奥尔良某个角落，头发染得很糟，留了胡子，活得像个吉普赛人一样，从一个汽车旅馆搬到另一个汽车旅馆，身边带着他的巴西情人。

有时候做着白日梦，我会看见自己正穿过四旬斋前夜①游行的人群，远远看见了他。他喝掉了最后一点飓风鸡尾酒，亲吻情人的脖颈……她的名字是什么来着？是罗莎里奥？是约兰达？然后我们四目相对，我知道我们都认出了彼此，他对我露出那种心虚的微笑，仿佛在说："对不起，儿子。对不起，过去十五年我不在你身边，对不起，我错过了你生命里那么多事。我爱你，你

---

①又称忏悔节，是基督教会条年历中大斋首日的前一天，在许多地方人们通过狂欢节、化装舞会和游行的方式庆祝这个节日。

没法想象我有多爱你。我希望我可以留在你身边。但人生苦短，你总有一天会明白。"

然后嘭的一声，他没了，消失在人群里。我追他，把人推开，绊倒戴着面具的狂欢者，钻过踩高跷的那些人，把饮料从游客手里撞掉，跑啊跑啊跑啊，快乐的笑声、音乐和庆典声围在我身边。我知道我永远都找不到他了，但不知怎的，这没有关系，只要知道他还在那里，还和我一起呼吸同样的潮湿空气，而且至少现在他知道他从来没骗倒我，他那愚蠢的"六十岁心脏病发作"的诡计可骗不倒我。

就像是我能在四旬斋前夜游行的队伍里认出我父亲的眼睛，我也能认出我那张代替乐队的《随它去》。那张唱片陪我度过了青春期，见证了太多女朋友，度过了一年年让人肝肠寸断的孤独，见证了我的自我，那东西好像是用透明胶带和拖泥带水的朋克即兴乐段粘成一块的。如果我能再见到它，我就能认出它来。不仅因为它的气味像大麻，毕竟我曾经把大麻藏在它的唱片套里。不过，好嘛，这股味道确实有帮助。

我当然会认出它来。如果我能再和它待在同一间房里，要认不出它才难。但这没什么难的。难的是重新找到它，因为我二十多岁时就把它卖了。把它放走以后，我的人生里发生了很多事。我结了婚，找了第一份有意义的工作，埋葬了我父亲，几乎离了婚，然后成了父亲。找到《随它去》的可能性低得简直可笑了，但有这个可能。如果你找的时间够长，找得够认真，决不放弃，可能你就能再找到它，可能你就能在四旬斋前夜游行里找到你过世的父亲。那些你以为已经永远失去的，那些就这样从你身上消失的，那些在你没在意的时候无影无踪的东西，可能你一路追着它，一直跑个不停，直到你把它逼进后巷，你总算又把它抓回来了。

可是，然后呢？

第一章

"有什么能帮你吗？"

金发挑染成粉色的女店员发现我在收银处附近游荡，明显是有问题想问。她的样子和你想象中的音像店女员工简直是一个模子里刻出来的：很是朋克，但不至于让人以为她想砍人，穿着一件痉挛乐队的 T 恤，穿了唇环，吃着葡萄。

她问了个很无害的问题——这问题，上千个店员已经问了我上千次——而且问题也不复杂。这又不是巨怪的谜题，需要回答问题好决定你能不能通过一座桥。一般来说，只要说"不了谢谢"就行。但我嘴上的肌肉不配合我。她对我微笑，等我拿定主意。很明显，她也没见过这样的场面。

我身在"轻率冒险"音像店，位处芝加哥的莱克维尤①——离我第一所公寓只有几条街。我已经差不多二十年没来这家店了。它给人的感觉，这么说吧，和我上次来的时候没什么差别。店里

————————
① 芝加哥公认较好的白人社区。

的背景音乐总是晦涩又出人意表，故意地想让你自觉是个乐盲。（我只知道里面有小号，歌手听起来像伊吉·帕普模仿《神采飞扬》里的博诺[1]。）颓废、胡子拉碴的男人守着不同的乐区，像老派会计师敲计算器一样翻着唱片。

那些我在二十世纪八九十年代常去的唱片店，就我所知，已经一个不剩了。洛普区[2]的传奇店铺玫瑰唱片店以前有个自动扶梯通向二楼，所有打折货都放在那里（还有电梯，让你从那里离开），现在成了美发学院。霍尔斯特德的邪恶皇冠唱片店长得像个教堂，本来在它同一条街上还有一个SM皮具店和一个又小又破的咖啡馆。咖啡馆主人是个和善的老头，他儿子让杰弗瑞·达莫[3]给吃了。现在这家唱片店的店面换了主人，新店名叫"商品不含电池"，是个"单身女子的狂欢商店"。在洛普区的克拉克贝尔蒙特公交站的那家店，名字我已经不记得了，现在成了个十元店。

"轻率冒险"搬到了街对面。奇怪的是，这让人有点不高兴。这就像是从大学回家，发现父母把你的卧室搬到了饭厅里。你还是有睡觉的地方，说不定条件还比以前好，地方大了，还能看电视、吃东西。不过这和你记忆里不一样。你身上的那些重要经历，全部都发生在另一个房间里。

我只有一个关于"轻率冒险"的真正回忆。但它属于那种"我

---

① 《神采飞扬》是 U2 的第六张专辑，博诺是 U2 主唱。

② 芝加哥传统的中央商务区。

③ 美国著名连环杀手，共杀死过十七个人。

就是在这里成了男人"的记忆。这几乎都称不上里程碑，但当时看起来非常了不起。就像初尝禁果一样的回忆，慌里慌张，做了很多错误的决定，两个人都没怎么享受到，但感谢上帝，做完了。就像这种小小的但依然很重要的里程碑。就像第一次在高中派对上被女孩子明目张胆地调情，你就感觉"哇，这是怎么回事？"等到某个时候，没人看着你们，她就靠过来，在你耳边低语："我想你进里面。"这从十六岁女孩嘴里说出来，又好笑又可爱，因为这绝对打死也不可能发生。她倒不如说："我想和你坐宇宙飞船到火星，建立殖民地。我们的后代会创立新的人类文明。"这事情发生的概率和"进到她里面"实在不相上下。不过你们俩都挺喜欢这句话的——仿佛这是人类历史上有私处的人身上所能发生的最性感的事。你回了家，身上仿佛通了电，因为有人对你有欲望。整晚，你连眼睛也没闭，就这么醒着，想着这怪事，世上竟有人想看你的裸体。

"轻率冒险"给我留下的重要回忆发生在一九九三年。当时我在翻特价碟片，旁边正巧有一伙人，都比我大个几岁。他们穿着皱巴巴的T恤，上面的乐队名我听都没听过，小臂上文着复杂的文身，有个人脖子上还盖着蜘蛛网。

他们在聊涅槃乐队，说柯本最好的点子明显都是从小妖精乐队那里偷来的。虽然柯本自己也承认了，但这还是音乐抢劫，结果涅槃乐队还是全宇宙最火乐队，主流还是不重视小妖精乐队。这就说明绝大多数听音乐的人都是白痴。

"这简直就等于对街站着莫扎特，结果他们还是宁愿听萨列里。"有个人冷笑道。他明显是小团体的头头。他把头发刮了，耳垂扩得很大，上面戴着的耳钉几乎有蛋黄酱罐头盖子那么大，身上带着红万宝路的气味。我闷闷地笑了一声，只是让他们知道我在听，而且深为赞同。

"没错，"另一个人捧腹大笑道，"就好像有人觉得石庙向导是个棒呆了的乐队，然后你就觉得，'大哥，你是不是没听说过珍珠果酱乐队啊？'"

那个耳朵上戴着罐头盖的酷秃子没笑，他眯起眼，对那人沉下脸。

我低头看着唱片，然后压着嗓子模仿了一把艾迪·维达低吼似的男中音。旋律是《女儿》，但歌词是我编的。"别叫我音乐，"我大声唱道，"没打算做成音乐！"

但领头的酷秃子微微一笑。他甚至还笑出声来。然后他把我招到前头来。"嗨小子，"他说，"我这里有东西，你得看看。"

我发誓，我当时简直高兴得找不着北，同时又吓得要尿裤子。

他把我带去结账处，手伸向了一箱新货。他拿出一张小妖精乐队的引进专辑，叫《走进苍白》。里面收录了一系列 BBC 的录音，我基本全听过，这张专辑我想都没想过要买。反正肯定不会花五十美元买。但这个耳钉能有垃圾桶盖子那么大的酷秃子觉得我应该买。那我还能说什么？"我奶奶刚借我五十美元帮我付租金。我真的不能把它花在小妖精乐队的歌上，反正我都已经有了，而且这些歌还为了一个英国广播节目刚刚重录过。"

我不知道当时的自己花了这笔钱以后，到底期待什么样的结果。其实，不对，这不是事实。我知道我希望会发生什么。我希望他会邀请我去他的公寓，那里全是很酷的人，正在用长得像水烟袋一样的复杂装置嗑药，友好地斗嘴，吵着他们最喜欢哪一期《本已经死了》①、最喜欢哪一集《辛普森一家》、最喜欢霍尔·哈特利拍的哪一部电影。然后我们就会听小妖精乐队，他会播《贬低者》。音乐将从挂在天花板链子上的黑色大音箱里倾泻而出，而我会撇嘴微笑，点点头，因为我喜欢这首歌强烈的颠覆感，而且它绝没有把我吓掉了魂，也并不让我想开车回我爹妈在郊区的家，躲在老卧室里一遍又一遍地听比利·乔尔的《保持信仰》。

这些事情一件都没发生。我买了那张小妖精乐队的引进专辑后，回到我和室友同租的芝加哥公寓，把它塞进木板条箱，和其他价格虚高的引进专辑以及盗版专辑放在一起，那都是我不听的碟。然后我立刻打电话给奶奶，又要了五十美元。

现在，二十年后，我还是一样没有安全感，渴望得到肯定。穿着痉挛乐队 T 恤的女孩不停地往嘴里扔着葡萄。

我很难忍住不盯着看。我想念这一切，就像我想念我的唱片收藏一样。我怀念身处这类地方的感觉，这些地方售卖储存音乐的物品，这就提供了借口——非常正当——让你能和火辣的女人说话，她们秀发里挑染着粉色，嘴唇上穿着唇环。她们知道关于音乐的奇妙小知识，那都是我从没听过的，但它们很快就会改变我的生活。

---

①洛杉矶的电子杂志，发行于一九八八至一九九九年。最著名的栏目是"回顾"三部曲系列，里面请来很多作者，回顾童年的潮流。

"你有什么具体想找的东西吗？"她问。

我猜答案应该是，我想找回久违的刺激感，那一股肾上腺素的冲击，会在狩猎音乐时袭来。本来就该是这样的。

我用 iTunes，很好用。所有事情都变简单了。现在，我发现有个最喜欢的乐队要发售新专辑，就只要把信用卡信息给 iTunes，发售日那天音乐就会自动下载到我的 iPod 上，就像伴侣在你生日那天早上给你做了个惊喜早餐。只不过这一点都不惊喜，因为这是你生日，你多半知道会发生这样的事情。到了晚上，你们会做爱，做得有一点出格，不是因为你们自然而然地来了兴致，而是因为你们之间有这个默契。长期关系都会带来这样的默契，无论是对彼此基本没多少爱意的生活伴侣还是用户和 iTunes 账户之间，都会有这样的结果。诱惑确实是没了，但只要等得够久，想要的总是能得到的。

音乐不该像约会之夜的性爱。音乐应该是危险的，真正的危险。它本来是这样的。曾经有一段时间，仅仅是拥有一张唱片，就可能给你带来身体上的伤害。

我还是毛头小子的时候，很沉迷于一个谣言。它说，如果把《天堂之梯》倒着播，就能听见撒旦的信息。我从没试过，但我朋友认识的人认识一个人，据说是找到了方法倒着播唱片，他们发誓可以听见有个声音低声说"献给我甜美的撒旦"或是"我唱歌是因为我和撒旦同住"或者其他意思差不多的东西，总之是说撒旦是他室友，他俩一起合唱民谣。

这个故事让这张唱片在我眼里变得更宝贵了。因为它不仅仅是首歌。歌不错，但当我在电台上听的时候，感觉就不怎么吓人或危险。但是唱片，好嘛，那感觉就像一本阿莱斯特·克劳利[①]的书。是这张唱片，这个实在的物体本身，比那首歌要吓人得多。因为你只能用特定的方式把撒旦的呼声放出来。没有唱片，这就不存在了。我害怕这张唱片，和我害怕关掉浴室的灯、害怕在转圈的同时说三次"血腥玛丽，血腥玛丽"[②]，都是出于同样的理由。我多少知道这都是胡说八道，但我才不会冒这个险呢。

二十年后，我下载了一张罗伯特·普兰特单飞后的专辑，名字已经不记得了。是和艾莉森·克劳丝合作的。我不是真的想听，不过评价不错，我又无聊，还在种子下载站上看见了。我就想："哎呀，随便了。"我只听了一首，它就搞坏了我的 iPod。我把它带去苹果店，叫卡尔的技术人员问我是不是到 Limewire[③]上"乱搞"了。

"没。"我说。我没说谎。我已经发现了，你能从 Limewire 上下到的任何东西都有可能是比尔·克林顿的音频。作为一个负责的网络盗贼，我从海盗湾[④]上偷音乐。

技术人员卡尔解释说我偷来的音乐文件很可能是木马病毒。更糟的是，我的 iPod 是"经典型号"。这就等于是礼貌地说它"老

---

①神秘学家，二十世纪最具影响力的神秘学领袖。被视为心灵宗教大师，也被批判为"世界上最邪恶的男人"。

②西方著名恐怖传说，流传版本众多，其中较普遍的一种说法是血腥玛丽可以预见未来，在镜子前面呼唤三次她的名字她就会出现。

③一个免费的 P2P 分享软件。

④一个专门储存、分类及搜寻 BT 种子的网站，是网络分享与下载的重镇之一。

旧”了。

到我这个年纪，我爱的大部分东西都成了“经典”，这速度快得让人吃惊。音乐尤其如此。我手上足足百分之八十五的音乐收藏已经或快要变成经典摇滚了。我刚刚才（很不情愿地）接受现实，原来 U2 的《约书亚树》现在也算是摇滚经典了。另外，虽然已经好几次听人把它归类为“经典”，我还是拒绝承认中性牛奶饭店的《航越大海的飞机》和那些把头发梳过来挡住秃顶、已经有了孙子孙女的老嬉皮士所创造的音乐有什么共同点。但好吧，行，我是个现实主义者。我知道时间会不断流逝，既然已经过了十五年以上，以为昨日还那么鲜活的东西在今日还能保持崭新亮丽，就未免有点不切实际了。

但这次不一样。这个音乐播放装置不一样，我买它的时候，一个黑人刚刚被选为美国总统。就算只看年份，这东西也没资格被发一张怀旧通行证。

“你能修吗？”我问技术人员卡尔。

“哦，修不了，”他实话实说，“我可以卖一个新 iPod 给你，你就别再偷音乐了。”

“新 iPod？”我问。我觉得这太荒谬了。“你就不能把坏的那首歌弄走？”

“不行，对不起。我办不到。”

我气得开始像老头一样抱怨起来，告诉他，我那个时候事情可不是这样的。我还记得那个时候，能威胁到音乐的东西很简单就能防住了。如果声音脏兮兮的——最喜欢那首歌的部分印满了手指头印——只要用一点异丙醇擦擦，就焕然一新了。问题也有可能出在唱针上。我可以一手换唱针，另一只手卷烟。但 MP3 就不一样了。你不能把异丙醇糊在 MP3 上把它修好。你得找人，找一个自以为是、穿着亮蓝色 T 恤的大学生给你上课，告诉你，你的 iPod 已经太"经典"了。

在我最好的日子里，我们的音乐是可以很危险的。如果你听歌的方法对，它能往你脑子里灌满撒旦的信息，让你那颗对摇滚号欢呼致敬的灵魂沉沦，受到永恒的诅咒。但无论你用多亵渎神灵的方式播放坏音乐，都不需要你花三百美元换一套新的音响系统。

我随便四处看的时候，都能看见我完全陌生的专辑和极其熟悉的专辑。但那些老朋友都已经升级了。弗格齐乐队[①]的《重复者》？是重新发行版。史密斯乐团的《女王已死》？又是重新发行版。有代替乐队的碟吗？只有两张，一张《蒂姆》，一张《很高兴认识梅斯》，都是重新发行版。就连我收藏里最宝贵的那张碟，我当初纯粹是因为"唱片沼泽"店里收银台后面那个戴埃尔维斯·科斯特洛同款眼镜、穿了鼻环的家伙推荐才买的，就是尖叫的鼬鼠的《如何交朋友》，也只能买到重新发行版了。

所有东西都是豪华版，在一百八十克黑胶上重新灌录，配有原版封面。以前封面贴纸上写的都是"内含电台大热歌曲……"，现在写的都是"内含下载码及高解析率数字音频版本，包括 2.8 兆赫，12 千赫 /24 比特及 96 千赫 /24 比特版本！"我能认出封

[①]一九八七年于华盛顿组建的后硬核乐团，《重复者》是他们第一张专辑。

面，但专辑感觉不一样了。不是因为它们都是崭新的，是整体设计太闪耀，包装太高清了。

穿着痉挛乐队 T 恤的女孩已经快把葡萄吃完了。我必须得快点说些什么。

"你能不能……呃……"我努力了一下，"告诉我哪里有……呃……就是想知道你……你知不知道……那些二手唱片？"

她对我暖暖地一笑，好像胡子发灰的老头一天到晚都会问她这种问题一样。

"就在你背后呢，亲爱的。"她说，对中间过道做了个手势。

我谢了她，脚步虚浮地往二手区走了过去。那个区的名字其实是"最后机会沙龙"。

这看起来比较靠谱。这里有些唱片可能就来自我的收藏。不一定是因为唱片名字对得上，而是因为它们的成色都很糟。它们闻起来像是曾经被堆在芝加哥冬天的地下室里。如果你拿的力气太大，唱片套都会折起来。我花了几乎整整一分钟把唱片轻柔地抱在怀里，比如布莱恩·亚当斯的《锋利如刀》，还有格列格·肯乐队的《肯氏阴谋论》。这不是因为我特别宝贝这些唱片，而是因为它们上面带着我那个年代那种实实在在战斗的痕迹。而且也因为这些二手碟的均价——最高不过五十九美分——意味着我只要花大概一百美元左右就能把我整个音乐收藏买回来了。

我很支持高级的音响效果，但二〇〇〇年后制造的黑胶唱片和二十世纪的那些比起来，从根上就不一样。气味不一样，感觉也不一样。我一九九〇年在"轻率冒险"买的那张小妖精乐队的

《杜利特》和现在在"轻率冒险"卖的那张重新发行版黑胶唱片几乎没有半点关系。我半点也不在意什么珍贵白版碟[①]、什么免费下载券、什么五彩黑胶碟、什么该死的图片黑胶碟。我想要我能认出来的唱片。那些好像已经成为我基因一部分的唱片。

我花了一小时在"最后机会沙龙"里翻翻找找。然后我拿着定价 19.99 美元的小妖精乐队的《杜利特》重新发行版,去了收银台。因为我孬,而且"最后机会沙龙"里的碟都烂得跟屎一样。

我把信用卡递给穿着痉挛乐队 T 恤的辣妹。

"你找到你需要的东西了吗?"她问。

"当然。"我说。不过这是假话。我根本没有找到任何我需要的东西。但我如果要说实话,就要解释一大堆关系到音乐、记忆和真实的东西。我必须对她披露一些感受,而这种东西在她这样的人听来可能是在发疯——他们现在是怎么叫那些二十多岁的人的?后千禧一代?我们是不是已经轮到 A 世代了?我必须得和她聊记忆,重新接触那些过去,聊做一个大人但满脑都是前青春期情绪的感觉有多糟糕又有多美好,但主要还是很糟糕。她很可能只会礼貌地点点头,听我说话,同时悄悄把手伸向桌子底下的静音报警按钮。当然,我必须得提到 Questlove,就是根枝乐队里面那个鼓手,以及为什么这一切追根溯源都得找到他头上。他就是一切的开始。这就会让我们掉进一个爬不出来的大坑里,满是解释、背景和理由,而且这一切对她而言都不会有什么意义。

---

①指一些专门派发给电台 DJ 及乐评人先听为快的宣传用唱片,因光碟颜色及封套大多为白色而得名"白版"。

但没人愿意听老头念叨，对吧？唉，去他的。

|||||||

我要溜了。

我是个记者。"娱乐"记者，如果你非得弄得那么细的话。

这不是我选的。

大学毕业以后，我最想做的是编剧。我要搬到芝加哥，写令人捧腹、亵渎神明又尖酸刻薄的剧本给斯泰彭沃夫剧院[①]用。我会成为摩登的克里斯托弗·杜兰，而且作品里没那么多宗教禁锢，或者做个看了太多黄片和伍迪·艾伦电影的奥古斯都·斯特林堡[②]。我是不小心撞进记者这一行的。我写作搭档的父亲是《花花公子》的专栏作家，在社交集会上见了几位白发苍苍的编辑后，他们付给我和朋友多到吓人的稿费，让我们为杂志撰写海岸救生队和女同性恋的搞笑故事。

因为没有别的路，我就跟着钱走了。几十年后，我就定期为一些杂志供稿，包括《名利场》《君子》和《纽约时报》。这些大多是名人的采访稿，比如蒂娜·菲、伊恩·麦克莱恩爵士、威利·纳尔逊、史蒂芬·科尔伯特、莎拉·斯尔弗曼，以及（截止至今）其他大约两百一十三个你可能听说过的人。

当你的谋生方式变成和名人聊天，一段时间后，一切就变得

①获得美国戏剧界最高奖托尼奖的剧院之一。
②戏剧大师，表现主义戏剧的先驱人物。

有些模糊了。你记得自己见过一些人，比如巴兹·奥尔德林、约翰·库萨克、伊莎贝拉·罗塞里尼，但你只模糊记得你们到底聊了什么。但和 Questlove 那次就不一样了，他是全宇宙最酷的新灵魂乐鼓手。我记得我们说的每一句话。那是为 MTV Hive 做的采访，它是 MTV 旗下的小台。Quest 刚出版新的回忆录，我的任务是从他那里掏出几个新奇故事来。聊天的头二十分钟，没什么意外的东西。我们聊到他和普林斯溜旱冰，从崔西·摩根的舔脚趾派对上逃走。但之后话题就转到了糖山帮的《说唱歌手的快活》。

我们一起笑着回忆那绝妙的奇怪歌词。"我说嘻、哈，嬉皮对嬉皮的致意／伴着嬉皮节奏，跳起不要停……"如果你经历过二十世纪八十年代早期，而且当时不自认是成年人，你可能就还记得第一次听见《说唱歌手的快活》时，自己正身在何处。

Quest 就记得自己正在和妹妹一起洗碗，同时在听费城的当地灵魂乐电台。当时他立刻出了门，买了那首歌的十二寸黑胶碟。这是他用自己的钱买的第一张唱片。他是在费城栗色街上那家"聆听小屋"买的碟，当时定价 2.99 美元，加税后总价 3.17 美元。

这是他远超七万张唱片收藏中的第一张。

"七万？"我问，震惊了，"你有七万张唱片？"

"差不多吧，"他说，"四舍五入是这个数。"

他没有买新房，而是把做今夜秀乐队领队的收入投在黑胶图书馆上，里面有"樱桃木地板和滑动梯。建这个图书馆很有必要，因为唱片太多了，简直没法下脚。你得有印第安纳·琼斯的身手才能在我家走动，到处跳来跳去，以免踩碎唱片"。

"你收藏里有什么东西是无法代替的吗？"我问，"有没有你绝不会卖掉的碟片？"

"我绝对不会卖掉我的《说唱歌手的快活》。"他说。

"你现在还留着它？"

"没错。"

"是原来那张？你花 3.17 美元买的那张？"

"是原来那张，"他大笑起来，"我绝对不会卖掉它。想都没想过。"

他保存一小片塑料保存了整整三十年？

"我一直都精心照料它，"他告诉我，"我一直都在记录我的碟片收藏，所以不会有碟片在我没意识到的时候消失。不只是《说唱歌手的快活》，还包括我所有的碟。它们从来都没有遭受过任何危险。你对你自己的碟片可能也是一样的吧？"

我沉默了片刻。

"我现在一张碟片都没了，"我告诉他，"我全卖了，很久以前。"

现在，电话另一边沉默了。

"哦兄弟，我很遗憾。"Quest 终于说，声音低得像耳语。他似乎真的震惊于我所说的话，就像我刚刚自首说自己把枕头蒙在熟睡的父亲脸上，直到他停止呼吸。

"不过，你知道，我什么时候把它们弄回来都行。"我说，退了一步。

"是啊,没错,绝对的。"Quest 说。但他不相信,我听得出来。就像一个明显发了疯的人说"我没疯",你就会说"是啊,没错,你绝对没疯",但你心里觉得那人绝对是个疯子,板上钉钉的事。

我们转到了另一个话题,但在我脑海里,我还在想这件事。并不是说我某天把自己所有的唱片都扔了,点了堆篝火,看黑胶在里面燃烧。这有一个阶段,这种事一般都是这样的。

一开始是因为 CD。对吧? 这就是我们都抛弃了黑胶的原因。因为科技变了。你不想做那种人,在那里说"好了,用你们的喷气式飞行背包吧,我还是守着我的沃尔沃"。

我第一张 CD 是漂泊乐团的专辑。当时是一九八八年,十二月末。我圣诞节从爸妈那里收到了一个 CD 播放器,我得买张碟开机。我去了商场,买了漂泊乐团的 CD,因为那首该死的《小心轻放》已经被 MTV 牢牢刻在了我潜意识里。听着这张小小的碟片,实在让人透不过气来。我从来没听过这么清晰的音乐,而且声音还他妈这么大。这绝对就是未来趋势了。

接下来的几个月,我开始转卖我的唱片。我就像一个被辣妹亲了的家伙,立刻决定把所有黄片都扔掉,因为"我不需要这些了"。我就曾经是这样一个人——好几次了,其实,当时要扔掉黄片就意味着得在枕头套里塞满 VHS 录影碟,拿到最近的、不引人怀疑的垃圾站——但我的黑胶唱片没那么容易扔。

刚开始,我只卖那些不重要的碟,失去了也不可惜的那种。几十张金曲合集,还有一些以前感觉不错但现在已经不怎么听了的音乐人的作品，比如梦想学院、盲眼瓜、四个非金发女郎。一整套的音乐人专辑也很容易放手——汤姆·威茨的早期作品，创世纪乐团的晚期作品，鲍勃·迪伦的基督教徒期作品。如果我和自己所有唱片都在直升机上，直升机开始往下跌，飞行员大叫道"我们要减重"，那这些就是我会第一批扔出去的唱片。

我从来没懊悔或担心过我可能再也见不到这些唱片了。把警察乐队的《同时发生》或者小妖精乐队的《杜利特》卖掉只是达到目的的手段，不是什么不可挽回的行为。如果我心意变了，那就再买另一张呗——我还能回到那间唱片及磁带打折店，就是芝加哥南部郊区的林肯大厅那家，我就是在那里买的唱片。我能在那里的低价处理区重新买到这些唱片，花费不足我卖出价的零头。在二十世纪末，卖唱片是没有受害人的犯罪。

而且赚的钱也不少。光是我的冲撞乐队的专辑——我有全部六张录音室专辑，还有《英国金曲乌托邦》七寸唱片——就顶了隔壁街区酒铺整整一个星期的酒钱。就算卖的钱不多——我把麦伦·坎普的《稻草人》卖了十美分——感觉也还是赢了钱。想听《小镇》随时就能听，这并没什么可贵的，而你也不知道自己什么时候就需要这点额外的钱。

我从没想过我的唱片会卖完。最后一次数的时候，一九八七年左右，我大概有两千张。最先三百张唱片出手以后，基本没留下什么影响。在那之后，就是这里卖几张，那里卖几打，看我什么时候有需要。我从没有刻意把我的黑胶完全处理掉。一直以来，都只是："我需要钱买啤酒过周末。等等，我还有傀儡乐队的那张《原始力量》！" 这就像低息储蓄账户一样，从里面拿钱没有负罪感。我肯定不会靠几张用胶带粘在一起的埃尔维斯·科斯特洛的唱片发大财，更别说那张《紫雨》，弯得都变形了，里面的鸽子声像在哭，普林斯听起来像中了风。这些都不是投资，他们只是我过去的人生留下的古董，不值几个钱，但容易换成钱。

我大部分的唱片都糊里糊涂地消失了，但我还记得最后一张是怎么脱手的。那是代替乐队的《随它去》。我在一九九九年卖掉了它，那年我结了婚，我父亲死了。我当时还穷得令人羞愧，急需用钱。一次去见父母，我在旧卧室衣柜里找到了它，这张专辑我从来都能说服自己不要卖掉。但在那时，坚持保留它显得很蠢。我已经有 CD 了，比这好太多（我当时以为）。这张破破烂烂、磨花了的 CD 早就没用了，即使它的另一个用处——（我当时以为）绝妙的大麻藏匿点——也过了时。

这是我去位于霍姆伍德郊区的"唱片交换"时唯一的顾虑——讽刺的是，我就是在这家店买了《随它去》，当时是一九八六年。他们愿不愿意买这么一张满是大麻臭的唱片？结果看来，他们并不在意。

从交换店开车回芝加哥时，我觉得一身轻松，好像抛弃了一些很大的忧虑。这些实体的遗产没有价值，（我当时告诉自己）它们不过是代表了我青少年时在卧室里度过的孤独夜晚。我是蜕皮的蛇，如果有人愿意给我现金换这张皮，那我替我的油缸谢谢你了。我在车上大声播放《我敢》，风驰电掣地开过湖滨路，全车窗户都开着，打从心里相信我什么都没失去。

我一直对自己这么说，而且深信不疑。直到 Questlove 跑来把一切都搞糟了。

"他的溜冰鞋简直是从仙境弄来的。"Questlove 说，他想描述普林斯的溜冰鞋，"我只能这么说了。它会发光，还放闪。太魔幻了，我不得不掐了掐自己。"

我在正确的时机大笑，就像任何一次采访一样。但我几乎没听他说话。我还在想他的唱片，想他如何坚持保留这些我不假思索就放手了的东西。

"对了，关于《说唱歌手的快活》，再问一个简短的后续问题？"我说。

"嗯，好？"Quest 说。

"我不是说你会这么做，但如果你卖了它。"

"我永远都不会卖的。"

"当然，当然不会。但如果你丢了，如果你把它借给别人，人家从来没还你。"

"我直接问他们——"

"但他们借给了别的朋友，对方去欧洲背包游的时候把它带上了，他们也不知道自己把它扔在了哪里，可能是阿姆斯特丹的青年旅馆。"

Questlove 什么也没说，但我听见他大声吞了口口水。

"或者，你老婆卖了些闲置，没和你说。不是为了卖的这点钱，只是为了把屋里这些东西都弄走。《说唱歌手的快活》没了，她也不知道谁买了。"

还是沉默。

"好吧，"他终于试着开了口，"我猜万事皆有可能。"

"你会去找它吗？"

"那张唱片？"

"对，"我说，"你会去找它吗，即使再见到它的几率已经小得可笑了？"

他毫不犹豫："我会，会的。"

第二章

"你还好吗？"

这个是凯莉——就是我老婆——最近一直在问我的问题。不是随便说说的那种，比如问我昨晚是不是喝了太多酒，或者问我是不是花太多时间在脸书上了。那样问，就只是轻轻推我一把，提醒我最近做的决定可能不太好。不，这次她问的时候，声音里带着担心。就像她是真的在担心我的情绪健康。

"好极了。"我告诉她。

她站在我办公室门边，紧盯住我，看我敢不敢真的坚持这个说法。

她不用解释到底是什么东西让她感觉这么不对，因为实在显而易见。大中午，我独自坐在办公室里，电脑关了，没在干活，盯着我的《杜利特》唱片，就是我几天前从"轻率冒险"买的那张。这张碟片我当然还没听过，因为我们没有唱片机。但我走到哪儿都带着它，就像鳏夫到处带着他亡妻的照片。

我知道我心里难过，但我不清楚这是为什么。我希望背后的原因没那么直白明显。我已经四十过半了，人生不像二十二岁那样，不再那么简单，不能自我放纵。地球再也不围着我转了。但谁不会最终明白这一点呢？你结了婚，有了个孩子——或者很多孩子——你的日子突然就井井有条了。你不能对你老婆说："让我们赖一天床，把《教父》全系列都看掉。"肯定不能在周二做这种事，在周二狂看你早就看了上千遍的电影真是最不负责任（因此也是最好玩）的事了。

我不希望背后的原因是这个。因为这就意味着我成了最糟糕的老套人物。中年危机？我真的这么简单吗？变老了，我就成了这么好猜的伤心人？我简直像杰克逊·布朗歌里的人物。我为什么不直接买辆跑车，找个情妇？但事情没这么简单。我郁闷的不是自己老了。我挺喜欢变老的，这样人们就不会对你有太高要求。没人会因为一个拖家带口的四十五岁老家伙觉得累了，在晚上十点离开派对而不高兴。没人会取笑在泳池边穿防晒服、不想硬把肚腩吸回来的四十五岁老家伙。没人会对穿化纤保龄球服、戴及膝钱包链的四十五岁老家伙多看两眼，他这身行头自从《全职浪子》上映以来就再也没有酷过。对中年男人的要求真挺低的，我很高兴。

但有些东西丢了，我没法迈过这个坎。丢的不是我的青春。

我遇见凯莉是在二十世纪九十年代中期，在芝加哥。我们都在第二城市喜剧剧院工作，在那里，传奇喜剧明星开始他们的征程，比如约翰·贝鲁西、比尔·莫瑞和斯蒂芬·科尔伯。我在售票处工作，她是主持人——工作内容主要是保证每个观众都能有个座。我们拿的都是最低工资，没有医保，但我们整晚熬夜，和才华横溢的人喝酒，里面不少人以后会成为家喻户晓的明星。有时候我们直接就在剧院里睡觉，在吉尔达·瑞德尔和克里斯·法利的巨大黑白照片下紧紧地窝在一起。

恋爱四年后，我向她求了婚。订婚戒指是葡萄味的棒棒糖戒指，因为我只买得起这个。但这还是足以让她喜极而泣。我们决定离开芝加哥，试着去一个新城市，因为我们所有朋友都是这么做的。没人会永远留在芝加哥。它就像大学一样——你在这里学会一切需要的东西，好去另一个城市，做个成年人。

接下来的几十年里，我们住遍了全国每个时区——住过洛杉矶，我们都尝试做编剧，失败了；住过犹他州的盐湖城，她为圣丹斯电影节工作，我是家庭主夫；住过佛罗里达州的好几个城市，我们当时觉得只要能一直保持温暖就够了；住过加州的索诺玛，我们当时觉得只要能喝价格贵的葡萄酒喝到醉就够了。我们一直漂泊，不断寻找下一站，停留一阵，觉得这不是我们想要的，然后再次启程。

现在我们又回到了芝加哥，租了个小小的二楼公寓，只有一千两百平方英尺，朝北。我们有一个三岁的儿子，名叫查理，精力充沛，有着美丽的金发。我们还有无止境的账单。我们日子过得很快，快得让人发昏，好像永远找不到足够时间把一切该做的事做完。要陪孩子和朋友玩，要收拾买来的杂物，要叠衣服，要填学前班申请表，要清空存款账户，因为我们完全忘了交过期的车款，还要提醒儿子："不，不，你不能把小船放在火鸡肉上！"或者："你绝对不能光着身子浑身乳液地跑出去！我不管你现在是不是外星人！"

当我听见自己抱怨时，我想给自己哼哼唧唧的脸上来一拳。我并不是在三个工作之间疲于奔命好图个糊口，也不是如果漏了一期按揭没还就会无家可归，也没试过和保险公司吵架，说我孩子得了癌症却得不到应得的治疗。我愤怒，是因为我的时间再也不是自己的了，我的日子都花在保证我们有电可用，保证我们记得付电费单，保证我儿子不要看太多电视，保证我妻子觉得我确实在关注她而不是边点头边查电邮。我在生活和工作之间达到了完美的平衡，即使这意味着我一般直到晚上十点才能挤出一点时间留给自己，而且到了那时我只想爬上床，看《宋飞正传》重播看到睡着。

我的人生挺不错，甚至可以说是很幸福的。

我最近很清晰地意识到了这一点是因为老友的妻子被诊断出了乳腺癌，癌症扩散到了脑部，最终扩散到了全身。这混蛋癌症终于还是胜过了她，医生让她回家，说他们已经没什么可做的了。她只剩几个月的命，可能更短。所以我们开车去向她道别。站在临死的她床边——真的是临死的她床边，她真的会死在这张床上，可能就在我们站在她身边、握着她的手、不知该说什么话的时候——感觉很不真实。我探望过病人，但他们中没有一个人已经放弃了抗争，没有一个人只是单纯在等死。尤其是这个人岁数和你差不多大，你关于这人的最后记忆是去年夏天，你请她和她丈夫来吃晚饭，你们喝红酒喝得太多，酩酊大醉，聊备孕的话题（她和凯莉是孕友），拿过去的事开玩笑，聊过去的时光过得多快，取而代之的是大人应承担的责任，这真不公平，不过没事，把音乐开大点，再开一瓶酒。而现在她躺在这里，红肿的双眼，紧紧闭着，她的嘴大张，就像在模仿爱德华·蒙克的《呐喊》，她只吊着最后这么一点气，以至于看她胸口起起伏伏都像是奇迹。

我们待了一个小时，开车回家时，凯莉和我什么都没说。我们深受震撼。如果我们需要人提醒，生命珍贵而短暂，每分每秒都值得感激，那这提醒得太到位了。我们对自己发誓，永远都不要忘记我们有多幸运，有多少东西我们应该感激。

只过了几天，这种感觉就消退了，我们又开始抱怨。是啊，是啊，我们的朋友得了癌症。生命珍贵，我们懂了。但今天是垃圾回收日，我还没把可回收垃圾分出来，而且查理该洗澡了，凯莉不知怎么地认为这次该轮到我来洗，这简直是一派胡言。而且我明天早上有个故事截稿，还有几十封电邮要回，我们的信用评分又狂跌了，因为有人（我不是在指责谁）忘了付有线电视费，而且我好几个小时都没看脸书了，上帝，我甚至没时间听听我自己在想什么！

当我看着凯莉和我的旧照片，看着二十多岁的我们，我惊奇不已。不是因为我们有多年轻，不是因为当时保持苗条多么轻松，而且是因为我们看上去多么无忧无虑。我们的日子曾经多简单，即使我们当时并没意识到这点。我们曾经这么轻松，身上没有任何负担。在那些照片里，我们表情放松，像没有繁重工作、责任和承诺的人（只有对彼此的承诺）。穷困不好玩，但如果你穷的时候才二十三岁，你知道山穷水尽之时，你还可以打电话给父母，求他们帮你付一下房租，那好吧，穷肯定不是世界上最糟糕的事。

只要我们想，就可以随时消失。我们可以躲上几个星期，把身上那一点点责任都丢开，因为我们要"寻找自我"，或者做和这同样重要的事，把周末花在听新的 Beck 乐队的专辑上——我是说认认真真地听，直到把每一首歌都听得滚瓜烂熟，可以不假思索地跟着唱。

凯莉和我在三十岁时结了婚——我父亲证的婚，他是个牧师——然后生活如常进行。我们会有足够的时间买房子，或者做一份工作超过一年，或者找到一个熟悉以后再也不想抛弃的城市。还会有孩子。我们想要孩子，当然啦，不过这是以后的事。这总是以后的事，处在差不多要到来但肯定离现在还很远的将来。等我们有了孩子，噢哥们儿，那肯定棒极了。我们不会做那种家长，只想培养小小的、粉嫩版本的自己。我们是不一样的。我们的孩子会很酷，单纯又开心，因为我们已经足够成熟了，不会再掉进我们父母二十多岁时掉过的坑里。我们会和他们一起看《星球大战》（他们比我们还爱《星球大战》），我们还会把所有超酷的音乐和流行文化都教给他们，他们绝对会很感激的。但我们也会管着他们。如果他们想要一个中性牛奶饭店乐队飞行留声机的文身，我们会说绝对不行，除非你到了十八岁。不好意思，当了次坏人，但家长就得这么做。

我们直到四十岁才设法怀上了孩子。就像在动作电影里面，主角滑进正在关闭的金属或石头门里一样，刚刚好钻过去，墙壁差点就砸到了他的腿上。我们试着自然怀孕，然后试了生育治疗，差点就放弃了。不过有天晚上，我们喝了太多伏特加，用老方法怀上了。

查理出生后，生活变化得很快。原先也一直在变，一般都只是稍微有点小改变，直到有一天我醒来，看着镜中的自己，难以置信我看上去有多疲惫。不是衰老，而是疲惫。

这也是为什么我今天会落得这么个境地，在我的办公室坐立不安，感觉脑子已经死了，莫名其妙地难过，抓着一张定价虚高的小妖精乐队唱片，仿佛它是我的救生筏。

我正恍惚间，查理走进房间，把《杜利特》从我手里拿走。他坐在地上，细细地看它。他把唱片从封套里拿出来，手指抹过黑胶表面，像要唤醒平板电脑那样。

"这怎么用？"他问。

"它不会自己响的，"我解释道，"要用一个叫唱片机的东西才能播放。"

他看着我："那是什么？"

"就是一个大机器，上面有个盘子不断旋转，你把唱片放在转盘上，有一个小机械臂上面装着一根针，你把针落到唱片上，音乐就播出来了。"

他做了个鬼脸。他整张脸都皱起来了。三岁男孩很少做这样的表情，除非被逼着吃蔬菜，或者在浑身泥巴的快乐时刻被逼着去洗澡。但我向他解释唱片机的工作原理，就足以让他皱眉了。

他的注意力又转到《杜利特》唱片的封面上。"这猴子是谁？"他认真地问。

"我不知道，就是随便一只猴子吧，反正它也不在乐队里。"

"乐队里有谁？"

"有布莱克·弗朗西斯和金姆·迪尔。另外还有两个人。他们的乐队叫小妖精乐队，爸爸以前超爱他们。"

"你现在不爱他们了？"查理问。

好吧，我的小查理，你刚刚可是问了个特别不合时宜的问题。我当然还爱他们。我以前听他们的歌就像那是我的工作，就像我能靠这个赚钱，就这么坐在黑屋子里，脑袋上顶着耳机，听他们的歌，直到它们已经严丝合缝地融合进了我的记忆中。我会跳进我几乎不认识的人的车里，只因为一个模糊的可能性，因为他们认识的人或认识的人认识的人可能有办法帮我们搞到小妖精乐队演出的票。

但到我这个年龄，对摇滚表演的热情已经大不如前了。几个星期前，一个老朋友——我年轻的时候和他看了好多场小妖精乐队的表演——说他有票给我，是小妖精乐队重聚表演，在芝加哥。我上一场小妖精乐队表演就是和他一起看的，是几年前在底特律那场。当时的体验乏善可陈。小妖精乐队音乐会，二〇一一年，这两个词放在一起都有些奇怪。一方面，你听到的音乐里天然带着无法无天的灵魂。可是，你回头一看，发现观众都是一大群四十多岁的哥们儿，和你一样，已经像布莱克·弗朗西斯那样，胸前乳头胖得凸了，人生从今往后只剩下坡路能走。那股想要毁灭一切的激情已经消逝，取而代之的是你们纷纷觉得"我得趁他们唱慢歌的时候坐下来"。

即使如此，我也不想推掉又一次看表演的机会。如果我这次说了不，那就有着重大的意义。就像你发现你已经几个月没有和老婆做爱，你们俩都觉得没什么关系。但不管怎么样我都得拒绝这张票，理由有很多。我有工作压着——好几个访谈，今天内至少要把录音转写下来——而且凯莉已经和其他妈妈朋友有了安排，她有权出门去。而且，不管怎么样我总是能找个人来看孩子，可是这就意味着我要打电话给一些朋友，我们的友情基础基本上只限于他那个年龄达标、可以看小孩的女儿，这一切实在是太麻烦又讨厌了。

当晚迟些时候，我把查理哄睡了，他手里还抓着小妖精乐队的唱片，可能他明白它对我来说意味着什么，他下定决心要弄清楚背后的原因。他对那些我们不愿意给他仔细解释答案的谜题，态度也是一样的。比如说他的施皮茨爷爷去了哪里，以及人死了究竟会发生什么事。

在把他哄上床、给他读杂耍小狗和晚间厨房的故事的时候，我都没告诉他，我本来可以去看小妖精乐队表演的。我不想让他难过。这不是什么悲剧。这是好事，是幸运的事。在两个选项里，我选了唯一值得选的那个。但你还是会觉得怅然若失。

他不停问问题的时候，我给他讲了我记得最清楚的那场小妖精乐队表演。我脑海里的记忆巨细靡遗，就像一个尤其精彩的梦。那是一九九一年的十二月，在芝加哥的里维埃拉剧院。我去看表演的时候，嗑药上了头（我没和他说这个），银行账户里只有两美元，不知道自己要怎么样（或者能不能）回到家。我没法告诉你当时表演了什么曲目——我很确定他们表演了我喜欢的所有曲子，只是我没有仔细记下来——但我很清楚，我少有这样的时候，充满活力、兴奋异常、满心感激。

查理在听故事的时候打了个哈欠，问："那里有机器人吗？"

"有啊，"我让了一步，"有机器人。"

"他们的手会射出激光吗？"

"绝对能。"我说。因为在我记忆里，他们也和这差不多了。

然后我亲了亲他脑袋，走到客厅，在那里和我老婆一起喝了瓶红酒，同时看《要留还是要卖》①的重播。因为我是个该死的成年人。

|||||||

第二天，我开着我们的本田 CR-V 驶过湖畔街。我这一趟车开得很有黑帮范，从金边装饰、暗色车窗、丝绒座椅、三十寸镀铬轮圈到特制的链条方向盘，该有的都有了。不对，其实没有这些乱七八糟的，它就是辆普通的本田 CR-V，后备箱够大，能放得下手推车。但这里面确实有一样东西，是我和凯莉在一起的二十年里，因为我们偶尔有工作所以到最近才买得起的：卫星广播。

---

①加拿大娱乐节目，每集有一个人或一家人要决定到底是继续住现在的房子，还是把它挂牌出售换个新的。节目专家会给他们建议。

"接下来一小时，我们请来了威豹乐队、柯瑞·哈特以及大家都最爱的霍尔与奥特兹二重唱组合。"

如果凯莉是最后一个用车的人，广播都会像这样被调到八十年代频道。这个小时的怀旧节目由阿伦·亨特主持，他是原来在 MTV 工作的电视综艺节目主持人之一。但当然啦，每一个听八十年代主题卫星电台节目的人都不需要别人告诉他阿伦·亨特到底是谁。这个男人（至少对我而言）——虽然是在电视机里——参与了我在八十年代经历的几乎所有性行为。他还在说话呢！他一直在背景里，干巴巴地介绍施潘道芭蕾合唱团的视频。

"接下来有些邦·乔维的歌，"他说，"实在是，这把我带回了过去。"

是《祈祷度日》。我没有立刻换台，一般听到邦·乔维的歌，我会直接转台。

我让那首歌放了下去。我听这首歌，真真正正地去听它，把里面每一句关于工人阶级年轻人和他们的破工作的陈词滥调听了进去。甚至在二十世纪八十年代，第一次听到这首歌时，我就觉得它太刻意、太自以为是。我不相信歌里托米和吉娜的困境，就像我不相信莱昂内尔·里奇能在天花板上跳舞。

所以我为什么要在意？我为什么这么了解《祈祷度日》？我明明可以直接……

噢，对了，是海瑟·G。

海瑟是我第一个女朋友。但在她成为我女朋友前，我就在高中乐团的另一边，有点走火入魔地盯着她看。她吹的是单簧管，我吹的是长号。光是这点，我就是癞蛤蟆想吃天鹅肉了。（长号手在历史上一般是追不到女孩的。）更糟的是，她还是啦啦队长，会在来排练的时候穿着啦啦队的小裙子。我第一次想靠音乐给她留下印象时——我也只能靠这招追女孩子了，我体育不好，也没有迷人的下巴——结果简直是个灾难。我主动提出送她去学校，开一辆普利茅斯勇士，车里唯一的亮点就是磁带播放器。我把粘手指乐队的磁带塞了进去，我以为这就能显示出我确实有那么点性感又危险，即使我的车后座上躺着一个长号盒。我知道《婊子》里每一句歌词，可以咆哮着跟唱，我觉得这就能显出我的坏男孩气。

但可惜的是，这趟车时间太短，磁带播的是《死花》，这首歌就没这么强的威胁感了。

"你喜欢乡村音乐？"她问我，困惑地微笑着。

"不是乡村，"我抗议道，"是滚石。"

她又听了几秒。贾格尔如弦乐般慢吞吞的歌声没怎么帮上我忙。

"不，绝对是乡村音乐。"她一锤定音。

对于住在一九八五年南芝加哥郊区的少女来说，没什么能比乡村音乐更不性感了。她喜欢的是杜兰杜兰乐队、警察乐队和邦·乔维。尤其是邦·乔维。每个在她小圈子里的人都知道她最爱哪个艺术家，就是那位真正理解她痛苦内心的摇滚乐手，她幻想的情人，琼·邦·乔维。

我得向她证明，我们在音乐上是相通的。我受不了邦·乔维和他那种毫无说服力的"我是个牛仔"的装腔作势。但如果这意味着我和海瑟之间能有机会，我愿意跟着格利高里的圣歌弹空气吉他。所以我买了张《难以捉摸》。我不是从平时的渠道弄到的专辑。我去的地方没人愿意去，因为那附近的灌木丛里死过一个女孩。

我买下专辑，带到学校，随意放在我打开的长号盒里，去参加排练，等着海瑟发现它。当然，她发现了。

"这专辑实在太棒了，对吧。"她说，抓着唱片套，好像抓着爱人的胯骨，好爬到他身上去。"你最喜欢哪首歌？"

"《社会疾病》。"我说。我挑这首，是因为它不热门。如果我在唱片店花的那些时间教会了我什么东西的话，那就是真正的粉丝爱的都不是热门歌，他们爱那些还没被路人嚼烂的曲子。

她看上去很受我触动。也有可能只是因为她正和我四目相对。

我们约好晚点再聚，听几首歌，好好聊聊邦·乔维这哥们儿。她给了我电话号码，我写在了专辑封面上。我希望这能让她意识到我有多认真。我不是只把她的号码写在一张纸上，那可能会丢或者被扔掉。我把她的号码像刺青一样留在我最爱的专辑封面上，让她成了这唱片套的一部分，这张专辑，我每天晚上都盯着看才能入睡，嘴里哼着《永不道别》之类的歌。我会看着她的号码，心里想："没错，这是另一个漂泊的灵魂，她爱乔维，就像我爱乔维一样深。"

这张专辑，我们开始约会的时候，我留着；她甩了我，让我心碎的时候，我留着；我把它带去了大学，在芝加哥搬的头几回

42

家都带着它。我不知道为什么，天知道我根本就不听这专辑。但上面写着她的电话号码，感觉太私密了，不能扔掉，也不能卖。我猜我最后还是把它扔开了，和我手上每张专辑一样。但天啊，我愿意付出一切，只要能……

再一次……看见它……

就在车里，开车驶过湖边短路，听着《祈祷度日》，我突然恍然大悟。我突然就清楚意识到自己该干什么。我得找到这张专辑。不是随便一张，就是那一张专辑。上面写着海瑟电话的那张。就是我曾经拥有的那张，对我有重大意义的那张，它就是我走向成年的某种仪式。

我前往南边的郊区，去"唱片交换"。我十五年没去那家店了。我不知道海瑟那张专辑还在不在那里，但从那里开始找最符合逻辑。

为什么要光找一张专辑呢？为什么不全给找回来？它不是那些我根本认不出来的重新发行版本，就像我副座上那张《杜利特》。它看上去像是以前对我有重要意义的东西，但它只是个复制品。它虽然音质比较好——高音甜，低音劲——却不意味着它就更好。

我想要我的唱片，我拥有过的唱片，我原封不动的老唱片。我想要它们回来。

全部，至少是我能找到的全部。

Questlove 会这么做的。

第三章

关于"唱片交换"的事，我可以告诉你很多，但几乎没有一件是准确的。

以下是我很确定为真的部分。

"唱片交换"是伊利诺伊州霍姆伍德的一家唱片店，大概离芝加哥南部一小时车程。店址在南部高速公路上，但具体地址我给不出来，即使我不时就会去一趟。它开在一间中国餐馆旁，街对面是"旋律超市"，我就是在那里买了第一把长号，许久之后，我才发现对的音乐能改变一切。还有什么？在后门旁边的巷子墙上，画着一只崔弟，一头克里夫兰大红狗。巷子通往一间老少咸宜的现场演奏俱乐部，就在一家透着丁香卷烟气味的唱片店后面。

店门的招牌是一张画得很糟的男人侧身像，发型是古怪的几何形状，穿着西装，戴厚眼睛。他一手抓着张唱片，正在奔跑。那不是疾走，他绝对是在跑。

对于"唱片交换",我能告诉你的确切信息也就这么多。其他的东西就很模糊了。我脑海中有个画面,是自己第一次走进这家店面,我很确定店里正播着代替乐队的《年轻杂种》。但这不可能,对吧?太完美了,太像电影里的场景。我当时就是个发型和穿着都很糟糕的少年,糟得连换到瑞弗斯·柯摩①身上都不会显得讽刺。我还拿着一堆比利·乔尔的唱片。这个我是能确定的。我手上的《玻璃屋》太多了,全因为祖父母太过热情,又不知该送我些别的什么礼物。我以为我能把碟交易出去,弄一点快钱,买些新碟,要比利·乔尔那种感觉的。

我去了收银台,把比利·乔尔的唱片递给他们。那里的员工身上都有穿刺和刺青,但表情都很和蔼,语气也颇为抚慰,就像你觉得护士或医生在为你做大手术的术前准备时会有的样子。他们拿走了我的唱片,放进长得跟比萨炉一样的石砌烤炉里,用木头比萨铲把它们塞进了火焰里。我想抗议,但他们把手指按在我嘴唇上,抓住我的手,带我走进店面深处。

他们随手拣了一些唱片给我,它们会改变我的人生,会给我信心,让我知道我从根子上就比高中里所有人都优秀,因为他们缺乏创意和音乐冒险精神,还毫不知耻。他们会听菲尔·柯林斯②的歌,觉得"这就行了"。对我们这可不行,该死的!因为我们与众不同!我们有感受力!我们了解这个世界,他们是没有能力像我们这样了解这个世界的,即使我们各自的阅历几乎一样,

①威瑟摇滚乐团的主唱兼吉他手,同时也是音乐人。
②当代英国摇滚乐与流行乐手,曾获得格莱美奖。

最远不过延伸到商场的"棋王"或者 J.C. Penny 百货附近那个几乎完全废弃了的停车场——差不多所有人要干手活的时候，都会去那里。

但我有露营车贝多芬①的《无电话压倒性胜利》，还有痉挛乐队的《坏人的坏音乐》，还有丧命肯尼迪的《科学怪人基督》。我既然拥有这些唱片，怎么可能对世界没有更多了解呢？其他人对外面世界的了解都是来自布莱恩·亚当斯的《鲁莽无谋》、莉莎莉莎和狂热果酱的《西班牙苍蝇》，还有《迈阿密风云》原声碟。还有那张《我们就是世界》。还有威猛乐队的《玩个大的》，这乐队名字后面跟了个感叹号，只是因为他们对自己吹了风的头发和白裤子超级得意。我都不用出门旅游，就能知道他们是错的。错，错得离谱。我从这些专辑里就能找到证据了。

我走进"唱片交换"的时候，很没安全感。走出来以后，也还是一样。但它现在成了娄·里德那种不安全感，这种患得患失只会让你变得更酷。

我知道现在回顾过去，得出的结果不能信任。它被变得过分浪漫了。有一些东西是真的。我确实发现了丧命肯尼迪，但这是因为有个售货员特别慷慨，愿意接手我的比利·乔尔。但我觉得比萨炉的部分只是我想象出来的。

但这很美妙。有些人的高中生涯就是这样的。我在学校里没有任何自我发现的经历。但在"唱片交换"淘换那些唱片桶的时

①美国八十年代中期摇滚乐团，融合了摇滚、朋克、乡村、SKA 及世界音乐的革命性乐团。

候，进行仿佛永不结束的拾荒、积累我的唱片收藏的时候，和长得和 J. Mascis 一模一样的二十三岁哥们儿聊一整下午的恐龙二世的时候，我感觉最自在，最像真正的我。

我从来都不觉得再回来时，这里会一切如故。这里的员工肯定换了，这不用说。音速青春和耶稣蜥蜴的海报很有可能已经摘下来了，换成新的海报，我也不知道是什么，没准是动物集体和黑键吧？或者是些在四十岁人看来更难理解、更令人困惑的东西？它的墙应该重新漆过了，闻起来不再那么像丁香卷烟，爵士乐区是原来乡村乐区的位置，另外，谁知道他们会怎么处理 R&B？我对此都已经做好心理准备了。

我没想到它已经不在了。

||||||

"我带你看一圈吧？"友好的男人问我，他身上那套空手道服紧得有些不必要。

我在大堂里已经站了不知道多久了。我终于鼓起勇气走了进去，在这之前我已经经过店门好几次了。这不对。这不可能是同一个地方。可是对街的"旋律超市"还在，隔壁的中餐馆也还开着。所有东西看上去都没问题，除了本来应该是"唱片交换"的那个位置。它现在成了个叫"龙之学院"的地方。

大堂也不对。如果确实是同一栋楼的话，墙的位置都错了。以前这是个开放式的空间，就像少有内墙隔断的 LOFT 式阁楼一样，右边的墙弯出去，收银台就在那里，还有几排唱片货架直直对着门。而这……我不知道这是什么。这个大堂大概和我第一间公寓的浴室一样大。里面还有个喷泉。一个见鬼的喷泉。

我难以置信地站在原地，试图回忆这是不是他们放新到专辑和原声碟的位置。

穿着过紧空手道服的好心男——我记得他应该叫理查德——过来自我介绍了一下。他说可以回答我的任何问题，还问我是不是有个对空手道感兴趣的儿子或者女儿？

我说了谎。

也不全是撒谎。我确实有个儿子。但他年龄不在五到十岁的区间里，上不了初级龙班。我偷偷瞄着他的背后，努力想看清走廊那边的房间，那里被墙遮住了，那里本来没有墙的。他发现我在瞄，就主动要带我参观一下。那些房间里有孩子——我能听见他们的声音，凌空踢腿时的哼哼声，身体被扔到地垫上的砰砰声。

他领我走了进去，走过一条窄窄的走廊，走进一个大房间里，里面铺满了地垫，全是还没到青春期的孩子。一群家长站在墙边，带着疑心审视我。我觉得很不自在，显眼极了，身上的代替乐队T恤和军装短外套格格不入。穿着过紧空手道服的理查德在给我推销产品。我假装在听，同时摸着白墙上的沟槽，仿佛抚摸地图上的线条，想找出些特别的东西。

我还记得第一次听纽约玩偶的同名首专时的一切。那是一九八九年，在我刚认识的女孩的公寓里。她叫什么名？艾比？阿比盖尔？阿布里安娜？大概差不离。她扎着紫色的骇人长发辫。

我不记得她究竟是在"唱片交换"工作，还是那里的顾客，也不记得她到底为什么会和我说话了。

是她主动迈出第一步的。她主动迈了每一步。她哄我聊起了亨利·罗林斯，因为我刚好拿着一张《黑棋》专辑。她约我去喝咖啡，我们很快就放弃了，因为两个人都想不出在霍姆伍德哪里能找到咖啡店，我们都被彼此明显的谎言而逗笑了。

艾比或者阿比盖尔，无论她是谁，把我带回了她的公寓。离这里不远。那就像参观外星球一样。我想和她睡想得不行，这大概也是为什么我愿意和她一起躺在她的长蒲团上，听这个乐团的歌——它的主唱，在我看来，已经在《热热热》这首歌上达到他的艺术顶峰了。我措不及防地被《性格危机》击中，这首歌当时已有二十岁，但不得不说真的很朗朗上口。但我实在没法抛弃脑内波因德克斯特的大背头形象，也没法忘掉他穿着燕尾服拍的那张专辑封面，手里拿一杯马丁尼，还带着"被你抓住了"的得意表情。

你不能自己挑一个新形象，除非你是戴维·鲍伊。他可以一天当齐吉·星尘，一天当瘦白公爵，因为这两个舞台人格都棒极了。可他是例外，因此才能制定规则。其他人都受制于摇滚公理——收益递减原则。这就是为什么迈克·奈史密斯过得这么不顺。你一出道就在门基乐队里，往后就只有下坡路了。

"你也知道莫里希说了，"扎着紫色骇人长发辫的女孩对我说，这时我们听唱片第一面听到差不多一半，"米克·贾格尔的舞步都是从戴维·约翰森那里偷来的。"

我虽然很想看她一丝不挂，看那美丽的紫罗兰色发丝倾泻在我胸膛上，但我还是实在不能对这种荒唐的逻辑置之不理。

"你怎么能这么说？"我问，"这简直就等于在说马迪·沃特斯①是从乔治·索罗古德那里学会蓝调一样。"

我们一路吵到听完了整张专辑，在《喷射机少年》最后激烈的音符中，这已经明显得不能再明显了——我们在音乐上根本是一丁点儿都合不来。

"我猜我也没必要问你是不是强尼·桑德斯和伤心人合唱团的粉了。"她说，翻了个白眼。

"汤姆·佩蒂那支乐队？"我难以置信地问，"好吧，怪不得会有威布利巡回团②那出了。这可怜的杂种甚至连个乐队都保不住。"

那个晚上是我一个人过的。

我爱那一刻。我爱它，就像我爱我儿子的家庭录像，他在里面学走路，结果摔了个狗啃泥，还假装他是有意为之，假装只是想伸手抓那个公仔，走路这种事，管它呢。这种心里一暖的感觉，与我回想起自己曾经有机会和扎着紫色骇人长发辫的辣妹（她的名字可能是 A 开头的）共度春宵时的感觉一模一样。

我当时这么努力想装酷，又失败得这么彻底。

"你还好吗？"我听见穿着过紧空手道服的理查德问我。

---

①美国蓝调歌手，被尊为"现代芝加哥蓝调之父"。

②汤姆·佩蒂原本是伤心人合唱团的主唱，在团内待了十二年。然而一九八八年，佩蒂加入威布利巡回团，乐队成员都是英美巨星。

"你知道,"我终于告诉他,"这里本来是个唱片店。"

"是吗?"他问。他身后,有个男孩肚子被打了一拳。他发出了"噗呃呃"的声音。

"所以,"我尴尬地说,"我猜,呃,我猜它已经关了。"

他环视房间,看着那些穿得像《空手道小子》里的雷夫·马奇欧一样的孩子互相劈着手刀。"看来是的。"他附和道。

他可能不明白我为什么会闻他这里的墙壁。其实我自己这么做的时候,也不太明白为什么。

非要解释的话,我也能解释。就像我拿到父亲的骨灰时,立刻嗅了嗅骨灰坛。我没打开它,也没干什么,我只是拿着它坐在台阶上,把它凑近鼻子,凑到刚好能闻到味道的距离,看我能不能闻出熟悉的气味。这么做真是一点道理也没有。但我还是这么干了。

还有一件事情和这相似。你儿子出生了,你做的第一件事情就是闻闻他的头顶。新生儿头顶的味道真是奇妙。那是有魔力的,就像刚摘的佛罗里达橙子。至少在我儿子一岁以前,我每天至少要闻他脑袋二十次,但那股奇妙的味道就这样突然消失了。你也不知道为什么,总之是没了,但你还是会闻他的脑袋,想找回你丢失了的东西,希望你只要闻得够认真,它就能回来。

我没法给出更好的解释了。我闻武馆墙壁的理由和我闻已经不再是婴儿的儿子的脑袋的理由是一样的。因为它不再像以前那样了,这让我很难过。

穿着过紧空手道服的理查德和我又寒暄了一阵子,讨论什课程适合我儿子。（理查德似乎已经很确定这个儿子是不存在的了。）我拿了些宣传册，几乎把信用卡递给了他，只为了证明我没有浪费他这么多时间。然后，我又留恋地摸了一下新刷的墙，落荒而逃。

||||||

我坐在"吃米"中餐馆的卡座里，这家店就在曾经的"唱片交换"隔壁，我在鸡尾酒餐巾上做笔记，列出我以前唱片收藏里每一张我能一眼认出来的唱片。或者说，其中某几张我能一鼻子闻出来的唱片。

莉兹·菲尔的《流放盖维尔》。唱片套上还有商店的标价贴纸，英镑定价，是我背包去伦敦和英格兰北部暑期旅行时买的。我是想在曼彻斯特买一张史密斯乐团的唱片，我当时觉得这很不得了，就像在利物浦买披头士，或者在西雅图买涅槃乐队。我差点就做到了。我手里抓着《猛于炮火》，正往奥尔德姆街上"皮卡迪利唱片"的收银台走。但是我随后和几个英国口音浓重的人聊上了，他们超级超级喜欢莉兹·菲尔，而且很有说服力，让我相信莉兹·菲尔是我们有生之年里最重要的艺术家，绝对是会在歌里写自己是口活女王的最重要的艺术家。所以我买了《流放盖维尔》。我真的是跑到了三千八百英里外，花了三倍的价钱，买了一张在芝加哥录制的专辑，录制工作室离我家才六英里。

滚石的《任血流淌》，唱片套上用粗笔大大写着电台呼号WBCR。上面还有个沾满泥巴的脚印，我很确定那是马丁靴的脚印。这不是意外留下的脚印，是一位大学电台经理真心想毁掉一张专辑留下的痕迹。可惜他失败了。

KISS 乐队的《活着·二》。 在乐队名上，有一道圆珠笔笔迹，写着"别碰！！！"。这是马克的警告，他是小我两岁的弟弟——当时他大概七岁，我大概九岁。他警告我，如果我再试着抢他的黑胶碟，就会马上遭到无情的报复。我很清楚地记得上面有三个感叹号。因为一个感叹号不足以表达他警告的严肃。这可不是开玩笑。

我不知道我弟弟还记不记得——不只是在 KISS 唱片上写语焉不详的警告，而是他曾经有过一张 KISS 的唱片。他现在和小时候完全两样了。首先，他现在富得流油。

马克不是生来就富的。如果他是，那我也是有钱人了。他之所以有钱，是因为他擅长下坏的赌注。他就是人们嘴里那种"末日投资者"。他赌市场会崩溃，赌没人预见到的金融危机。每次你打开新闻，发现股市又大跌，联邦债务又要接近上限，马克就又赚了一百万。

马克和我不仅仅缴的税不同，我们连所处的世界都不一样了。

我告诉别人我弟弟很有钱的时候，他们第一个问题一般都是"所以你们俩现在关系不再好了，对吧？"这个推测就很奇怪，尤其是"不再"的部分。

如果我诚实点，那没错，我弟弟和我不像小时候那么亲近了。但这是不可避免的事。你在感情上不会再和一个人那么亲近了，因为以前他住在走廊对面，他还一直占着 KISS 唱片不放，好像那是全宇宙唯一重要的东西。他不只是我的弟弟，他还是我的死敌，是我一天到晚都想着的人，一般都是在想他是个多大的混蛋，他怎么老是霸占着比较酷的专辑。

我上次去看我弟弟时，在他宽敞的后院和他吃了顿晚饭。我们熬到很晚，喝价钱超过我全年电费的苏格兰威士忌。我们聊着最近发生在各自生活里的事，同时假装我们并非在任何基本方面都已截然不同。

KISS 的《活着·二》不是张好唱片。它很糟糕，如果我没记错的话。你立刻就能发现了，还没等听第一首歌就能知道。因为吉恩在唱片一开头就对观众尖叫，像情绪崩溃的幼儿一样尖叫："你要最好的，这就是最好的！全世界最火的乐队！KIIIIISS！！！"但我还记得，我曾经整个下午盯着它的封面，按顺序听了每一首歌，彻底沉醉其中。我不记得我有没有清楚地想过"这音乐在美学上很吸引我"。但不知怎的，它让人感觉很重要。就像在高中化学课上看一个辣妹，她有着一头美妙的黑发。她会用小指绕着头发，显得有点走神。看她这样有种古怪的亲密感，仿佛我在见证些我不该看的东西。这就是听 KISS 的《活着·二》，同时看着吉恩·西蒙斯在大雨里吐血的感觉。

但远不止这些。我想要回我那张旧的《活着·二》专辑，要它封面上威胁人的涂鸦——这是铁板钉钉的证明，证明我和我弟弟曾经是彼此生命中最重要的人。

保罗·麦卡特尼的羽翼乐队的《逃命的乐队》。 在我把这张专辑从图书馆偷走前，最后一个听这张专辑的人是个叫史蒂夫的人，他在我的高中上学。

我知道这个，是因为我想从里奇顿公园图书馆借这张碟，但是图书馆馆员说史蒂夫已经借走了。然后他还了碟，图书馆馆员打电话告诉我唱片还回来了。然后我就听说史蒂夫杀了他妈。

细节很让人消沉。他们在家里吵架时，他开枪杀了她。他随即把她的尸体拖到车后备箱里，想把她埋在附近的森林保护区。他几乎就要办到了，不过他车尾灯爆了，有个警察让他靠边停车，随即闻到了车里尸体的恶臭。我和老朋友一见面，都还会聊到这件事。"记得那个杀了他妈的家伙吗？"我们之中一个人会说。然后我们会一起肃穆地点点头，就像弑母在我们的日常中再正常不过了。

在史蒂夫被捕后几个月里，我几乎一刻不停地听着《逃命的乐队》。我变得有些偏执了。我会想，这就是背后的推手吗？就是这张专辑驱使他去杀自己的妈妈？借阅到期以后，我就把碟藏了起来。刚开始藏在衣柜里，然后放到地下室，塞在装满毯子的盒子底。我不能让别人发现它，我不能冒这个险。我不能让它回到那个慈善借阅机构里，他们绝不可能理解自己拥有怎样的宝物。我对保罗·麦卡特尼一点兴趣都没有，更别说喜欢这张专辑了。但这一张碟片上可能还抹着史蒂夫的指纹，这就像拥有一张约翰·韦恩·盖西①的画一样。这就像持有一个记录疯狂的文件。我付了罚款，找了些把碟片弄丢了的借口，它就成了我的。

汤姆·威茨的《雨狗》。封面上抹着口红，盖着上面某人的嘴唇。我原本以为那是汤姆·威茨的嘴，但结果只是一张老照片，照片里的水手正接受妓女的安慰。我不记得那是谁的口红了。可能是我的约会对象，也可能是炮友。这是她的专辑，还是我的？我不记得任何细节了。自那以后，我就和舍友一起住，有过几个女朋友。每次我们分道扬镳，该把各自的唱片收藏分门别类时，我就能说"我的《雨狗》是有唇膏印的那张"。

纽约玩偶的同名专辑，但里面装的是普林斯的《时代的记号》（或者反过来）。我从来没能真正原谅自己当初对艾比或者阿比盖尔那么混蛋——就是那个以为我知道纽约玩偶，错以为我是个可以来一炮的对象的女孩。你实在没法就这么忘记这事。这不是个"吃一堑长一智"的经历，而是个"我必须立刻买一张纽约玩偶来研究免得下次再栽在这上面"的经历。但问题来了。我当时迷普林斯迷得不行。比起听一个不男不女、闪瞎眼且在我六岁时就解散了的朋克乐队，我实在是更愿意听《时代的记号》。但你也懂的，要是一个男人想和对朋克敏感的女人上床，那就不能在公

---

①美国连环杀手与强奸犯，受害者至少有三十三名，均为十四至二十一岁的男孩或青年。盖西对其性侵犯后谋杀。二十九名受害者被盖西埋在他家的供电管道空间，另三名在房产其他地方，四名被其抛尸于河中。

开表明他对普林斯的爱的同时获得床上的馈赠。所以我把我的《时代的记号》藏在纽约玩偶的专辑里，两张碟换了换。我几乎能确定两张专辑被送走或者卖掉前，里面的碟片都没换回来。

代替乐队的《随它去》。在我所有的旧碟片里，这是我最有自信能找回来的那张。这是我脱手的最后一张碟片，所以大概率站在我这边。它只不过在外面流转了十六年上下。那些人要几年才放弃找丢了的孩子？至少二十年，对吧？可能永远都不会放弃。

如果它还在外面流转，我就能找到它。我看见它之前就能闻到那味道。即使它是被埋在闹鬼房子下的墓地里，大麻叶子的味道也会像鬼魂一样从土里冒出来。

我不是在乱涂乱画。这是个作战计划。是意图说明。

我不会就这样放弃的，即使买了我这些碟片的商店已经倒闭，关门大吉，连个新地址也没有。我的碟片还在外面。它们必须在。除非被库房大火烧成了灰，它们至少都还存在。在某人手里。可能那些人都不知道自己手上有这些碟片。可能它们在地下室里，被塞在潮坏了的梅耶尔葡萄酒箱底，或者藏在某个朋友的阁楼里，和高中毕业册以及过世亲戚的信件堆在一起，没有人记得这些东西被扔在这儿。它们还在某个黑暗的角落积灰，等人发现。

我是在犯傻，还是犯乡愁？我也想过了。但我并不是想把软盘找回来。我并没有定下目标要找美国在线的注册光碟，也没想着要找回那些吹吹就可以"修好"的任天堂卡带。如果我能重新找到这些光碟，它们就能让我脑子重新通上电。我很确信。这就像按重启键一样。

离开饭店时，天正下雨。我任凭雨水把我淋透，慢慢走回车里。

芝加哥的豪雨总能让我想起约翰·库萨克那部电影《情到深处》。他和女朋友坐在后座上，可能那时候还只是他在追的女孩，他们刚刚第一次做爱，听着彼得·盖布瑞尔瑟瑟发抖。我总是想，他爱那音乐就像他爱那女孩一样多。因为那首歌正体现了他当时的情绪，而且完美地把情绪反映到他的身上。这种联结非常罕见；几乎永远不会发生在两个人之间，只会非常偶然地发生在一个人和一首歌之间。你没法真正地理解你心中的情绪，但突然来了一首歌，你便猛醒："就是这样！"

《情到深处》里库萨克演的那个角色会一辈子都记得这一刻。他可能不会记得那女孩了，他可能已经和她失联，也可能只是她在脸书上的好友。他可能都不记得她的名字了。但他记得大暴雨中的那晚，听着彼得·盖布瑞尔，坐在车后座，抱着一个女孩浑身发抖，因为他沉浸在灭顶的情绪中，而彼得·盖布瑞尔帮他以更美的方式理解了它。

这就是我想从一首歌上得到的东西，任何一首歌都是这样。我希望它能让我瑟瑟发抖地在暴雨中的车里坠入爱河。但不是所有歌都能这么完美。

我爬进丰田里，打开了电台，希望能听到些让人起鸡皮疙瘩的歌，让我想坐在熄火的车里听完，抓着方向盘，看着雨水在挡风玻璃上温柔地打拍子，与此同时，我在心中以崭新而深刻的方式看待这个世界。

是邦·乔维的《祈祷度日》。

又来这首。

那天第三次了。

我知道这是我自己的错，没有从八十年代频道换台，但我感觉整个宇宙都在开我玩笑。

第四章

我儿子查理才一个星期大时，他就像尺蠖一样躺在我肚皮上，我轻声对他哼歌，希望这能成为他最爱的摇篮曲。

给信号去噪，你就着氟利昂喋喋不休，旧石器时代的永世。

在查理出生前这九个月，各路亲朋好友——无论自己是不是有孩子——都一次又一次地告诉我，接下来几年我就得被迫忍受那些糟糕透顶的儿歌了。他们说这话的时候，脸上总是带着微笑，好像没法压住心里的幸灾乐祸，十分乐见我受这场音乐折磨。他们会和我说托马斯，那辆成绩糟糕的拟人火车头；还有蔬菜故事，他们就是在传教，做得实在是太明显了；还有嘎巴宝宝，这名字听起来就像因中风发作丧命的人留下的遗言一样。好了，你猜怎么着？让他们玩儿蛋去吧。

早在我能不采取避孕措施和我老婆上床以前，我就下定决心，

绝对绝对不会学《突突、咔嚓咔嚓、大红车》的歌词，除非歌手
是伊吉·帕普，而且"大红车"暗指的是伊吉的老二。

我不信儿歌那一套。这东西根本没必要。因为每个歌手身
上至少都能找出一首适合婴儿的歌。就拿小妖精乐队来说吧。当
然，你不该给新生儿播《断肢波潮》或者《你他妈去死》。但是
《我的魂呢?》怎么说? 只有和搏击俱乐部联系在一起，这首歌才
显得瘆人——要么再加上你从一个白化病人手里买碎叶子来飞，
结果吸高了过了火那次，但如果情景合适，那歌词就特别无辜，
还带着诗意，挺甜蜜的。就像从谢尔·希尔弗斯坦[①]书里摘出
来的一样。"我在加勒比海里畅泳 / 动物都躲在石头后。"真是
可爱极了!

第一次听卢比·弗鲁姆的时候，我在芝加哥一座公寓里，街
对面的酒吧就是《执法先锋》里被炸的那家。听了五分钟，我就
对《无糖爵士》拿定主意了。我当即就知道，我有一天会把这首
歌唱给我孩子听。这旋律里有种儿歌的感觉。我当时可能是吸叶
子吸高了，而且离有孩子还差个二十年呢。但我当时就清清楚楚
听明白了。就是这首歌了。

我告诉了所有人。这老让他们觉得不自在。一般是因为在
二十出头听音乐的时候，你们一般是不会聊孩子的。这就像那种
"葬礼要播哪首歌"的话题，很破坏气氛。而且，对这条不请自
来的信息，女孩子们不出所料地没给过好脸色。

我未来的老婆——在二十世纪九十年代末，不过是个与我交

---

①美国儿童文学作家。

往得相对比较久的女朋友——在我搞这种宣言的时候要更宽容一些。即使如此，她也老拿这个开我玩笑。

我尤其记得一个晚上，我正对着她工作室的窗外吸烟。我一边吸，一边和她说以后有一天，我会唱《无糖爵士》给我的小孩听——不管是男是女，都唱。她让我给逗笑了。

"你要在你宝宝面前卖弄吗？"她问。

"什么？不是。这歌很甜啊。"

"你就像兰迪·纽曼歌里那个满脑子幻想的老头子一样。"她呼了口气说。

我明白她的意思。兰迪·纽曼所有的歌基本说的都是满脑幻想的老头子。但她说的是《给儿子的备忘录》里的那个老糊涂。他找婴儿的麻烦，嫌孩子对老爸的知识不够激赏。

"等你学会说话，宝贝，我就让你看看我有多聪明。"

她实在太一针见血，我不得不闭嘴了。

当时，我简直没法想象未来的儿子或女儿会不认同我的音乐品味。我甚至都不在意他们是不是长得像我，我们看上去会不会是路人关系。想都不用想，我孩子肯定会和我因同一张专辑痛哭。如果连这都没有，要孩子干吗？没错，我和我爸之前从没有过这样的共鸣。但那是他的错，是他听错音乐了。如果他的音乐收藏比威利·尼尔森和凯特·斯蒂文斯以及吉姆·克罗齐更有个性一点儿，我们之间可能还是有希望的。

我到现在活了这么些岁数，至少头脑是明白点儿了。我把儿子抱在怀里，终于向他唱出《无糖爵士》里那些胡说八道的歌词，我知道我肯定是能实现这一目标的。但在唱歌时，我打从心底明白这都是徒劳。等到他长大，自己有了对音乐的看法，我们的个人口味肯定是合不上的，分歧一定会大得让我觉得他不是我亲生的。我想给这婴儿耳朵里灌多少首我喜欢的歌都行，到了以后，这都毫无意义。等到他十六岁，他就会听酸性机器人嘻哈乐，或者未来年轻人会听的任何一种鬼东西。等我对他提起他小时候我唱给他的歌，他就会翻个白眼。

没关系，这首摇篮曲是唱给我自己的。

查理出生时，我所感受到的爱是此生中前所未有的。但到了第二天，我就六神无主了。我怎么可能养大这个又小又脆弱的人，不把他弄得一团糟？有些人天生就能做好父母。他们换尿布就跟寿司师傅的刀工一样精准，还能像夏尔巴人①一样在背上背一大堆婴儿用品。我现在还觉得在工作日大白天喝醉酒是不错的选择，等电力公司给我发欠费最后通牒才交钱也挺好。

每当我满心都是新手爸爸的恐慌时，我就会给他唱歌。我不知道这有没有安抚到他，但我自己确实是平静下来了。这也是为什么在我还是个毛头小子时，我会一个人唱代替乐队的《不可魔足》，唱到喉咙沙哑。因为这样一来我就能觉得，至少我暂时掌握了自己的人生。

这也是为什么我和凯莉费了这么大劲来考虑生产时的背景乐。我们花了几个星期讨论，来来回回地争辩。我们花在整理和修改播放列表上的时间比花在读育儿书上的还要多。又一次，我

---

①散居于喜马拉雅山两侧，因给各国登山客做向导或背夫而闻名世界。

们浪费了一整晚来争论安妮·迪芙兰蔻的《松弛》应不应该被放进去，虽然他说要松的肯定不是子宫颈。我们吵得连生产课程都没有去。我们达成共识了的只有一首歌，就是喷火战机乐队的《剃刀》。歌词很完美，也不会太露骨。"醒来吧正是时候，得找个更好的地方躲藏。"可能戴夫·格罗尔不是在说一个顽固地赖在子宫里不走的婴儿，但实际上也差不离了。

唱了几句，我儿子就咯咯地乐了。

十二门徒成了化石，我用钉耙给它梳理，你逃不掉了。

我敢和你发誓，就在唱到炸学校那部分的时候，天真无邪、小脸粉红的小查理对我笑了。我知道可能只是因为他放了个屁，但对我而言，这就像一场胜利。

|||||||

我在芝加哥西边一个叫"山畔"的郊区里，具体来说是在"芝加哥地区唱片收藏家展"里。这唱片卖家的展会两月开一次，选址在艾森豪威尔高速公路附近的顶级西部酒店，人称"中西部最大的黑胶唱片展"。我不知道这到底厉不厉害，感觉就像说"我们有墨西哥最好的虾！"一样。

在场内兜了几分钟，我就找到宝了。在入口附近的一个摊位上，我发现了一张灵魂咳嗽的《无糖爵士》十二英寸盘——内含四首没用的重新混音版，等于是没有封面设计，只有该死的斜线唱片品牌商标。我是真的发起了抖。这绝对是我的，我对自己说。一切看起来都和我的唱片一模一样。上面有"仅供宣传用途——不可重新销售"贴纸。唱片套有点毛了，说明前主人一点也不用心保养它。就是这样！这错我认了！

但我随后把唱片从封套里拿了出来，心里就一沉。它保养得很好。碟片上的凹槽干净得闪闪发光，几乎能像迪斯科球一样闪闪发光。拿过它的人肯定都很规矩，只捏着外边缘，避免留下指印和指甲刮痕。

牌桌后的人——桌上放满了一箱箱的黑胶碟——和我视线相交，从椅子上起身向我走来。他一头长发白得就像超市里的圣诞老人，向后梳成马尾辫，穿了一件匆促乐队的 T 恤，看上去是熨过的。他身上一股飘柔洗发水和薄荷口香糖的味道。

"完全没用过。"他对我说，把口香糖泡弄破了。"你手上的可是全新货。"

我把它塞回封套里。"谢了，"我说，递回他手里，"我找的不是这个。"

白色马尾辫眯起了眼睛，上下打量我。"行吧，我告诉你我会怎么办，"他压低声音对我耳语道，"十块就给你。"他看了看我身后，仿佛觉得一旦被人听见打折的消息，就会有一群人手里抓着现金向我们扑过来似的。

"谢了，"我说，"但我没兴趣。"

"你上哪儿都找不到比这个成色更好的了，"他说，"这些专辑很少见，更别说成色这么新。"

"我信，"我说，"但我找的确实不是这个。"

"这支单曲只发行了一次，"他说，开始不耐烦了，"你要是想找目录编号不一样的，我不觉得……"

"我想找有划痕的。"

他闭了嘴，口香糖才嚼到一半。

"其实是很特殊的划痕，"我继续说，"大概在'蜜糖的鼓点'那句歌词附近。那个就是……"我强笑了一声，"也差不了多少，对吧？"

白色马尾辫没说话，直直看着我。

"你想让我帮你刮花它？"他终于说，"那我帮你刮上吧。你自己刮也行，我没关系。"

"不了谢谢。我想找的是一九九八年划上的印子。"

他静静地等了一会儿，可能希望这个他弄不懂的笑话只是一个开场，待会儿我就会拿出钱包，麻利地结账买了这张该死的专辑。然后，他终于确定我这单生意恐怕做不成，又去找下一个客人了。

没关系，除了他这里还有不少唱片贩子。我向人海望去，每个人都低着头忙着翻唱片，房间里充满簌簌声，听起来有点像蟋蟀在叫。但这些人不是在找配偶，是在找鲍勃·迪伦的盗版碟。

我想找的这些唱片按说应该都还在这个州里，这个猜想不过分。如果不在同城，至少也在半天车程能到的地方。我是可以一间间唱片店、旧货店、后院二手摊子地找过去，希望能一点点把我的收藏找回来。另外,我可以直接找到源头——所有唱片贩子、卖家和资深发烧友都会去参加的唱片集市。他们的小面包车里塞满了唱片,摩拳擦掌地准备把收藏卸在酒店礼堂里,上一场婚礼的廉价结婚蛋糕的气味还在礼堂里久久不散。

但如果我的唱片里有些已经出了州界呢?我考虑过这种可能性。但在这个顶级西部酒店里卖碟的这些人可不只是本地人。他们来自密歇根、印第安纳、密苏里、艾奥瓦、威斯康星、科罗拉多。他们可不是第一次来芝加哥。他们来了好多次了——可能他们每年都来唱片收藏家展朝圣。他们可能十年前买下了我的一张唱片,拿回家,听了几次,然后想:"这垃圾太浪费我的钱了。到处都是破音,一到好歌就跳针。我得试试能不能找个傻蛋把它买下来。"然后他们就会把碟带到当初买它的地方。

我以前认识一个人,他是退役联邦元帅,他说如果你想找个脱逃的骗子,就去临镇酒吧里找。他们不在飞往墨西哥的飞机上,就在九十四号公路的下一个出口,正和人大喝特喝呢。

当我走进大堂,看见那一排又一排看不见尽头的唱片,看见那些仿佛有一里长的架子时,心里激动极了。我十分轻松,浑身飘飘然,心中有股奇怪的冲动,想冲过桌子间窄窄的走道,把一堆堆东西撞倒,就像在《成你绕指柔》里弄倒蜡烛的斯汀一样。但我的热情来得太早。我不清楚自己到底在想什么。我是不是以为开场前所有卖家都会聚在一起说:"好了大伙儿,来整理一下,把所有碟片都按字母顺序排好。你们手上要是有 R 开头的唱片,就放在房间那边。"

很多摊位都布置得似乎故意要让人摸不着头脑。有些卖家给货品分了类，某些类别宽泛得可笑——"二十世纪流行乐"——或毫无必要地语焉不详——"爆米花摇乳乐"。即使在翻完里面的所有碟片后，我也搞不清楚后面这个指的到底是哪个流派。有些人的分类法还算清楚——传统的"摇滚乐"分类——里面的碟片一般却根本不属于这类。在"摇滚乐"这箱里，我找到了乔治·伯恩斯的《希望还是十八岁》、西拉·E 的《辉煌人生》、埃尔维斯·普里斯利的《我们做朋友吧》、亚特兰大节奏区乐队的《香槟果酱》、贝蒂·莱特的《危险高电压》、盖瑞·马歇尔的《舞台捣乱分子!!》、老鹰乐队的《最热金曲》、某张叫《有趣骨头最爱乐》的东西、《海滩男孩金曲》、朱利安·列侬的《白日梦的秘密价值》，以及一张吉姆·福斯特的《X 光眼》的四十五转细碟。

我不知道这有没有关系，但我特别懊悔没有赶早场，那场六点就开了。专业人士都去那场，他们一辈子都在箱子里翻唱片，就跟淘金人一样，只不过他们淘的是黑胶。他们都带着自己的袋子来，出门可能会忘带身份证明，但一定会带碳纤维刷子。他们新认识了人，新结交了朋友，却根本没有正眼看过任何人。我听说音速青年乐团的吉他手瑟斯顿·摩尔参加过几场这样的活动。他去的很可能就是早场。他找到了自己想要的，挑走了好的，然后就该死地跑了。

幸亏我要找的东西无论从什么角度讲，对一般人来说都不会是"好东西"。

我聚精会神地找着我的碟片。但时不时地，我会撞上一些引起我兴趣的东西。我停下来看企鹅咖啡馆管弦乐团的《生命迹象》。我从没听说过这个乐队，也没听说过这张碟。但封面上是群全裸的人，都顶着企鹅头。我盯着它看了几分钟，满心疑惑。在右下角还有只猴子，顶着猴头，骑一辆迷你自行车，手里挥着一柄枪。我说，对这东西我该怎么看？

然后就是像皇后杀手的《聆听当下》这样的专辑。翻碟片的时候，我无视了几百张碟片，几百个音乐人，我知道我不喜欢那些。但这张让我停下来了。我从来没粉过皇后杀手。但这张碟片的封面抓住了我的注意力。那是一片沙漠，里面有五只孤零零的耳朵，被腌在罐子里。我盯着它，沉思许久，甚至把它从箱子里拿出来好好看了看。我知道买这张碟——就算只花四美元——一定是个错误。我会把它带回家，听一下，然后还没听完第一首歌就会想："这是在强奸我的耳朵。"然后我就会把它放在一边，从此碰也不碰。但这样把它拿在手里，没有任何额外的信息——虽然我实在无法避免想到那些——我完全被腌耳朵迷住了，别的什么也想不了。我被它可能表达的东西骗住了，这就是优秀唱片封面该做到的事。

以前就是这样的，那时候在付款前，你不能试听音乐。你有时候得纯靠封面来决定买不买。想象一下，你看着丧命肯尼迪的《科学怪人基督徒》，能让你判断它是不是你想听的音乐的唯一依据就是朝圣者游行的图像。你必须考虑艰难的问题——这个封面是诚心的还是在讽刺？这是随便选了个艺术作品，还是和里面的音乐有同一个主题？你必须要信赖直觉，有时候直觉会错得非常非常离谱。

我的直觉在珍的沉溺乐队的《无物惊人》上就很对——结果表明，封面上头发火红的赤裸双胞胎就意味着你的音乐头脑很快要大受震撼了——有时候直觉又错得惨绝人寰——绝不要相信带亚述狮的封面，即使是滚石后期的专辑也不能信。

"你有没有乐队合唱团的首张专辑？"我旁边的白化病男人问，看起来有些焦躁。

他可能没得白化病，但他非常非常白。白得都透明了。他眼里如果确实有瞳孔，那我实在没看见。他的头发又长又直，穿着牛仔夹克，看上去就像乔尼·温特尔一样，只不过是热爱烤芝士吐司的版本。

桌后的哥们儿紧紧皱着眉头，问："你是说老鹰乐队，还是迪伦那个乐队，还是啥？"

白化病男人一喷鼻息，像头愤怒的公牛："出了《负重》的那支。"

"超级粉红乐队，"卖家说，露出微笑，而后顿住想了想，"没有，我好长时间没见过这张专辑了。"

白化病男人抱怨地哼了声，声音很夸张且戏剧化，好像他已经听到这句话太多次了。

我已经偷听他们的对话好一阵子了。他正好排在我前面，我们一整队人像组装线一样排在一起，慢慢地从一个桌子挪到下一个桌子，从一个箱子挪到下一个箱子，翻碟片，前进，翻碟片，前进。这同一个问题，我已经听他问过不下半打卖家了。

每一次，他们都只能摇头。他在前六七次的时候表现得很平静，但已经越来越焦躁了。他没有瞳孔的眼睛仿佛在尖叫：这不应该这么难找的。

他没错。疯狂的是，确实存在比较简单的做法。真的有几百种不那么花时间的方法能让他找到超级粉红的《乐队音乐》。他可以去 eBay 上找到很多张挂出来的专辑，品类各不相同——黑胶、磁带、CD，甚至是八轨录音——价钱比这里的要低得多。如果他想快点听到专辑里的歌而且还不付钱的话，网上还有好几个地方可以让他在几秒内就把歌下载下来，几乎一分钱都不用付。

他肯定知道这些的，对吧？他不会不清楚这个世界的运行规律。他知道他不需要开车到郊外，去艾森豪威尔高速公路边上的顶级西部酒店，找一张他可以在家里电脑上下载的专辑，下载的时候连裤子都不用穿。来这里找已经不是知难而上，而是愚蠢透顶了。在这个折磨人的时刻，你意识到自己除了身上的内裤比较好以外，基本上和假装生活在内战时期的人也差不离了。

就在那个时候，我看见了他，是余光瞟到的。他走过拐角，在裹着紧身牛仔裤的腿脚间穿梭。我的儿子查理穿着颇具嘲讽意味的 T 恤，上面印着巧克力指印，沾着甜甜圈屑。他吃了太多的糖，已经到达身体承受的极限——实话说，这可能是我的错。我想让他对这场冒险和我一样激动。吃糖似乎是实现这种精神状态最快又最简便的方法。这也差不多是我吸可卡因的原因——我第一次也是唯一一次用可卡因。那是在加斯·布鲁克斯的演唱会前。我不想去听，但我当时想，嘿，没准可卡因能改善一下呢。

用在加斯·布鲁克斯上是有效的。我当时成了一个热爱牛仔、热爱舞场的热舞之王。我记得在听《河流》的时候我甚至还小哭了一场。但可卡因对我的效果不同于糖果对查理的效果。他变得既无聊又暴躁,这两样加起来可不是好兆头。

"查理,别这样。"我平静地说,还是低头看着我手里巴布·默德的专辑。他急匆匆地跑过我身边,差点就把头磕在包着尖锐金属角的箱子上撞穿。

凯莉就在他后面,但没有紧跟着。

"你还要花很长时间吗?"她问。

我尽我所能地给了她一个最露骨的"你开玩笑吗"的表情。但她完全没看见。她一路追着我们的儿子,把几个穿着人行道乐队 T 恤、满脸胡子的男人推到一边,道着歉,同时试着提醒自己做个单亲妈妈会比现在的处境更麻烦。

我本没想带他们来。我一开始的计划不是这样的。一开始,我打算一个人来,或者找几个哥们儿一起来,这些人不会觉得开一小时车去郊区、然后对彼此视而不见、盯着专辑看六个小时有什么奇怪的。他们都在最后时刻放我鸽子,说他们有"事"完全忘了,或者他们的老婆突然给他们派了个周末任务,没法逃掉。

我已经想好要一个人去了,结果凯莉觉得这是个绝好的家庭聚会时机。这当然不是了。我立刻就意识到了,但她主意已定。她意识到不对的时候,是在开车前往郊区途中。她发现这和平时去 GAP 或者苹果体验店的短暂出行不同。这不是那种"我一会儿就好"的购物体验。

"你等会儿准备买几张唱片？"她问，带着紧张的恐惧，像慢慢爬往顶端的过山车里的人。

"我不知道，"我说，耸耸肩，"有多少买多少。"

我们同时看着马路，我几乎能感觉到气氛一变，她绷紧了肩膀。

"我们要把那些东西放在哪里？"她问，"我们家里没那么多地方。你是不是要开始把它们堆在角落里了？"

"不是。"

"我搞不懂你。你买这么多专辑，我们也没地方放。我们连唱片机都没有。你买回来光看吗？"

"我会买个唱片机的。"

"那唱片机放哪儿？我们的卧室吗？告诉我这神奇的唱片机要放到哪去？"

她已经完全恐慌了。我很少见她陷入这样的情绪。就连查理都感觉到有什么不对了，他本来在后座专心玩他的随身 DVD 播放器。妈咪不高兴了，都是爸爸的错。

她又给我来了老一套——告诉我不需要为音乐费神，也不需要为丢了音乐费神，总之不要费神，鬼知道我是为了什么才想继续往我们小小的城市公寓里塞更多东西的。那么大张碟片，纸板壳又太厚，都是另一个时代的东西了，还在她家里占地方，搞得其他东西也没地方放。还有——说到这里的时候她脖子上青筋都暴起来了——搞来这些你不需要的东西根本是发疯。我们已经有音乐了。我们需要的音乐，我们都有了——我们要听的，要拥有的一切，都有了——都不用在衣柜里腾出地方来给它。音乐都存在云盘里。

到这里我就没再听下去了。

我搞不懂云储存。"它保护你所有的音乐。"她告诉我，说了不止一次了。她讲了不知道多少次了。"你不用担心它会崩溃，或者弄丢。"

崩溃了。说到唱片机，我绝对不是什么科技达人——我从来搞不清楚什么频率，什么声调校正，也不知道怎么才能最好地消除回放时的相对失真——但我知道唱片机，任何唱片机，都绝对不会搞出"崩溃了"这种世界末日级别的幺蛾子。无论唱片机经历了什么，它都不会搞得你拥有的一切，每一首歌，都就这样……彻底消失。

说起来也有些讽刺，仔细想想看看。因为那些不能毁坏的、我能无数次播放、即使用最垃圾的唱片机都播得出来的唱片，现在全都已经……不在了。

我当时有一小阵子昏了头，想着要不要把我音乐的一切证明都托付给一个虚无缥缈、看不见摸不着的小盒子，只在理论上存在的小盒子。我打电话给格伦，他是我老朋友，电脑通。我就是需要人带我一下，或是让我安安心。

"所以我的音乐就全都消失了？"我问他，声音都吓得抖了起来。

"不不不，"格伦安抚我，"就是把同样的音乐存在 iCloud 里，只不过音质变好了。"

"那专辑封面呢？"我问。

"所有元数据都会被转存到新的音频文件里,什么也不落下。"

"那如果,比方说,我这里这张汤姆·威茨的《剑鱼长号》是日本引进版的封面,上面还有商店的标贴,印着汉字。这些数据也会被转过去吗？"

他顿了顿:"这对你来说很重要吗？"

当然绝对重要。

"那流派呢？"我问,"我的音乐是会变成无聊的 iTunes 流派,还是可以保留我自己的分类系统？"

我花了很大力气发明比 iTunes 流派要具体生动的分类系统。"另类朋克"和"摇滚"根本没法提供任何有意义的信息。所以我把我的 MP3 文件分类成"不男不女的流行朋克"和"有点儿烦人的婴儿潮时代人"以及"我稍有点儿兴趣的独立摇滚",还有"另类乡村乐,主要讲喝酒、悲伤炮,还有耶稣"。

"我很确定这些都能留下来的。"格伦告诉我,听起来没什么说服力。

"所以,如果 iTunes 把音乐分类成'乡村',我可以把它改成'鼻音很重的音乐人,得到了我无条件的爱'这样的类别？"

"我想应该可以的。"

"如果他们觉得有首歌是'蓝调',我可以坚持把它分类成'白人搞的蓝调音乐,我在高中飞叶子的时候觉得很棒'这样？"

"我真的不清楚。你到底为什么要介意这种东西？只要音质好就行了,标签有什么好在意的？"

我在意。我花了好几天——实打实的，二十四小时算一天——在这上面，在网上找最完美的专辑封面，找一张水泡坏了的黑胶专辑封套，"高塔唱片店"的价标还贴在上角；我还花时间思考《煤气灯圣歌》到底应该分类成"不含嘲讽的工人阶级赞歌"还是"发春的小孩"。如果 iTunes 匹配功能把这些没用的小东西都抹掉了，那就意味着它们真的毫无价值。

不久前，在二十世纪后半叶（可能还没到吧，我不知道），你在请人来家里的时候，必须得仔细考虑。即使是看上去最理智的人，也有阴暗的冲动，有那种无法解释、无法满足的冲动要去弄乱陌生人的 CD 收藏。如果你不看着他们，哪怕几分钟呢，你的收藏就会被他们按字母顺序排了，真是帮倒忙。还有更糟的，给你按流派或者年代排了或者给你堆得整整齐齐后，他们都得意洋洋的，好像给你帮了大忙。"我发现你有些碟放错盒了，"他们会说，"《白日梦之国》放在《杜利特》里了。真是奇了怪了。要不是我，你说不定打死也找不到这碟片了呢。"你只能绷着脸笑一笑，心里打定主意绝不要再让这种多管闲事的蠢猪再靠近你的收藏。

我没把任何音乐存在云盘上，以后多半也不会存。因为我希望我的音乐有瑕疵。我喜欢我那些旧碟片和旧 CD 的嘶嘶声和爆破声，我也喜欢那些把音乐上传到海盗湾的人的碟片里的这些小杂音。我也希望，如果有人拿起我的 iPod，他们会被里面愚蠢的分类给弄得又糊涂又气。但我宁愿冒险，宁肯让我的整个音乐收藏因为硬盘崩溃而丢失，也不愿意让它们变成又一组分类普通的歌。

"反正别把太多钱花在你听不了、家里也没地方放的唱片上。"凯莉求我。

两小时后，我不知道凯莉和查理到底在哪儿，同时，手上拿着一张《博纳阻力》，被那褪色的蜡笔蓝封面迷住了。把它从封套里拿出来的感觉，就像转过拐角，撞到了前女友，她的旧信件你还存在鞋盒里。

"查理，别！"

凯莉的声音把我拉回了现实中。我看不见她，但我能听见查理的声音，就在我后面，小脚啪嗒啪嗒响，好像老鼠在屋里跑。他躲过腿脚，躲过抓他的手，咯咯地笑。我能看见那些看见他的成年人眼里的警觉，不是因为三岁小孩在像迷宫一样危机四伏的地方乱跑，而是因为他伸出来的手指上沾着巧克力，像剑一样指着他们的宝贝黑胶。

"埃尔维斯·科斯特洛！"

查理蹲在桌子下面，把一些四十五转细碟抽了出来，草草地看着。他假装读了标题，然后就大喊"埃尔维斯·科斯特洛"，把每张脆弱的小碟片都拍在地上，其力气之大，碟片没被他拍碎，真算是奇迹。

昨晚我们听了些埃尔维斯·科斯特洛的歌——他那时最喜欢这位艺术家的歌——他问科斯特洛有没有自己的专辑，我说有，有很多很多，有些比较好。如果他明天非常非常努力去找，每个盒子里都看看的话，可能就可以找到一些。

一个灰白眉毛、留着弗兰克·扎帕同款胡须的男人已经盯上查理了。"先生，先生，请小心点。"他大声指挥道，看上去吓得要命，还有些犹豫。显然他从没试过这么一遭，还得管三岁小孩叫"先生"。

"埃尔维斯·科斯特洛，砰！"

我头皮发紧。我放开了手上的唱片，让它掉回箱子里。我必须管好孩子，免得他弄坏了太多的碟片，搞得我买唱片的钱都得拿来付罚款。

"你的孩子？"我听见人问，同时把已经伤痕累累的《长钉》从查理紧得像龙虾钳一样的手里夺回来。我抬起头，眼前有两个人，年岁与我相仿，身上穿着必备的摇滚乐队 T 恤——一个是小恐龙乐队封面，一个是枪炮与玫瑰。他们身材和俄罗斯套娃似的，没脖子，轮廓圆润。至今，他们是这栋建筑里仅有的两个看着查理的时候表情里不带着恐惧和轻蔑的人。我抓紧查理，穿着小恐龙 T 恤的人不邀自来地把他自己和唱片的所有经历都说了个遍。

"我拿到这辈子第一张唱片的时候，就和他一般大，"他说，对我的儿子点头，"我以前会坐在地板上，看着唱片转啊转啊转。"他突然大笑起来。

"你现在也还是个神经病。"他那个穿着枪炮与玫瑰 T 恤的朋友说。

"我踢烂你的屁股。"小恐龙回嘴。

我捂住了查理的耳朵。他们说了下去，告诉我他们儿时的一时着迷是如何变成毕生的兴趣，虽然这个兴趣听起来也就比税务会计稍微有趣一点儿。

"我有五万多张唱片，"枪炮与玫瑰说，"里面一万张是核心收藏，我不会卖的。那都是我的宝贝。还有大概七千张四十五转细碟，也是宝贝。其他都是流浪儿，来来去去的。"

"你会把那些流浪儿卖掉？"

"流浪儿什么时候出手都行。无论怎样，他们总会回到你手上。但那些宝贝，你就得保护好了。把它们留在房里，远离外面的世界……"

小恐龙大笑起来："你也太奇怪了。"

枪炮与玫瑰耸耸肩："但你知道问题是什么吗？我终于开始失去兴趣了。"

"你就吹吧。"

"不是，我说真的。我一直都在找新的碟片，但等拿到手了，听个几次，就堆在盒子里了。我现在要负起责任了。我必须要割草去。"

凯莉从人群里冒了出来，大步流星地把查理从我怀里抱走。"我来吧。"她说，一步也没停。

"等等，你——？"我朝她的背影喊。

"做你该做的事，"她说，"快点就是了，好吧？"

"我们能帮你找些东西吗？"枪炮与玫瑰问。

我瞄了一眼那一打装着碟片的盒子，现在看上去简直是没希望，太浪费时间了。

"你有代替乐队的《随它去》吗？"我问。

他们都笑了。"你标准定得有点高了吧？"小恐龙说。

"就是没有咯？"

"我时不时会遇见《保守秘密》，"他说，"另外几个月前，我收了张《蒂姆》，半小时后就卖了。但我从来没见过原版《随它去》，我都干这行四十年了。从来没见过。连在八十年代我都没见过。"

"所以这就跟找大脚野人一样咯？"我问，想开个玩笑。

"不对，"小恐龙说，语气很实在，"我见过大脚野人。"

"对啊，我也见过，"枪炮与玫瑰说，"那都不算什么。"

|||||||

我不知道为什么《随它去》对我来说这么重要。有太多理由应该令它无足轻重。它与我以及我的人生没有任何直接的关系。我没有性别模糊的体验——除非算上那次穿了女装去试镜《洛基恐怖秀》①——而且我也没有朋友有过这方面的体验，除了那次"洛基恐怖秀"，还有偶尔在万圣节扮成大卫·鲍伊。我从来不酗酒，也没试过在最喜欢的休闲酒吧里突然悲伤地顿悟，我也从没参加过一个被 MTV 上某支更热门的乐队弄得不知所措的乐队。我从没谈过远距离的恋爱，然后试着在半夜打电话给对方，最后只得留下一连串的语音留言，心中空空洞洞。我甚至都没做过扁桃腺

---

①一九七五年英美合拍的惊悚戏剧，讲述一对年轻情侣在风雨中因车抛锚而躲进一间古屋，该屋的主人是一位有异装癖的疯狂科学家。

手术。我当然支过小帐篷，但《盖瑞支了小帐篷》这首歌里没什么能让我共鸣的东西，尤其是那句"我要拿这戳她"。

可能唯一一首让我觉得有切身共鸣的歌就是《无法魇足》。我不知道保罗·韦斯特伯格有什么好不满足的，但显然不会是溜进商场影城里看《火辣身材2》，并且对那些裸胸很不满，因为事前你以为里面的胸要比想象中多得多。

青春期里，我和朋克是八竿子打不着的。我没有往身上扎洞，也没去文身，第一次开始听老垫儿的时候，我连大麻烟都没吸过，但我还是很爱《随它去》。可能是因为它就是当时那个"我"的反面。我是个奇怪的少年，吹长号，运动一塌糊涂，还听了太多的比利·乔尔。可能比利·乔尔那部分没那么糟，但从我的经验来讲，会说："我这种不看歌词就可以直接唱《你可能是对的》的人，一般不会说'老是让人给我撸，我都烦了！'"

在我听《随它去》的时候，我立刻就觉得自己也是那群酷孩子中的一员，他们是自愿做个失败者的，他们那满肚子的不满至少有一部分是装出来的，因为他们几乎肯定能找到人跟他们睡。我的《随它去》是个安全毯，是个我每次上学或每次和我那些郊区的同伴交流的时候都带着的秘密。我知道的东西他们不知道。这些混蛋，以为杜兰杜兰和柯瑞·哈特搞出来的东西就是音乐了。他们以为自己啥都懂。但这就等于是他们想从可乐广告里找出些什么深刻教诲，而我懂得去读塞林格的小说。他们根本连塞林格是谁都不知道！他们都要饿死了，自己却不知道。

折辱人心、毫无意义的一天又过去了，我就会回到家，进房间，开始放《随它去》，紧紧抓着封套，看着封面照片，上面四个虚度了时光的中西部朋克青年坐在房顶上。这就像布鲁斯·班纳被伽马射线射中了，它把我变成了绿巨人。可能外表没变。但我胸中跳动着绿巨人的心，即使谁也不知道，也是如此。

少年时，我不知怎地弄到了一张代替乐队的盗版《大事不好》。现在提起来，它就是我的音乐圣经，是让我能在郊区学校里维持理智的生命线。但实际上，我可能只听过一到两次，当时听的时候也是心不在焉。事后的这种回想，至少在音乐上，从来都是不准确的。你会轻描淡写地带过自己对威豹乐队和毒药乐队那种上蹿下跳的热情，同时夸大你对小妖精乐队和肉偶乐队无条件的爱。

但我不觉得我在《随它去》上有什么夸张的。因为我对于那张专辑最强烈、最鲜活的记忆是在我最需要它的时候，它不在我身边。

我能记住所有我父亲过世那天的事物，也什么都记不住。那天的一切都是模糊的。但我脑中那些细节却极其鲜明。我记得凯莉和我那天下午在喝澳大利亚红酒。我们刚刚搬到伯班克，穷得叮当响，在下午喝点儿便宜红酒就是我们所能负担得起的少数娱乐之一了。我记得住对街的那对夫妻在大声播放苏格·雷的歌——"每天早上梆梆梆梆，我女友的四柱床"——每次他们吵架都会放这首歌，以为它能遮住他们的声音，结果什么也挡不住。我们还能听见他们的声音，但只能听见他们积怨爆发的吵闹，足以让人知道婚姻不睦是怎样一种情况。只言片语的"你该死的老妈""你永远别碰我", 诸如此类, 我们就大概清楚情况了。

我还记得我妈打电话来, 闲聊了几句。她对我说了密歇根的天气——最近下雪了, 才几寸厚, 但街上的雪堆已经比车要多了——然后问了些不疼不痒的问题, 比如我们的新公寓, 洛杉矶的雾霾, 我们附近有没有不用上高速就能到的杂货店。然后, 在我以为我们已经把东西都聊完了, 正准备挂电话时, 她直接扔了个炸弹。

她告诉我她是在哪里找到他的, 他俯卧在厨房地板上, 桌上有一份吃了一半的鸡蛋沙拉, 她立刻打了911, 虽然她摸到他已经没脉搏, 皮肤也冷了。她知道人救不回来了。

"我该回家来。"我说。

"别, 别,"她说, "你忙。"

"妈……"

"太贵了。你看了最近机票要多少钱了吗？简直不可理喻！我不能这样对你。"

"我买得起。"我坚持说。

"你连话费都要付不起了。你怎么买得起机票从加州飞到密歇根？"

"我们现在真要说这个吗？"

"我就是想说, 我担心你。你负担不起这笔意外支出, 我不想拖累你。尤其是现在, 你爸爸也走了, 我们负担都重。"

我不知道她为什么没有哭, 然后我又开始疑惑为什么我没有哭。这都是假的吗？看起来真没点儿真实感。这就像在梦里, 你意识到自己在做梦，想："天啊，太疯狂了。我一定要认真点儿，这样醒来之后就能记住了。"

"如果你真要来，"她终于让步说，"那我给你买机票。"

"不行。"

"我坚持。别挂电话。让我找找信用卡。"

我听到窸窸声，就像有人把手塞进了满满当当的垃圾桶里。

"你不需要这么做的。"我恳求她。

"我想这么做，"她安抚我，"别再用西南航空就是了。"

"西南航空怎么了？"

"你知道当时我们给你买感恩节机票花了多少钱吗？"

"那又不是我出的主意。"

"我都没法说，一想起来就恶心。"

"票价肯定很高，因为已经临近起飞了，"她警告我，"你可能还是等一等比较好，下周再来。"

"妈，别这样！"

"我就是说说，那些大航空公司知道要怎么占便宜。别让他们给你开高价。你有没有考虑过精神航空？他们价格一直都挺合理。"

"我觉得他们应该没有从加州起飞的航线。"

"没有吗？我真没想到。密歇根和佛罗里达之间的机票价格很好。上次我去见你的姨婆，来回机票还不到八十九美元，太棒了吧？"

"确实不错。"

"你只要知道该给谁打电话。"

"我尽力，妈。"

我妈顿了顿。"对不起，亲爱的，"她说，"我过一阵子就尽快给你信用卡号。它在你爸的上衣口袋里，我还没能把他翻过来。"

这感觉很让人心神不宁，就好像突然从熟睡中惊醒，发现自己周遭一片陌生。我猛然意识到究竟发生了什么事，正在发生什么事。我全都能看清了——我妈妈坐在地上，四周是脏兮兮的厨房，跪在我爸爸的尸体旁边——自她发现他以来，躯体分毫未动。或者她可能盘着腿，因为有一边腿已经麻了。她紧张地用手指卷电话线，又解开，因为实在不知道该把手放哪儿。这段时间里，她可能一直在试着把我爸的钱包从口袋里拉出来，不用挪动他的身体，不用碰他太多，因为碰他就是确定了，没错，她真的是坐在黑暗的厨房里，身边躺着死去的丈夫，还在和加州的儿子说话，他身在万里之外。

她终于拿到了信用卡，我们再也没有提钱包和尸体的话题。我们争论哪个航线好，为什么我弟弟最近会忙得根本不见人影。

我们就像北极光一样，轻飘飘地说着话。

然后我听见厨房里有脚步声，她告诉我医护人员已经到了，她得挂了，不过等会儿她会再打电话过来。

我把电话扔开，好像它突然变得滚烫起来。我看着凯莉，告诉她："我爸爸死了。"然后我整个脑子都空了。她哭了起来，我不知自己为什么没哭，我浑身都是僵的。不知什么时候，我飘进客厅里，瘫在沙发上，试图什么也不想。我不想，可能也是不愿意去弄懂刚刚究竟发生了什么。我听着凯莉打该打的电话，把消息告诉该知道的人，朝电话里那个上航班订票热线晚班的可怜人大喊大叫。

痛苦迅速地朝我侵袭过来。我能看见它包围了我。我能闻到虚空中它的气味。它在我身边逡巡，像一只寻找突破口的鲨鱼，找一个破绽。如果我就这样呆坐着，它早晚会闯进我胸膛里的。我必须得动起来，找东西填满我的脑子，分我的心。于是我去找那张《随它去》的碟。它不在平时的地方，我就扩大了范围去找。我翻遍了架子，把储物盒都拉了出来，每个衣柜都找过了，几乎把整个房子翻了个底朝天，就想找到它。

凯莉看着我，样子很忧虑，但她什么问题也没问。我如果不坐下来，听听专辑里的歌，我就什么别的都做不了。不是什么碟都可以的，必须是那张。而且一定要把声音开得很大。不能听那种充满感情的垃圾，比如《答录机》或者《无法魇足》。我需要我可以跟着尖叫的歌，像《汤米割了扁桃体》或者《看过了你的视频》，这样我就可以一遍又一遍地高喊"这不过是摇滚——"。

我再没找到它。它已经不在了。我好多个月前就把它卖了——那是我手上最后一张唱片——换来了水电费。也可能是花在了别的东西上，我根本都记不得。我可能拿它卖的钱买了墨西哥饼和葡萄酒。我当时觉得这样挺好的。但在那个晚上，我在伯班克的公寓里浑浑噩噩地晃荡，把架子上的东西撞得七零八落，就像翻找珠宝的小偷一样，当时我愿意付出一切，让它回来。

我甚至都不用真的把它播出来。我只要抓着封套，盯着那张照片，就能找回安全感，找回那种幻觉，仿佛我比我实际的样子更强大。我还是少年时，这张专辑给我带来的就是这个，这种力量不会因时间流逝而消亡。我知道，如果我能再一次独自拿着它，花掉无足轻重又无比美妙的几分钟，我就有力量挺过其后可能发生的任何事情。

但它不在了。我就听了CD。不一样。封面——如果还能叫封面的话——就像本地中餐馆的外卖单一样，可以被人塞到门缝底下。音乐都在音箱中数字化了，无论从哪方面讲都高端得多。足足四十四点一千赫兹！那真的是……多了很多的赫兹！另外动态范围足足有十六比特。这比特可比我那些黑胶碟要多得多了。至少多了整整一打，对吧？那为什么我不满足呢？我能认出旋律、歌词——无论什么都是一样的，可能更动感，更清晰。但当我坐在电脑边，听着音乐从那些还没我小指头大的地方流出，那感觉就像是听着回音，从很远很远的地方传来。

我爸死了，这次音乐救不了我了。

‖‖‖‖‖

这真是种能让人感受到谦卑的体验：窝在桌子下，屁股往外撅着，好像一只垃圾桶里的浣熊，翻着旧盒子找不知道会不会有的宝物。我和流浪汉之间唯一的差别就是，流浪汉是为了生存。他需要食物，要找个地方过夜，否则就会死。我的动力就没那么高尚了。我窝在这里，是因为桌子下所有东西的价格都不到一美元，卖家说所有东西都是从棚子里拉出来的，他也不完全知道里面有些什么东西。

棚子哥不停在那里讲他这些东西，说它对他来说根本没什么重要的。"我当时在看球赛，然后就随便开始定价了，"我听到他说，"我根本看都没看有什么。它们一直在棚子里堆着。我花了六个小时才把所有东西都拉出来。"

这里大部分卖家都和他一样，都是普通人，手上碟太多了，都堆在棚子、阁楼或老妈的房子里积灰。他们也不想赚大钱，只想清掉堆起来的垃圾。讨价还价可能早些时候会更激烈，但都下午六点了，那就像摩洛哥的街边摊一样，戴着羊毛帽的买家对任何有那么一丁点儿兴趣的人大喊："你这人挺顺眼，给你全场五折！"

"我房里箱子实在太多了，"面容模糊的人在我上方继续说着，我继续翻他的碟片，"我买了又买，买了又买。然后东西堆了又堆，堆了又堆。苏姬去地下室看见我在里面到底堆了多少东西时，简直兴奋极了。她说：'这下面是怎么回事？我爱你！'"

他可能还说了啥，但我没听。我从他的五十美分商品盒子里抽出了一张东西，心跳几乎都停了。这就像梦中的场景，有人来探望你，已是许久以前的旧识了，他们却依然青春美丽，完美如初。可是仍有些东西不对劲——他们脸上有鳃，或是没有眼白，因为这是梦啊，梦就是会让人摸不着头脑。

那是邦·乔维的专辑。那张邦·乔维的《湿滑》。我很确定是我以前那张。

88

　　无论怎么端着，它都仿佛会在我手中粉碎似的。封套是干的，但已经糊塌塌的了，就像干苹果的果肉一样。它肯定被水泡过，又放到了太热的地方晾干，比如散热器顶上。这已经不仅仅是皱皱巴巴了，它整个化学结构都变了。它折成了不可思议的角度。它是被达达主义①重构过的唱片封面。

　　这是自一九八〇年来，我第一次亲手拿着它，亲眼看见它。我的反应还是那么直接：这封面的色情暗示实在拙劣，我真的觉得非常非常糟糕。"滑"应该是拿来描述二月份密苏里的路况，我满脑子都是查理·卓别林试图逃跑，结果一次又一次滑倒，感慨着："上帝啊，这地板湿的时候可真滑！"

　　我在桌子底下又待了会儿，把邦·乔维放到了一边，又翻了几张唱片，想显得自然点儿。没多大事。不过我心里已经是一团乱麻。我的脑袋嗡嗡作响，心如擂鼓。我的扑克脸简直烂透了，我知道。我越想显得淡定自如，越显得像个刚在跳蚤市场找到伦勃朗真迹的新手艺术收藏家。

　　不可能这么简单的，对吧？我怎么可能才刚刚开始找就找到真货呢？我也知道概率，我很清楚真要找到它们的几率太低了。根据美国唱片工业联盟的数据，一九八三到一九八五年间运输的黑胶唱片——对我真正重要的至少一百多张黑胶都是在这两年里买的——足足有五亿八千一百二十万张。现在外面就是有这么多张黑胶唱片，在我个人的黑胶黄金年代里生产、销售、流通。在

①二十世纪西方文艺发展历程中的一个重要流派，是第一次世界大战颠覆、摧毁旧有欧洲社会和文化秩序的产物。

这一百多张我想找回来的黑胶中，我很肯定有五张是只要在同一个房间里，我就一定能认出来的。

好，那就来做个计算。我正在从五亿八千一百二十万张唱片里找五张。但那个大数字是全国范围的。运输到中西部的唱片大概只有两亿。运到芝加哥和周边郊区的数量呢？那大概应该是多少呢，最多也就五十万吧？这就让我的数字变小了不少。现在我要在大概五十万张唱片里找五张。这样一来，就……还是挺吓人的。但还是能做到。倒不是说得找到第九万九千九百九十九张才能找到我的碟。不过，翻碟翻到手腕抽筋的心理准备我也是有的。

在这个唱片展上，我可能已经翻了……我也不知道，大概一千张吧？这都已经是往大了说了。但在一刻不停地翻了四个小时的唱片以后，确实是有可能找到碟的。我做好心理准备会找到一些似是而非的，可能有几张还得仔细看才能看出来不是正主。但我真没想到会在还有九万九千张碟片等着我的时候，就先摸到了圣杯之一。

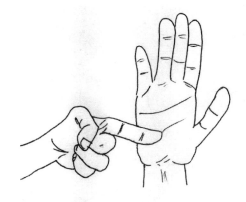

我怎么知道它是我的？

（1）我那张邦·乔维的《湿滑》从车祸里保住了一命——这是我经历过的最糟糕、也是（这本书里会写到的）唯一一场车祸。那是一九九〇年的夏天，我在密歇根的公路上，从我家位于利勒诺半岛的小屋——大概是在密歇根手套型地图上小指头的部位——开往我在芝加哥郊区的家。半路上，我的车从路上滚了下去。如果不用密歇根的手掌型地图的话，很难解释到底是在哪个地方。

意外大概是在这里发生的。

我开得太快了，车里装的东西也太多。我从跳蚤市场买了个椅子，把它硬塞进了副座。有个椅子腿非常危险地戳在我太阳穴附近。只因为我不小心把方向盘打得太过，事故就发生了。我被副座上的椅子敲得人事不省。据警方报告，车翻了，滚了七圈，最后落在沼泽里。

我醒来时已经在医院了，正被推去做CAT扫描。我没什么事。全身上下也就是有几处擦伤，连骨头都没断一根。我的车倒是基本报废了。

我去找车的时候，它还在沼泽里窝着呢。看上去好像是从谋杀悬疑片里出来的一样。

里面所有东西都没了。我的衣服、书、把我敲晕了的椅子——所有东西都让水泡透了，碎成了片。我从车里救出来的唯一一件还没全毁的东西就是《湿滑》。我甚至都不记得它在车里。它被塞在驾驶座下面，外面包着一层毯子。天知道我一直在屁股下压着一张邦·乔维到处开车。

为什么偏偏是这东西从戏剧性车祸里留存了下来，而不是任何别的东西？没错，封套糊满了泥，黑胶已经弯折得不能听了，但它还在啊！它没折成两瓣，没碎成千万片。现在那椅子已经成了支离破碎的木屑了。但你还是能看出这唱片是《湿滑》。

而且上面还留着海瑟·G 的电话号码！简直是魔法，那字迹竟没被水洇掉。这是该死的奇迹啊！我很确定这点。这是个预兆，是老天插手了。我也摸不着头脑，但我知道这肯定意义非凡。我是不是该给海瑟打电话？还是说，我应该对流行金属刮目相看？肯定是有超乎寻常的力量插了手，保护了那张唱片，让它不像周围的东西那样支离破碎。

我不知道为什么我当时没想明白，那股上天的力量帮的其实是我，让我还能活下来，能站起来，还能用完好的肺呼吸。也许《湿滑》只被水泡了泡并不是多大事，与此相比，真正的奇迹是，那辆车的司机在跟着车翻了七个跟头栽进沼泽里之后居然没死，居然还能活蹦乱跳地胡思乱想这张邦·乔维的唱片是不是卷进了上天的阴谋里。

现在，这张卷了边、纸板泡得霉软的《湿滑》，标价才半美元，就在我手里。这若不是一个奇妙的巧合——有另一张位于中西部，封面上写着电话号码，被沼泽水泡过的邦·乔维唱片——那它就是我所想的那张唱片。

而且说到电话号码……

（2）这张封面上写的电话号码是七〇八开头的！拜托，这还不能算是铁证吗？

除非这不是海瑟的电话号码。这当然是有可能的。她也不是唯一住在芝加哥郊区，电话号码编号为七〇八，喜欢邦·乔维这种伪牛仔、流行摇滚风格音乐，又刚好有一支笔的女人。要确认，就只能拨过去了。我手机落车里了。我当然可以从桌子底下爬出来，跑到停车场，希望在此期间不要有人把这张唱片给买走了。但如果真要为这个担心的话，那就得想象这样一个人，愿意趴在地上钻到桌子底下，在半美元特卖箱里发现播都没法播的邦·乔维唱片之后，还热情如火地大叫："总算找到了！这张根本不知道为什么会火起来的邦·乔维唱片，二十世纪八十年代出的，看样子还被人在泥水里泡了几十年，除非找到个勇于牺牲自己的唱针的，不然，肯定是播不了音乐的了。哎哟，看，还有条电话号码呢。我可不会忽略掉这个。这电话的主人还能是谁？肯定是个女孩，会在高中乐团排练的时候穿啦啦队员服，大腿美得惊人，就算实实在在地花整个周末盯着腿看也看不腻啊。才半美元？买了！"

我从桌底钻了出来，手上拿着几张唱片。

"就这么多？"那胖子问，翻着我的唱片，敲着计算器。

"对，这就行了。"我说，装得很轻松，效果很糟糕。

他看到《湿滑》，停住了。"哥们儿，你确定要这个？"他问，"我有品质好一点儿的。"

"不用了，这个就行。"我说，语气有点太坚持了。

"我觉得这张都播不出来。"他说，把黑胶碟拿了出来，仔细端详。他很可能是对的。它看上去就像同时被人当成了猫抓板和地下酒吧烟灰缸用过一样。

"我不介意。"

这就让他停下了。"你不想听它？"

他终于放弃了，耸耸肩，显然觉得不值得和我吵。"钱不用给了，"他说，"我也不是没良心的。你还省了我扔垃圾的麻烦。"

我笑得太用力了，不是因为他这句话好笑，是因为松了一口气。我能赶在他之前发现这张碟，完全是靠运气。如果我没钻进这张桌子底下，没有来这个郊区酒店宴会厅，没有参加这个周末的活动，那它很可能就永远消失了。那胖子可能会发现它，奇怪自己怎么会留着这么没用的东西，然后一找到机会就立刻把它扔了。我的《湿滑》，以及海瑟·G 的电话号码，可能会就此沦落成堆肥。

"你开店吗？"我问，礼貌地闲谈起来，同时在人群里找我的老婆和儿子。

他耸耸肩，头也没抬。"没，根本赚不着钱。"他说。

我点点头。这些碟才花了我一点二五美元，我实在没法反驳他。

"我还是很震惊，'唱片交换'怎么就倒了呢。"

胖子抬头看了看我。"哪个？"他问。

"郊区那个，"我说，"霍姆伍德那家。"

"噢对，那家是倒了一阵子了。我以为你说的是平原那家。"

我等了一会儿，等他主动说些什么，透露些风声，说清楚到底是怎么一回事。但他就这么坐在他那把摇摇晃晃的破凳子上。

"他们，呃，抄了平原那家的名字？"我终于问。

"不是。那家的主人是兄弟里的另一个，叫鲍勃·迪纳吧我想。泰德把霍姆伍德的店关了以后，鲍勃还撑着。他们搬了几回，但店主还是同一个。"

在我身后某个地方，发出了一声巨响。有张桌子倒了——可能是被推倒的——黑胶倾斜而下，全砸到了地板上。有些人在大叫，有人清清楚楚地说了句："谁他妈把孩子带来了？"

我根本都不用去看。我很确定这到底是谁闯的祸。但我现在不怎么想扮演家长的角色。在我脑海里，我是个牙关紧闭的侦探，身处老式黑白犯罪悬疑片里，我刚让某个马屁精透露出了我所需的缺失证据。我套出了话，他甚至都没发现自己被套了话。在这个糟糕的剧情里，我所怀疑的犯下这么多可怖剧情的凶手已经死了，但我刚刚发现他有个双胞胎兄弟，而且同样嗜血。

"你要我把地址写下来不？"卖唱片的胖子说，"你应该去看看，鲍勃的藏品挺不错的。"

我在想象中吸了口烟："我可能确实得前去拜访一番。"我说。

第五章

　　我一知道还有第二家"唱片交换"，做的第一件事就是上谷歌查了查。还真是，它还有官方网站，不过页面看上去好像是在二十世纪九十年代建的站，之后就被人忘到一边了。还把八轨道录音当作正式录音在卖的唱片店就该有这样的网站。

　　我给鲍勃发了封邮件，和他约见。我提到了 MTV，我个人觉得这应该不太能打动他。我还编了个故事，说我在做一个报道，是关于唱片店以及它们依然多么重要，还有他们的文化意义之类的。他有没有兴趣和我聊聊，谈一谈"唱片交换"多彩的历史以及他的店怎么能撑这么久，而其他的店包括他自己兄弟的店都像古代文明一样崩溃了呢？而且，说到他的兄弟……

　　不，不，我要等等再讲那个部分。我不知道该怎么做，什么时候才合适，但这感觉像一个需要我保守的秘密，至少刚开始要保守好。如果我早早露了马脚，很可能就会吃闭门羹。

　　我同时也接触了约翰·劳瑞，也就是"唱片交换"的前经理。

不是平原店的，是原来那家店的——也就是霍姆伍德那家。我不知道他认不认识鲍勃，但他曾经是（现在也是）"唱片交换"帝国不可替代的一部分。我对他的记忆完全没有参考价值。我觉得我连一句话都没对他说过。就连视线接触都很危险。如果他在付款处，我就会空手离开，晚点再回来。因为他吓得我不轻。他浑身毛孔都冒着酷劲儿。他不像其他店员，也不像那些想讨好店员的人——他们说话很热情，很大声，还加一大堆手势。我记得他基本不出声，抱着手臂，嘴角半撇笑着，就像他知道的远比表面要多。他毫不费力就有吉米·佩奇那种大摇大摆的劲儿——如果吉米·佩奇留个马尾辫，还在唱片店拿最低工资的话。

我必须吞下青少年时期的恐惧，尝试和他说话。因为他可能就是潜在的钥匙。"唱片交换"关了好多年了，但劳瑞即使不是最后一个，也至少是最后一批了解仓库情况的人。他手里可能有老账本——有着破烂的皮革封面、脆弱泛黄的内页——里面细细写了所有东西的去向，包括唱片、磁带、八音轨录音带，任何由"唱片交换"经过手的东西。

劳瑞没准还是那种人呢，就是那种偏执的细节狂魔，之所以收集唱片，就是因为他对整洁有过分的执念，而且对每个经手的唱片都有照片式的记忆。我想像他戴着那种会计遮阳帽，穿着音速青年或涅槃乐队一九九九年巡回演出纪念 T 恤（还和刚买来的时候一样新），听到我的问题以后，只稍微顿了顿，就说："是汤姆·威茨的《雨狗》，封面上有唇膏印的那个？噢，没错，我记得。条形码是90299-1，对吧？我们在一九九九年五月卖出去了。

我这里还有信用卡收据。顾客住在芝加哥罗斯科街，就在霍尔斯特德和百老汇中间。我把他地址给你吧，挺和善的人。"

还真有可能呢！

"你想聊'唱片交换'的事？"劳瑞在电邮里回我，"你知道我只是打工的吧？你联系其他员工了吗，还有店主？还有间'唱片交换'在平原还开着呢，我记得。说回来，当然，我可以接受一个小采访。我周六从中午到下午六点在这儿上班，可以给你挤出十分钟。具体等你决定。"

收到电邮后几天，我开始准备我和劳瑞的重聚，不过基本上完全不现实。我买了发胶，忙活了整个下午，想让我的头发乱得有美感。我开始在下唇底下留小胡子，而后，看见镜子里自己的样子以后，全给剃了，然后又开始留莱米胡[1]，又把那笑话给剃了。我在网上翻了无数个专卖经典音乐会纪念 T 恤的店，想找到一件能对劳瑞说"你和我是血浓于水的兄弟"的衣服。莱蒙斯乐队的 T 恤就太刻意、太老套了。不如来点新潮的，比如液晶显示屏音响系统乐队或者猎鹿者？但那样也可能搞砸，比如他问我，我最喜欢的液晶显示屏音响系统的专辑是什么，或者问任何关于猎鹿者的东西，比如这东西和罗伯特·德尼罗的电影有什么差别。要不穿件讽刺的 T 恤？比如扭曲姐妹的巡回 T 恤，这样就能让他知道我不是那种自视甚高的家伙。或者穿件真诚的？比如穿史密斯乐团的《吃肉是谋杀》。

---

[1]一种胡型，留上唇、嘴唇两边，一直延伸到两边颌骨的胡子，但下唇和下巴须剃干净。是莱米·凯尔密斯特的特色胡型。

然后，几周后，劳瑞又给我发了封电邮。

"祝你好运，艾瑞克。不过我还是不参加了。"

我心碎如绞。怎么突然来这么一出？我怀疑他可能是得到了风声，知道了我联系他的真正原因，知道我不是为了收集他音像店的口述历史而来。但即使如此，他怎么能这样？怎么偏偏是他？他怎么能这么不当回事？他整个职业生涯奉献给了为人找旧专辑这件事，这真的是他的毕生成就，他只做过这件事。没错，可能规模大点，但这完全是他的专业范围啊！

我想象自己直接开车到了"声音星球"，打他个措手不及，然后求他重新考虑。我会原汁原味地给他演一出《情到深处》——站在他店面外，在头顶举一个大喇叭播放机，大声播放意味深长又令人心碎的音乐。肯定不能播彼得·盖布瑞尔。要和毕生在唱片店工作的哥们儿辩论音乐，可不能拿热门榜前四十名以上的唱片当开场。必须要用些能让他重视的东西。比如鲍勃·默德。来点《如果我没法让你回心转意》，就能打出一张很好的感情牌。"我希望你能看出我的真心，看我已经等了多久。"来这么一招，他还能怎么反驳？

当然，唯一的问题就是，我手上没有大喇叭播放机。一九八八年以后，我手上就没这东西了。这挺奇怪的，因为我衣柜里有我所有的旧电脑。如果我真要囤积电子产品，为什么不留个大喇叭播放机呢？好吧，可能是因为里面没存黄片，可以随便扔进垃圾堆里，不用怕什么科技宅男找到它，在硬盘里乱翻，说："我的老天，这家伙喜好真是够变态的。"

我还有个随身听。是索尼的 WM-DD9 型号。我不久前把它拿了出来，只是想看看这小甜心还能不能跑。用了点全新的AA胶，它就焕然一新了。好吧……看上去差不多是新的。里面的齿轮尖声嘎吱起来，整个东西都是靠电工胶带和灵魂咳嗽贴纸粘起来的。但除此之外，它还是运转得很顺利。iPod Touch 四盎司[1]重，但随身听可沉了，有十二盎司。这就像是带着一张信用卡和带一个英雄三明治[2]的差别。我喜欢大家伙，让人感觉带在身上的这东西很重要。

还有什么特色？你可问对了，当然有！有音量调节功能，还有镀金耳机孔，还有自动倒带功能。没错。我可不需要手动翻磁带。我把这活留给科技来做了。噢还有，你知道"超重低音"这东西吧？把这垃圾从"正常"拨到"最大"，你就等着脑子被它融化吧。

我已经做好万全准备到劳瑞面前出丑，把这一切道具带上，去吸引他的注意力，让他回心转意。但之后我等来了意外之喜。

鲍勃·迪纳回信了。

好的，他在信里写，他愿意在"唱片交换"见我。"我是一个人顾店，所以可能中途会被打断，而且也不知道店里会有多忙。我五点后可以接受采访，如果这样效果比较好的话。周六店里比较忙，我早上还有批货要到。不过晚些时候就没问题了。"

周末来临前的那段时间漫长得好像永恒。

---

① 1 盎司 =28.35 克。

②在长条面包中夹肉、干酪、沙拉做成的大三明治。

|||||||

"一天到晚都有人跑到我这里来，说'我怀疑这是我的碟'。我就说：'你是在二十年前把它卖了的？这碟当然不可能是你的，你这个蠢猪！'你懂我意思吧？"

我开了两小时车经过伊利诺伊乡村地区到了平原，只为了到这家店里来——直到一周前我都不知道这家店的存在——和这个人聊聊，他可能知道我的唱片都跑哪去了。我才不会和他唱反调呢。

"完全明白。"我说。

"我是说，拜托，这是旅行者合唱团的唱片，我们这里经手过几百张。是要多小的概率你才能找到原来那张？拜托，别开玩笑了。这不是你的旅行者合唱团唱片，放弃吧。"

鲍勃·迪纳大笑起来，我也跟着笑了，即使他刚刚所说的一切都让我想哭，或者更糟糕，让我想和他激烈地辩论一番，好让他知道他究竟错在哪里了，辩论内容还包括统计学分析出的一九八八年至今的中西部二手黑胶销售额。但我没这么做，因为我是唱片店培养出来的产物，因此我习惯相信收银台另一边的人永远正确，应该目不转睛地听他说话。能搞到四百美元一张的引进版唱片、满墙盗版碟的人，就是大佬，也永远都会是大佬。

这是我第一次见鲍勃，但他身上有些东西让人感觉熟悉。可能我在他眼里或者脸型上看见了他兄弟的影子。这也很奇怪啊，因为如果找几个长得很像的人一字排开让我指认，我也不一定认得出鲍勃的哥哥，霍姆伍德店的店主。但我一走进店里看见鲍勃，我就知道是他。我猜这也很明显，因为店里也只有他了。但他身上有种感觉，就算不把他放在这个环境里，你只要看他一眼，就会觉得"噢对，他有一家唱片店"。

鲍勃的头发偏长，暗金色，乱糟糟的。上身穿一件彩格呢纽扣衬衣，里面露出一件摇滚乐队T恤，下身是一条洗得几乎变成白色的牛仔裤。所以……没错，唱片店的家伙也差不多就这样了。

"但你确实是会对黑胶唱片产生感情的，"鲍勃继续说道，心不在焉地翻着一沓新到的货，"这就会有瘾了。我以前说，我开这个店也就开一阵子，然后就要开个诊所给那些人脱瘾。这一群人，钱我两头赚，这边出来了，那边进去了。"

我听他说话，但没认真。他谈得不少，却没有实质内容。他有很多故事——真的很多——而且还交织到别的故事里，但没有一个回答了我的问题，虽说我也没真的开口问过。不过如果真的有必要开口问，好，行，我那些唱片都去哪了？

"我不了解那些新潮音乐，"鲍勃继续道，"我知道一些。我们这边收了不少二手碟，我就拿来放。我就感觉，说真的？真的？有人喜欢听这个？我不记得她名字了，但她唱歌很像詹妮斯·乔普林。"

"超级粉红乐队？"我说，胡乱猜了一下。

"我不知道。我听她唱歌，就真是搞不懂。她就是在学詹妮斯·乔普林。都有了詹妮斯·乔普林，还听她干吗？"

"我猜他们是想要个新潮一点儿的人吧，"我猜测道，"要个活人。"

"看吧，这就是问题。美国变得保守多了。太可笑了。现在都是那些公司说了算。简直就好像我们都被编了程，要变成Lady Gaga 那个样子。"

"编程？"

"他们都已经进我们脑子了。这就是网络对你的影响。它改变了你处理音乐的方式。"

我的脚开始痛起来了。我不知道我们已经在那里站了多久。肯定已经至少一个小时了，可能更长。我一直等着他请我到后面的办公室再叙，什么地方都好，只要有椅子，能长时间聊得更舒服一点儿就好。这个情况怎么看都很诡异。两个男人站在收银台两边——他看着收款机，我拿着唱片，好像要付钱一样——仿佛两尊表现贸易活动的雕像。这间店的一切都让人感觉极其熟悉，又完全陌生。至于墙上的海报，我可以发誓，就是从霍姆伍德店里摘来的，连排布都一样。涅槃和《小变动》时期的汤姆·威茨挨着。图派克和斯普林斯廷肩并肩站在一块，迪伦可笑地和莱蒙斯合唱团放到一块儿。这些唱片在这世上任何一个唱片店里都能看见。店里的布置也亲切又熟悉，就像你儿时常去的教堂里的彩绘玻璃窗。同样的颜色和设计你已经见了上千次了，但不知怎的，你的教堂里的窗户看起来就是那么独特，那么亲密。

"我恨宣传攻势，"鲍勃说，"但现在唱片工业就只剩下宣传攻势了，某程度上说。我真恨它。我再也不挂广告了。我也不需要很多钱。我有我的唱片，我还在收更多的唱片。我不会挂广告说'嘿，我们是世界上最好的唱片店'。我都不在意这个了。人们得费心来找我们。如果找不到的话，就拉倒。"

"在大学城里也是个优势。"我接话。

他嗤之以鼻。"以前，小孩来这里上大学，第一周就把唱片店都摸遍了。然后 CD 火起来了，再接着就是数码那些东西，人们就会走进来说'你怎么还在搞唱片这些东西啊，大哥？这都过气啦！'他们还取笑我们。我们成笑话了。一九九九到二○○六年那段时间，日子真是艰难。要等到我们搬来这里，找了个新店，事情才有了起色。"

我环顾店铺。店里空无一人。自从我两小时前到这里，连一个往橱窗里看的人都没有。除了轻声播放的卡拉·托马斯，店里安静得瘆人。

"现在带碟片的新东西又火起来了。都是那些时髦仔的玩意，"他说，"我真是腻了这些时髦仔了。他们音乐品味臭得不行。那些小子跑来店里，说'你没有今年内发售的专辑吗？'弄得我一肚子火。我们不需要今年发售的东西！"

他拿出一张托马斯·马普福莫的唱片。他们的名头我连听都没听过，音乐也从没听过。标题提到了津巴布韦，我猜他们应该是……非洲来的？一定得是非洲。我对非洲的了解和任何靠流行音乐了解非洲地理的美国人一样。我知道，据托托的说法，非洲老下雨，而且晚上能听见鼓声。我知道那里气温挺高的，搞得他们都记不清圣诞得是什么时候。我知道太阳城因为种族隔离水深火热，而且没人想去那里表演，甚至包括乔伊·雷蒙和霍尔与奥特兹二重唱都不愿意。这还挺奇怪的，因为这两拨人是音乐上的两个极端。那些喜欢霍尔与奥特兹二重唱，在电台上听到《我的清单上有你的吻》会心情愉快的人，要是知道雷蒙不会来表演了，可不一定会有多失望。那些雷蒙的粉丝，靠《青少年脑额叶切除术》和《我想被麻醉》才能勉强忍受自己种族歧视的父母那么长时间的人，还真的不在意霍尔与奥特兹二重唱的世界巡演不会来太阳城。

我对种族歧视的父母略知一二。不是我的父母，是别人的。我第一次听到鲍勃·马利的名字，就多亏了我朋友那种族歧视的妈。在郊区长大就好像专门上辅导课学习社会里残存的种族主义一样。我们好多邻居之所以搬来郊区是因为这里比较"安全"（也就是说这里黑人少），但安全总是带来平庸，这就让他们很不快了。他们总是抱怨这种千篇一律，因为黑人有丰富的文化，而他们就只有购物中心和小狗。

我拿到驾照时，决定第一次上路得去芝加哥。但我最好的朋友的妈妈说这就等于是自杀。那个城市里到处都是黑皮罪犯，她说，他们就等着机会把白人孩子骗到巷子里去。她说了些天花乱坠的黑人帮派故事——不过我现在觉得她只是在重复从《新闻六十分》上听到的名字而已——他们会把受害者的肉从骨头上剔下来。不只杀人，还剥皮拆肉，就跟鱼一样。"这是真的，"我朋友的妈妈教训我们，"他们在内城区学校就教的这种黑人巫术。他们听了满耳朵鲍勃·马利的雷鬼音乐，听得都疯了。他们只要听到那首《电动大街》，就想杀白人。"

即使我对音乐知之甚少，也知道她指的不是艾迪·葛兰特。《电动大街》那片子有可能让人癫痫发作，但绝不会让人对异种暴力相向。可是鲍勃·马利我就说不准了，他的 MV 没在 MTV 上循环播放，对我来说就是个谜。如果这个叫马利的家伙写的歌竟然猛烈得能让明事理的人变成杀戮机器，那这绝对是超棒的音乐。我得立刻去听听雷鬼！

我买了一张《传奇》，刚好来得及带去大学。然后到了大二左右，我突然猛醒过来。拥有一张《传奇》实在是平庸无趣，这意味着你也是个兄弟会里的混蛋，只知道《激情燃起》这首歌。于是我买了马利所有的专辑——《出埃及记》《着火》《卡亚》《整洁的恐惧》——这下就成了想假装自己是时髦仔的兄弟会混蛋了。

但没多久，因为我听马利的歌的时候一般都吸得正爽，不总是想站起来或能站起来按跳过键，我很快就把他的歌听了个遍。我开始喜欢上那些行家才知道的冷门曲目，对它们的喜爱很快就超过了那些和我一起飞叶子的人喜欢的热门曲。我成了一个兄弟会的混蛋，假装自己是个时髦仔，还信奉塔法里教①的街头信条。我最喜欢的一首马利的歌是《时间会给出答案》。我共鸣尤其深的一句歌词是："贾绝不会把权力交给秃头，跑来将可怖之物钉上十字架。"我会跟着点头，好像我真的知道鲍勃说的是什么意思。去他的秃头，老是把我们的事搞糟。去他们的！贾知道我什么意思。

但后来黑鸦乐团，一群想学黑人音乐家的白人，翻唱了《时

---

①由非洲人组成的致力于解放黑奴的群体。

间会给出答案》，对我来说就是把这歌给毁了。他们的版本很好，我其实觉得比马利的还好。而这让我觉得我自己是个混蛋。我假装自己是时髦仔，还幻想自己信奉塔法里教的街头信条，到头来却意识到自己只是个兄弟会混蛋。

我大学毕业的时候和刚进大学的时候一样，手里有张《传奇》，心里有深深的恐惧，怕别人看穿我只是个骗子。

"在一九九九年，所有唱片店都在倒闭，"鲍勃说，"那年真是糟糕。"

我点点头，仿佛我一直在听。"我离了婚，"他继续说道，"泰德关了店，人间蒸发了。我的二〇〇八年大衰退从一九九九年就开始了。等真的衰退来临，我表现得跟没事人一样。"

我看见机会了。"泰德人间蒸发，那他那一大堆唱片怎么办？"

"他欠了一大笔债，"鲍勃说，"银行打电话来催债了。我从来没见过账本，但我发现他之前四年给自己涨了一倍的工资。我们关系不好。我们从来都关系不好。"

"那些唱片呢？"

"我们一直都是相反的。他刚开始很擅长做生意。我则是一团糟。我只是个对唱片上瘾的人。这就是为什么我们开了两家店。他还管理高尔夫课程。他没有我那种对音乐的热情。对他来说，那不过是门生意。等生意不景气了……"

"他直接把唱片扔到垃圾场了？扔到密歇根湖里了？烧了店，在加油站厕所把头发染了？"

鲍勃闻言笑了出来，笑声就像海豹的叫声一样。"他打电话给我说：'警察来了，把霍姆伍德关了。过来把你想要的唱片都拿走。'他欠了我点儿钱，所以我拿了一些唱片。"

我向他靠过去，好像他随即就要开始报唱片名了一样。

"我卖了不少，"他说，"我把唱片都放在盒子里，收在安全的地方，等需要的时候就一点点拿出来。"

"那唱片呢？"

"泰德有不少包装完好的货，因为他卖的新碟比我多。我就把很多都放在亚马逊上卖了个好价钱。还有一些旧的，品相不好，我就放在一元区把它们清掉。大学生会过来，花十块钱买他们不在乎的碟，虽然品相很糟，但至少能赚来跟个风。"

我在脑子里算着数字。这不会很难，只不过是花时间。我只要和他要来过去十五年的销售收据，搞清楚哪些专辑名对应我正在找的专辑——然后找校友会的人给我弄来一万多个毕业生的地址，我就可以开车去他们家，要求到他们阁楼里翻个遍。假设大部分人都还有记录，至少还住在中西部，到了春天我就能搞定这事了。

"但里面大部分可能都在我手上。"鲍勃说。

等等，什么？

"我大概从他那里拿了有三万张碟吧，可能只卖了百分之一，"他说，"一九九九年泰德把货全堆到我手里的时候，唱片基本上一钱不值。至于那些品相糟糕，满是划痕的二手碟，根本是赚不来钱的。"

"为什么不把它们扔了？"我问。

108

他耸耸肩。"我不知道。我也觉得留着没意义。但那真是成千上万张唱片，我不能就这么扔了。所以我就把它们收在盒子里，忘到一边去。"

"装到仓库里什么的？"

"没，就在我家地下室离这里一英里远吧。那里挺干燥的，是个存放的好地方。实话说，我十年都没去看过它们了。上次我开那些盒子的时候，正好就在千禧年前。"

"说来好玩，"我假装随意地说，但我浑身都兴奋地颤抖着，"我大部分的唱片收藏都是一九九九年在泰德店里卖掉的。说不定里面有些还在你地下室里呢。"

鲍勃又笑了。"是啊，要真是这样那可有意思了，对吧？"

我什么也没说，他什么也没说。我感觉我们站了很长很长时间，一言不发。但那可能只不过持续了几秒钟而已。我感觉却很漫长，因为我正看着《一九七一年菲尔莫尔东部录音》的黑胶碟，盘算着如果拿这砸鲍勃的头，能不能砸晕他。

我不想伤害鲍勃。我只想让他睡一会儿，让我摸进他裤子里，找到钱包和钥匙，然后开车到他家，把他的唱片都翻个遍。

几乎是电光石火间，我就知道这行不通，我需要一个更合理的计划。

或者我可以跟踪他回家，把车停在半条街外，睡在车里，等到他第二天上班就闯进他家里——用砖头把窗户砸碎之类的办法——然后花一整天详细查验他的唱片，与暴力绝缘。除非他有女朋友或者老婆孩子。这样的话我就必须得把他们绑起来了，而这太不符合我作风了。

　　我考虑了一下更直接但不那么疯狂的做法：直接表明来意，当面问他："嘿，你能不能让我去你家，看一下地下室里的唱片？"但这实在是太冒险了。他拒绝怎么办？他怎么会让一个完全陌生的人，一个他才认识几个小时的人，进他的家门，踏足他的私人庇护所，翻找他的私人物品，就因为这家伙觉得自己的旧唱片可能在地下室里？这听起来太疯狂了。如果他对我提出这样的要求，我必定会仔细考虑。我会拒绝他，编个故事说已经把所有唱片都卖给了慈善组织，而后从此再也不回他的电邮。我为什么要信任他呢？他可能是个暴力犯呢！可能是反社会呢！聊起天来看起来好像挺友好无害的，但他扭曲的心灵可能在暗暗幻想着用阿尔曼兄弟重新发行版唱片把你敲晕。你可不乐意让这种人进你家门！

　　我不能冒这个险，给他这个屈服于常识的机会。我只有一次机会，就这唯一的机会，让他深信我值得信任，让他觉得让我把他地下室里每个箱子翻一遍不仅是件好事，还是他作为人类能做出的最正派的事。除非我确定他会答应，否则我决不能开口，因为他不可以拒绝。

　　做着这些白日梦，我没发现其他乘客已经进了店。在靠里面的位置有三名大学生，因找到了艳唇乐队专辑而大声欢呼。鲍勃正拨着两堆唱片，是一个四十过半的女人带来的，她毛糙的黑发里混杂着灰白，牛仔裤已磨得秃了，似乎是早年境况好时买的裤子。她闷闷不乐，惶惑不已，看上去像是刚同意给病重宠物施行安乐死。

"我真没法相信我会这么做。"她说，深深叹了口气。

我看了鲍勃一会儿，他拨着那些唱片，眼里神情几乎是超然疏离的。

"不好意思，必须得干。"他说，没看我，"我们弄完了吧？你还要问些什么？"

我单露出一个微笑。我实在是找不到什么话是我能说而不会把他吓跑的。

第六章

这是芝加哥一个秋高气爽的下午，我家公寓外面的人行道上站满了邻居。他们喝着啤酒，点起烤炉，流水线似的给陌生人做烤肠，沐浴最后的夏日阳光。路封上了，于是孩子们在空荡荡的街上乱跑，又暴躁又快活地尖叫。

这是我们芝加哥北部最后一场街区派对，每个能动弹的人都出门享受最后的温暖天气。但我来不是为找乐子，我是有正事要做的。

我走向麦克，他正轻轻摇着三个月大的孩子。我几乎是把那张唱片直接顶到了他鼻子底下。

"闻起来像大麻不？"我问。

我得夸他一句，因为他没有大惊失色，问我为什么要把违禁品带到有孩子的街区派对里来。他深吸了一口气，皱起鼻子，仿佛细品红酒的香气。

"我感觉像家用清洁剂。"他说。

我想了想："就是说闻起来像大麻？"

"我不知道。我好久没吸了。闻起来不像家用清洁剂吗？"

"抱歉。"他说，把唱片还给我，赶到人群里把水管从儿子手里抢了下来。

我稍微想了想我家孩子在哪儿。我看向街上的那群孩子，他们跺脚大闹，到处乱扔东西，把这里搞得好像青春期前的狂热舞池。我实在是记不起来了：我是和凯莉说会盯着查理了，还是说，她主动担起了这活？我希望是她在负责，否则我们的周末可能就得毁在走失儿童警报上了。

我带来了代替乐队的唱片套——货真价实的《随它去》——这都是临时起意。我们这圈朋友——就是社区里孩子和查理一般大的家长们，我们年纪相当并且都喜欢在下午喝红茶，过去也都波希米亚式地浪荡过一番。我们都很怀念吸烟、赖床赖过九点、听那些歌颂坏行为而不是歌颂做作业和整理房间的歌曲。我们也大到足以记得唱片大行其道的日子，里面至少还有一半人在必要的时候，能用苹果或苏打饮料罐头弄出一根笛子。即使他们不一定粉过代替乐队，至少都经验老到，足以充当智囊。

我把唱片递给赖安，他刚把果汁递给女儿。赖安身材高挑，瘦得难看，一脸大胡子，头上一顶橄榄绿的平顶军帽仿佛从没摘下过。"闻起来像不像什么东西？"他问，脸上带着迷惑的微笑。

"像不像住在芝加哥南部郊区的少年曾经把大麻藏在里面，大致是在八十年代中期到一九九五年前后？"

"哇噢。"他说，缓缓拿过唱片，好像是从我手里拿过一把枪。

"这真是……很具体啊。这是你的吗？"

"我就想搞清楚是不是。"

我有些怀疑，但还抱着希望。我花了几个月才找到一些稍有可能是真货的东西。我刚开始算数据，认真研究我到底有多大可能找到我那张《随它去》的时候，发现结果还挺意外地振奋人心。生产了十五万张 CD，五万一千盒卡带。但《随它去》的黑胶唱片仅仅生产了两万六千张。和大部分标志性专辑相比，这简直就是九牛一毛。我不知道迈克尔·杰克逊的《战栗》到底生产了多少张，但我记得在昆西·琼斯的自传里读到，这张专辑卖了一亿两千万张。

市面上流通的《随它去》数量相当于新泽西州霍伯肯市的白人男性数量。但市面上的《战栗》数量相当于整个墨西哥人口。这样一想，我的任务也就不那么难以完成了。我把找《随它去》的范围扩大到了网上，因为只有那里真能有人卖老垫儿的唱片。问题自然有，那就是大部分的唱片都两百美元起价，或者高得多，我就不能随便下手了。每当有《随它去》出现在易购这样的拍卖网站上，我就会给卖家发封电邮，询问更多细节。尤其是它会不会让人想起贴了一大堆鲍勃·马利海报的大学宿舍房间。

大部分人不理会我，但有时候也会有回信。"闻起来味道很正常，"有个人写，"哇噢，最佳问题奖！"

"我没有闻唱片的习惯，"另外一个回应很是装腔作势，"我也不打算培养。"

"试得好啊，缉毒警。"另外一个人回答，把他的唱片彻底撤下了 eBay。

我根本都不理会那些鼓吹唱片十成新、成色完美的货。我关注的描述是"受损严重，但基本还能播"和"看上去好像鲍勃·史汀生拿它当烟灰缸用"。我想要黑胶孤儿院里的丑孩子，皮肤潮红、脾气暴躁、往拳头里咳湿痰的那些。

要是找到描述里有个记忆里似是而非的缺陷，我就来劲了。"正面有个划痕，从《汤米割了扁桃体》到《雌雄莫辨》中间。也有其他划痕，不过都刮在表面上。"

我的《随它去》上刚好就有这么个划痕。我可以告诉你具体位置在哪儿——就恰好打断了韦斯特伯格那句模糊的"他或许是个父亲，但他绝不是——"我第一次听《雌雄莫辨》就是这样的，我差不多也就习惯了。这不是什么烦人的东西，是旋律的一部分。

我立刻发电邮给卖家，问了那个问题，但我却几乎不想知道答案。我现在已经经历过好几十次心碎了，我甚至觉得不如就让它依旧成谜，或许这还是个更好的选择。但我还是问了。闻起来……是不是有什么特别的味道？

"有股霉味，但我觉得应该不是大麻味，"卖家说，他叫"zdmsales"，"但我也不确定，反正是有股味道。"

这对我就够了。我立刻下了单，付的价钱是一九八六年时的五十倍。

自从货送到，我每小时至少都要闻几次那股霉味。有时候闻起来像牛至，有时候像潮湿的阁楼。我需要别人的意见。那么除了街区派对还有什么更好的地方吗？里面满是四十多岁的成年人，用红色塑料杯喝着伏特加柠檬水，同时看顾着还没上学的孩子。

卡尔一边摇晃着怀里四个月大的孩子，一边把鼻子深深埋进唱片封套里，深呼吸。"嗯，"他说，"绝对有可能是大麻味。但也有可能是完全不同的东西。"

"比如？"我问。

他又深深吸了一口，然后看了看封套里面："那些黑的是啥？是大麻籽吗？"

我看了一眼："我觉得是泥。看上去好像是熨斗底下的东西一样。"

"我有点想把封套撕开来，看看里面藏的是什么。"

"请别这么做。"我温柔地说。

其他人开始聚了过来——包括几个已经帮我看过的——轮流研究这张唱片。他们互相传来传去，好像在宿舍里传大麻烟。

"不管是什么，我很肯定它会让我发一脸的疹子。"杰夫说。

"我觉得闻起来像旧纸，"莱恩说，"像图书馆。我觉得我好像在图书馆里读一本很老很老的书。"

"闻起来不够臭。"巴德反驳道。

"图书馆是臭的？"

"不是，我是说大麻臭。不够臭，不是大麻。"

我什么也没弄清楚，只知道四十多岁的男人如果在周六下午喝了太多伏特加柠檬水的话，都不能确定旧大麻闻起来到底该是什么味。

||||||

　　结果，我发现这不是我那张。《雌雄莫辨》那首歌跳针的地方不对。我想自欺欺人，我记错了，或者后来者弄了个新的刮痕，更深，把我的那个刮痕盖掉了，但证据和理论不符。黑胶唱片的DNA是无可置疑的。这不是我的唱片。

　　《随它去》不是唯一让我失望的唱片。我在过去几个月里跑了很多地方，跑了几千英里的路，有几条很厉害的线索，让我满怀希望。

　　我开车去了安阿伯市找我妈，那里离密歇根大学不远。就像任何一个大学城该有的样子，那里有好些唱片店，但最近我一家都没去过。但我有些唱片还是有可能藏在那里。

　　我没有卖掉的唱片最后都存在了我妈的地下室里，后来她终于把它们扔掉了。她不记得当时把它们扔到了哪里，只是说拿到了"你知道的，那些买旧垃圾的地方"。我没有浪费时间搜刮"善心慈善会"和跳蚤市场，因为我觉得他们没可能把这些旧东西存个十五年。但任何值得收藏的东西最后都会跑到那些发霉的老店里。

　　"安可唱片店"就在安阿伯市的市中心。按周四来说，它的生意真是好得不一般。里面有差不多三十个人，仿佛牛肉农场里的小牛。你要是挪一挪身子，一定会像多米诺骨牌一样影响到所有人。这些人都是大学生，也有看上去老得像拿了终身教职的教授，脑袋上戴着贝雷帽，说自己是"音乐爱好者"。

这里简直带着魔力。空气闷热潮湿、陈旧发臭；空间狭小，被人的躯体塞得满满当当的。每个人的移动都是同步的，就像手臂上的肌肉，每一根筋腱都为了更好的发力而存在。不需要翻太深，就能在碟堆里找到一张唱片，上面贴着"如播放，请知悉"的贴纸，意味着它曾是宣传用碟，是给电台 DJ 用的，本不该卖。这就让它更显珍贵了——是黑胶界的禁果。

店里的音响开始播《棕色眼眸的女孩》，我恨这首歌。这首歌的一切都糟糕极了。但我很爱范·莫里森。我基本上有他所有的碟。我和凯莉在婚礼上跳的第一支舞就是伴着《甜美之事》。但《棕色眼眸的女孩》就是一坨屎。我很久之前就删掉了这首歌，因为我真的是在自由世界的每一间酒吧里听到过它。每个烂透了的电影原声带里都有它，每一个只有"××最佳金曲"集合唱片的朋友手里烂透了的混合唱片里面也有它。它就是音乐界的比萨——在人太累、太无聊以至于没有个人观点时，对它，每个人都可以达成一致。

但在这个新的环境里再次听见它，听它从旧唱机里倾泻而出，带着嘶嘶声、爆破声，让你想起它出生时，朱莉娅·罗伯茨的电影还不存在，连锁餐馆还没有把它单曲循环播放。但如今店里没有人在意它。没有人跟着唱，甚至在"沙拉拉拉拉拉"那部分都没人理会。没人宣布他们有多爱这首歌，说这首歌让他们想到他们的爸爸，说"我最喜欢这部分了"，然后喊着唱出里面糟糕的歌词。这歌只是背景的一部分，是建筑质感的一部分。如果跟着唱，那就像指着别人的裤子说："那真的是红色的！"那样做就太奇怪了。它就是在那里。你不需要特地指出来。

已经很久很久没有人让《棕色眼眸的女孩》就这样充当背景乐了。一个可以忽视的东西，而不是一个刻意、明显的社交暗示，大喊着"大家挺乐的吧？"我已经忘了，原来没有人在旁边竭尽全力地想让你喜欢它的时候，这首歌可以这么美。

我对《棕色眼眸的女孩》心生感触，而不仅是无趣的蔑视。这让我想重新听一听莫里森的作品，看看有没有其他的歌我能用崭新的方式去听。我基本每张碟都有，里面有几张盗版，还有一张完全是独属于我的神话：《美丽景致》。据我所知，在地球上，包括仍在世和已去世的人中，我是唯一一个拥有这张专辑的人。我从来没有在其他任何地方听到别人播它，无论是朋友家里还是卫星电台或是潘多拉网站①都没有。当我的书架上放满黑胶唱片时，没有一个朋友会在浏览我的收藏时指着这张专辑说："噢这张，我知道。"或者："噢我听说过这张专辑。看到你这张之前，我就知道它存在。"

我觉得这挺好的。我喜欢这样拥有一个秘密。可能只有我觉得它是个秘密，而所有其他人都很清楚《美丽景致》的事，只不过他们想试着忘掉它，因为这专辑真是太烂了。我也觉得这挺好的。

在《美丽景致》里面，说实在的，只有一首歌有意义。就是《亡命之徒》。我失去童贞时，背景在播的就是这首歌。

---

①外国在线音乐网站。

好吧，其实也不完全是这样。我失去童贞时，背景那首歌是小妖精乐队的《硕大无朋》（关于这段回忆的一切都很糟糕）。《亡命之徒》是在我发现做爱也能很享受时的背景音。我终于觉得，嘿，这事我想再试试。越快越好。她叫苏珊，一头金发，皮肤雪白，声音里带一点沙哑，仿佛她吸了适量的烟。播《美丽景致》不是她的主意。那完全是我干的，但她没反对，她就这么配合我，甚至在我做到一半突然停下，爬去唱机——和我的床垫一样都在地上——把唱针移回第三首歌，重新开始播《亡命之徒》时。

想到性感的歌时，你会想起马尔文·盖伊柔柔地唱着硬起来，想起德安杰洛问你感觉如何。而不是想到一个爱尔兰胖子在那里唱天使和伟大晶莹的火焰。这根本没有任何性感的味道。

这可能就是我喜欢它的原因。在范那轻柔的低声歌唱与低回的小号声中，有种安全感。这就像在鸭绒被上打滚。我前几次的床上体验的背景都是小妖精乐团尖叫的歌声，非常衬当时的情绪。在那几次以后，我需要些抚慰人心、让人安定的东西。我需要它告诉我："这个女人几乎完全不可能会在你的肩膀上狠命咬一口，搞得你的血流满整张床单。"（这说得可能是真的，也可能是编的。）

做爱做到一半，苏珊开始大笑起来。我想那可能是我第四次播《亡命之徒》的时候。她终于开始认真听了。

"你还好吗？"我问。大笑真的不是我想看见的反应。

"对不起，对不起，"她说，抹着眼泪，"你脸上的表情真的很严肃。而且这首歌……"她又大笑起来，声音像小号一样，"你有在听它吗？"

120

"有什么问题吗？"我问，不过我也在笑。

"'让我刺穿光荣之境？'"她重复了一句不那么性感的歌词，"真的？"

我们大笑着倒在彼此怀里，然后疯狂地做爱，高潮时，歌正唱到"伟大晶莹的火焰吞噬了他的黑暗"那句前后。

在安阿伯的店里再一次看到这张唱片，如此不期而遇，纯粹是意外之喜——无论失而复得的是什么，这都是最好的方式，但对音乐尤甚——我就知道它是我的，板上钉钉。就在封面上有张标签，已经半脱落了，上面印着"轻率冒险音像店"。其实只能看到"冒险音像店"了，但即使不是罪案现场，侦探也能猜得出来。我的《美丽景致》就是在一九九〇年从"轻率冒险"买的。我不记得后来卖到哪里了，但安阿伯是很有可能的候选地之一。

没有别的解释了！除非还有另一个人去芝加哥的"轻率冒险"买了唯一一张几乎没人记得、没人想要的范·莫里森专辑，带出了州境，卖给密歇根大学城的唱片店，就为卖这张碟跑了两百四十英里，到一个刚刚好离我妈家不远的地方。我把它买了下来，顺带捎了几张别的唱片，只为了怀旧。（比利·乔尔的《玻璃屋》，珍珠果酱的《Vs》，紫罗兰之女的首张专辑。）我刚进门就把黑胶唱片拿了出来，放在崭新的唱片机上，躺了下来。

这是克洛斯里三变速唱片机，内置 CD 和磁带播放装置，用料是最好的枣红硬木。它看上去完全不像我以前那些唱片机。我对它实在讨厌极了。

我这辈子有过两台唱片机，两台都让我彻底过度浪漫化了。

第一台唱片机在我才六岁的时候就到我手上了，是很糟糕的塑料制品，好像是"渔夫价格"还是"电视调"牌的，反正根本和"高音质"八竿子打不着。但就像小时候家里穷的孩子从来都不记得自己穷过，我也对这个绿色呕吐物般的塑料唱片机非常满意。我完全不知道自己听到的音乐三频是糊在一起的，而且音质也就比民用收音机高那么一点儿。

我和我弟共用这个唱片机，直到八十年代中期。那时候我终于买了套像样的音响系统，有独立的唱片转盘、音量旋钮，还有个大如蒸汽箱的喇叭。唱片转盘是 Luxman PD272 型号，看上去就像飞侠哥顿卧室里的东西一样。它通体银色，比周日的报纸还薄，上罩一个玻璃防尘罩，就像宇航员头盔一样。转盘还自带一体化唱臂。我不知道那是什么，不过我还记得埃文斯顿那间"音响顾问"店里的推销员——他向我逼近的样子就像个准备咬人的鲨鱼一样——提到了一体化唱臂，而且是超高科技，完全超出我想像——他把它说得好像是能做心脏手术的机械臂一样——而且会永远彻底改变我听音乐的方式。

他告诉我 Luxman PD272 的高音可以高到缥缈。他就是这么说的，"缥缈"，特别打动我。"缥缈"这个词听起来就像是脑袋上有天使在飞，他们一窝蜂地冲过来，要对你说弥赛亚的故事。同时这款唱机还有特别好的"抖晃动率"。我也不知道这究竟是什么意思，但它们听起来好像很重要。

克洛斯里和它完全没法比。但它便宜，而且不需要陷入拍卖之战就能买到，我可没那个钱和人在拍卖上抢东西。我只想要个能播唱片、音质还行、四十八小时能就能寄到的东西。

"我从来没听过这张专辑，"凯莉说，研究着《美丽景致》的封面，"这是盗版的？"

"行家才能懂。"我说。

她和查理都在我办公室，参加我的聆听派对。这让人心里很甜蜜，同时又非常非常尴尬。等播到《亡命之徒》那首时，查理开始跳起舞来，挥舞着双手，跟着自己的拍子在房间里到处扭屁股。凯莉大笑起来，跟着只有两个音调的小号旋律哼着歌。我勉强地咧嘴一笑，假装这场景没那么让人心神不宁：看着我三岁的儿子跟着一首歌跳舞，而那首歌对我来说唯一的含义就是二十世纪九十年代早期的那三个月，当时我时时与一个性感的金发女郎在破烂床垫上疯狂做爱。

"我是说，范·莫里森还有很多更好的专辑，"凯莉继续道，"这个有什么特别的？这听起来很像那种垃圾新世纪音乐。"

此时，聪明的做法就是编个故事，说它曾经是我奶奶的东西，让我想起冬天去佛罗里达的时光，我坐在她的门廊上剥橘子。凯莉听了这个故事，点点头。她看上去没有生气，但有点恼火。说"这首歌让我想起一个前女友"是一回事，说"这首歌让我想起和前女友做爱的过去，我一定要拥有它，这样才能一遍一遍听，才能回忆起那些把我老二放在你以外的女人身体里的美好回忆"就是另外一回事了（我不是这么措辞的，但也差不离了）。

"这个女孩是邦·乔维专辑封面上电话号码的主人吗？"她问。

"啥？噢，不，不，那完全是另一个人。"

我已经把《湿滑》忘到脑后了。我还没尝试打封面上那个电话，因为我很肯定她不会接的，我最后会和某个老头接上话，他发誓从二十世纪六十年代起这号码就是他在用，这里不可能住过一个叫海瑟的少女。希望实在太渺茫了，我只是想再留存一下这个幻觉，不要那么快戳破。

"所以你这样找旧唱片，"凯莉说，"其实就是为了你的那些前女友。"

"这简直是胡说八道！"我抗议道。

"我没吃醋，就是觉得挺好玩的。你想找的那些唱片有哪张是和你睡过的女人没关系的？"

完全不是因为这个，我告诉她。一点关系都没有。那我的那张《弗兰普顿活了过来！》怎么说？它和女孩完全没关系。我当时年龄太小了。我对那张专辑最鲜明的回忆是和一只猫有关的。

我记得我爸妈告诉我它死了。我记得当时流了很多泪，奇怪的是，哭的都是他们，我哭得倒少。不是因为他们特别喜欢那只猫——它太胖了，又凶，我爹说得好，就是个"混蛋"——他们就是担心我。他们以为我会肝肠寸断。我是把那只"混蛋"带回家的人，我也是家里唯一会花时间陪它的人。它死了我很难过，但远远比不上我爸妈想象的程度。不是那种痛彻心扉的痛，也不会让你哭得上气不接下气。它更像那种"天啊，我真没想到他们会腰斩掉《无敌金刚》！"的难过。

我父母尽力安慰我后，终于安了心，我便回房听唱片。我开始播《弗兰普顿活了过来！》，是我刚从朋友姐姐那里借来的。我躺在床上，盯着天花板，试图说服自己我没事。这是我身边第一个人——或者是任何东西——第一次死掉。我不知道该作何反应。不仅仅是该怎么面对死亡，而是该怎么面对一切。我在脑海里描绘地球的样子。我看着它，它变得越来越小，成为繁星中的一颗，成为银河巨幕上的一粒小小尘埃。而后连银河也变得渺小，被巨大的太阳系和无边无际的黑洞吞噬。很快，任何有形之物都消失无踪，唯有黑暗与空虚，无限延伸，无边无际……

但彼得·弗兰普顿还在，弹着古怪的吉他，听起来就像《星球大战》里机器人模仿的声音。一开始，我以为是唱片机坏了。也许我产生了幻觉。我听到的是什么？当我集中精神听那糟糕的吉他声时，我又能呼吸了，我的心跳不再如擂鼓。我再也没听过弗兰普顿的歌，但在那个糟糕的夜晚，它救了我的命。

"我以为你超讨厌彼得·弗兰普顿。"她说。

"天啊，我根本受不了他。"

"所以你想再听一次那张专辑，就因为……你想你的猫了？"

"不，和猫没关系。我连它名字都不记得了。"

"我这么说可能有点不解风情，不过既然你不喜欢这音乐，它能让你想起来的也只有一只几乎记不清了的猫，你为什么还要听呢？"

我真的不知道该怎么回答。这可能就像文身一样——而我没有文身，所以这完全是我猜的——即使文身会消退，变得像一块瘀青，你也只隐隐约约记得你当初为什么要纹它了，你还是不会把它消掉。因为它已经是你皮肤的一部分了。那是一道疤，而疤痕是有意义的。

"聊这些让我很难过,"凯莉说,"我要做饭了。"

她和查理离开了办公室,让我一个人和范·莫里森待着。我一直等到听到走廊上传来她的脚步声,才抬起唱针,再一次放到《亡命之徒》的开头。

||||||

我妈叫我陪她去佛罗里达州墨尔本市看望九十四岁高龄的外婆——她一个人住在摇摇欲坠的破房子里——我立刻就说了好。

不是因为我想再看看那座破房子。也不是因为我也想出把力劝她从佛罗里达搬到密歇根来,住得和儿孙(和曾孙)都近些。我只是想去寻宝,在外婆家的废物堆里大翻一场,把宝物留下,废物扔掉。我特别主动地提出要帮忙清理。不是为了助人为乐,也不是想留下家族史的存证。我只是很确定里面肯定有几张我的唱片。

过去五十年里,我外婆的家渐渐成了可以随便用的储存仓。要是有什么不想要但又不想扔的东西,我们都会堆到她那儿去,毕竟要以防万一,要是以后我们又想用了怎么办?

我家里人一直都不怎么能把旧得没用的东西给扔掉。几乎所有东西都是这样。衣服、电器、家具、食物,莫不如此。不是因为我们有囤积癖,只是因为我们特别穷。我两边家族的所有亲戚都不能安心在自己身上花钱,他们总觉得这花的可能是救命钱。

绝对不能不留闲钱，中风了怎么办？他们都觉得随时都有可能中风。这闲钱也得留下来防范可能的车祸，说不定就丢了条手脚呢？出门买杂物的时候，说不定闪念间就动脉瘤发作了。这样一来，如履薄冰的生活就会被打破，一切都完了，他们怎么着也得想办法把流水一样飞来的医疗账单给付掉呀。

我家的个人哲学——也是存在意义——就是随时做好准备应对不可避免的悲剧。

我花了几天翻找外婆家的箱子，就找到宝了。

一个是唐·麦克莱恩的专辑，封面上有个大拇哥——里面有《美国派》的那张。这是我舅舅鲍勃一九八二年给我的圣诞礼物，他还告诉我《美国派》说的其实是他在佛罗里达的酒友的事情。他很有说服力，尤其是他还开一辆雪佛兰，也确实爱喝威士忌。

我在一九九二年把它当作圣诞节礼物送回给了他，他显得很受感动。"我有没有和你说过这首歌实际上讲的是什么？"他问。

现在找到了它，我才意识到我从他那里学到了多少音乐知识，这其中又有多少是胡编乱造。这张《皇后乐队金曲选集》我珍藏了太久，我甚至都不是皇后乐队的铁粉。之所以留着它，是因为鲍勃告诉我，如果把《又一个亡人》倒着播，就能听见弗雷迪·墨丘里唱"吸大麻很好玩"。我试过——我拼了命地试啊——但就是实在没法让唱片机倒着播碟片。

我还找到了《任血流淌》，滚石乐队的这张专辑我手上有过六张。鲍勃在我高中时送我的，我当时已经听了它太多次，转而去听更冷门的碟了。但他给我说的故事让这张专辑显得更可怕，也就更吸引人了。《给我庇护》的伴唱歌手,就是唱"离这里很近"的那个,来录碟的时候还怀着孕呢。但就在唱歌的时候,她流产了。

"死婴就这么从她里面掉出来,就掉到工作室地板上,"鲍勃说,"你都能清清楚楚看见。"

他讲故事的感觉,就像他当时就在场,就像这都是他亲眼所见。这当然是不可能的。但你不会去质疑明显更有智慧的年长者说的话,他吸温斯顿无滤嘴烟的那个样子,仿佛他的生活是你没法想象的,仿佛他说的都假不了。

我还能记起和他听那张专辑的场景,我们坐在外婆的厨房里。我看着他吸烟,研究他的手法。他捏着烟的末端,每吹出一口烟,就把它往脸猛地一拽,仿佛他抓着一只想逃跑的壁虎的尾巴。每次伴唱把高音飙得很高,他就会做个鬼脸,仿佛他有所感触,而我太小了,不会懂他的想法。

"就是这里,"他说,用短粗的手指指指点点,"很有可能就是在这里流产的。"

我找到了他的鲍勃·西格唱片,那完全是他的。我这辈子都没拥有过一张鲍勃·西格的碟,但鲍勃疯狂地收集他们。他对它们的态度和一些纯种狗主人相当。他养育它们,照料它们比照料自己还精致。我见过他像吃棒棒糖一样吃黄油块,见过他把空烟盒堆在桌上,好像一个沉郁的金字塔,控诉着他做的糟糕决定。但他对鲍勃·西格的唱片满怀尊重,满心敬畏。他拿的时候只捏着边,用碳纤维刷子做清洁。他身上那条脏运动裤可能从二十世纪八十年代中期就没换过了,上面的辣番茄酱污渍雷打不动。但

128

他的西格唱片每天都要清洁一次。

我还记得我和马克坐在鲍勃房间里，和他一起听西格的歌，看他在听《夜间行动》的时候哭泣。我在他父亲的葬礼上也没见他哭过，但听《夜间行动》的时候，我见他哭过不下十六次了。这是我第一次看见大人哭，对一个八岁的男孩来说，那真是让人心神不宁。我和弟弟不知该说什么好。我们该安慰他吗？尴尬地抱他一下，然后找个借口赶快溜走？

他总是对我们发难。听《夜间行动》的时候，一听到故事主人公"试图搞个能上汽车电影院①头条的大新闻"时，鲍勃都会抬头对我们冷笑。

"你们根本都不知道那是什么，对吧？"他会难以置信地问道，"你根本都没听过汽车电影院。"

马克和我耸耸肩。我们知道什么是汽车电影院。那就是废弃的停车场，老人会到那里去看电影，最后才意识到可以到室内看。

鲍勃冷笑起来，蔑视我们太年轻，蔑视我们不懂这些流行文化的暗喻。"啥都不懂。"他说。

我往箱子深处掏，找到了几张碟，忍不住倒抽一口冷气，仿佛无意踩到了死去亲戚的尸骨。这是我父亲的乡村音乐唱片。该死的每一张都在：韦伦·詹宁斯和小汉克·威廉姆斯。梅尔·哈格德的经典，还有他最爱的威利·纳尔逊。这些唱片他都珍藏在书房衣柜里，整整齐齐地码在鞋子旁边，随时准备洗涤心灵。在

①指观众坐在各自的汽车里观影的露天电影院，通过特定的音频发射系统传输声音信号，观众只要通过车载收音机就能感受到一般电影院的音响效果。

他看来，听音乐从来不是社交活动。听音乐应该独自一人，紧闭门户，只有靠音乐，你才能忍住不说出会让你追悔莫及的话。

我父亲没有牛仔帽，从来不使用烟草制品，政治上很可能是个自由派，而且从没在芝加哥以南的地方住过。我记忆中从没见过他穿牛仔裤，一次都没有。他肯定有牛仔裤，但我闭上眼时，只能看见他穿着宽松长裤的样子，熨得一丝不苟。但他爱乡村音乐。可能只是喜欢它们从不去讽刺。乡村歌曲是直截了当的。汉克·威廉姆斯的歌里不会有嘲讽，当他说他孤独得想哭，说啤酒里有他落的泪，这其中没有一句虚言。他的啤酒里是真的落了眼泪，每一句歌词都是完全真诚的。梅尔·哈格德那句"我还是就流连于此，喝酒罢了"，说的就是要坐下来喝酒。他就是会坐在原地，继续痛饮酒水，没别的言外之意。

吸引他的可能正是这种直截了当。乡村音乐是真的悲伤，没什么装模作样的地方。那种悲伤和莫里希①式的悲伤不一样，它的苦涩外并未包裹着机灵。乡村音乐的悲伤明明白白，一望即知。

这里有很多他的威利·纳尔逊唱片。《阶段和进展》《惹祸精》《星尘》《电光骑士原声碟》《昨日红酒》《猎枪威利》，但没有最重要的那张。《挥之不去》不在这里。那张碟的封面是威利的肖像，穿着一件像是银色滑雪夹克的衣服，戴着迪斯科头带。那张碟里有《忧愁河上的金桥》和《苍白的浅影》，还有传奇的《挥之不去》。我透过父亲书房的缝隙听到这首歌，次数已数不胜数。即使如今，我一听到这首歌就立刻想起，是的，我父母差点儿离了婚。

---

①史密斯乐团主唱。

　　我现在还是不太清楚当时发生了什么事。我只记得爸妈大吵一架，以为我和弟弟听不见他们争吵。他们互相威胁，仿佛互相扔手榴弹，而我们时不时就被飞溅的弹片刮伤。"分居"和"离婚"这样的词不断向我们袭来，因我们不知原委而越发恐怖。但他们什么也没告诉我们。爸爸很疏远，而妈妈只肯说："我不希望你们对爸爸失去尊重。"

　　他在客厅沙发上睡觉。大部分时间都待在他书房里，声称自己"工作到很晚"。无论在里面究竟做了什么，他总在听威利·纳尔逊。在家里大部分地方，无论走到哪里，我们都能听见《挥之不去》隐约的乐声。

　　有一天，就像当初突然开始一样，冷战突然结束了。我爸爸搬回了卧室，无论当初吵架的原委如何，都无风无浪地被抛到了脑后。

　　我现在还是不知道当初他们是为什么而差点儿离婚。我从来没问过他们。很长一段时间里，我弟弟都觉得我是自找罪受。"就让它过去吧，"他会说，"还有什么关系呢？都已经过去了，忘了吧。"但我还是在等那个机会。可能是因为我妈妈日渐衰老，生命如此脆弱，如果所有见证人都已逝去，你就再也不能回溯当年了。我不想等到有一天她九十八岁，成了患痴呆症、以为我是泰迪·罗斯福的老妇人，才摇晃她的肩膀大叫着："我需要答案！答案！"

　　搬出爸妈家不久，我买了威利·纳尔逊那张专辑的CD。那时，我的音乐口味更贴近耶稣蜥蜴和乔恩·斯宾塞的《布鲁斯爆炸》。

歌里满是朋克嘶吼。和威利·纳尔逊实在不太搭。但我需要那张唱片。它就像救生毯一样。每当我觉得被女人抛弃或被女人误解时，我就能拿出它来。实话说，刚上二十岁的时候，我可是被拒绝的老手。威利·纳尔逊能帮我抚平那份焦虑。当然，这话基本上就是在胡说。那首歌根本没法安抚男人受伤的心，它只是嘲笑他们。

《挥之不去》这首歌基本上说的就是："没错，我忽视了你。我不尊重你，不支持你，也不陪伴你，不在你身边，心也不和你同在。但别闹了，宝贝，我是想着你的。这可不是毫无意义的，对吧？"

|||||||

我一开始想去芝加哥音乐节代替乐队的重聚音乐会，并不是因为觉得可能会撞上自己的老唱片。我基本上就是想着"天啊，这是真的，天啊，天啊，天啊!!!"

我家乐队——我家乐队——真的要重聚了！创始四人中只来了两个，但没关系。歌还是那些歌。创作了那些歌的邋遢老男人里有两个要上台，一起唱歌，上次他们一起唱歌的时候我几乎都还没到能喝酒的年纪。这就够了。这就是一切。

至于能不能找到唱片，我已经有过虚幻的希望了。网上有些卖《随它去》的人被我"闻起来像大麻吗？"的问题逗乐，给我指了几个可能的去处。每个人都认为不去狂欢音乐节的话，我就是傻子。

"所有铁杆老垫儿粉都会去的，"某位乐于助人的拍卖者坚持说，"音乐节在芝加哥，就是你出手唱片的地方。如果你的碟还在中部时区，那肯定在去那场表演的人手里。"

"你确定他们会在音乐节卖碟？"我回信问。我也不是没去过摇滚音乐节。我见过小摊上卖乐队 T 恤、喝起来油腻腻的啤酒、价格过高的快餐食品，但就是没见过二手黑胶。

可想而知，住在俄亥俄乡间并把老妈家地下室的黑胶拿出去卖钱的成年男人，是不太清楚在城市举办的朋克摇滚音乐节情况的。但我可不能随意对待。要是他们说的是对的呢？我在兜里塞满了钱，特意提早去了洪堡公园，音乐会就在芝加哥这片破烂社区里举办。

现在看来很没道理，但当时我觉得这么做再合理不过：在前往那片露天游乐场时，我带上了我那张《随它去》。那张唱片，那张我在网上买的——带着深深划痕、散发出的恶臭我的一圈朋友们都无法分辨——的唱片。我不知道我当时在想什么。某种程度上是因为我会见到那么多死忠的老垫儿粉，其中有些人肯定是黑胶收藏家，很有可能还在黑胶流通方面有学术造诣。他们可能只要看一眼我的《随它去》，就能说"噢是，哥们儿，我记得这个目录编号。你在霍姆伍德的'唱片交换'卖的，对吧？大概是一九九八、一九九九年前后？刮痕刚刚好盖住《雌雄莫辨》那首。我这里有些搞考古的朋友，也是一等一的老垫粉。我肯定他们会愿意帮你这张碟跑个碳 –14 测验的。"

　　上一次看代替乐队现场表演还是在一九九一年，那是他们在格兰特公园举办的告别演出，从那里到我今天会再次见到他们的这地方正好六点五三英里，已是二十二年后。那时，我和四个哥们儿去看的表演，所有人都穷得叮当响，挤在雪佛兰四门旅行车里，仿佛它是辆小丑车①。而今天我只身一人，因为我认识的同龄人找不到临时保姆，或是不愿意看一场要站好几个小时的表演。

　　我想过要开车去，但要在洪堡公园停车，最好的情况是令人绝望，最坏的情况是毫无希望。另一个选择是公共交通，但也没好到哪里去，我一想到要半夜等大巴就心里紧张。我决定开车去，因为完全不去考虑停车问题真是太朋克摇滚了。

　　我在离洪堡公园一英里左右的地方找到了停车的地方，在两个废弃工厂的中间。我从车里出来，脚底下踩着一条空啤酒罐和外科手套组成的河流。（没开玩笑，真的是外科手套。我至少数到了六个。）我锁好车，等着那声熟悉的"哔哔"声，也没获得什么安全感。我又把车锁了一遍，以防万一。我往洪堡公园走了两个街区，又掉回头去把车重新锁了一遍。我气自己把婴儿车和随身 DVD 都放在了后备箱里。要是车被偷，我觉得铁定会被偷的，那我又得和保险公司多吵一场架。

　　我到得太早，大门的安保几乎还没到位。我在场地里游荡，想找到一家不卖二十美元一份的脆饼干和 T 恤的摊子。可是一个也没有，该死的一个都没有。卖代替乐队 T 恤的那个家伙看上去

---

①马戏团的表演把戏之一，通常是有许多小丑不断从一辆小汽车里出来，以达到幽默的效果。

是真的被我搞糊涂了。

"你想卖？"他问，指着我手里夹的唱片。

"不，这是我从家里带来的。"

"为什么，哥们儿？"他说，挠着他修剪整洁的胡子，"你知道这里没有唱片机的，对吧？"

"是，是，我知道。我就是想……看看是不是有人，嗯……没事了。"

我绕着音乐节场地走了几圈，左拐右拐，仿佛在玩翻绳儿。我终究还是放弃了，站定在某个舞台前，看鲍勃·摩尔德表演。才过了几个小时，我就不行了，脚步虚浮，摇摇欲坠，就像停车场的充气跳舞公仔一样。我的双脚肿成了包，一跳一跳地痛，发出言辞强硬的抗议。雨水泼洒在我脸上，仿佛是专门针对我。我啥事也做不了，只能干站着等，同时祈祷如果最终要死，希望能死得痛快，死时要是能有个凳子就更好了。

还有那张唱片，那张该死的、我根本就不该买的《随它去》。我对它真是怒极了、恨极了，仿佛被我带在身上是它的责任。我想干脆就这么把它扔了，就让它消失在这群猛跺着地面的马丁靴底下。但当然，我干不出这事。这根本没法想象——甚至是丧失人性。雨刚开始下时，我就试着把它藏在 T 恤下面。但这反而更糟了，在我脖子周围造出了一道雨槽，把唱片和我身上都淋得透湿。所以我改将它拿在面前，希望纸板不会就这么在我手里解体。就这么抓着它，实在是古怪又不自然，仿佛我举着个烤面包机站在人群里一样。我该拿这东西怎么办？

　　而后，仿佛是为了考验我是不是真的愿意参加这个活动，有个家伙从我身边挤了过去，手上戴着的皮革手环上钉子有半寸长。我手臂上一痛，而后便见了血，顺着小臂往下流。血量稍稍超过了我的接受范围。

　　"搞什么鬼？"我对戴手环的家伙大吼，"你把我都切出个口子了！"

　　他回头看见了血，带歉意地微微一笑。"抱歉了哥们儿，"他说，"我没遇见过这样的事。"

　　真的？因为我认为如果你手腕上支着一圈小金属刺，那在人群里把别人割伤可是再常见不过的体验了。

　　我还没来得及回他，突然灯光一灭，代替乐队上台了。正牌的代替乐队！我被震住了，几乎没法相信自己的眼睛。我心跳快得夸张，但完美踩在了《骑一场》的拍子上。这是他们表演的第一首（也是当年发布的第一首歌）。一切都没事了。我情绪比想象中激动得多。我已经和朋友开了好几个月的玩笑，说如果我终于能再看到代替乐队的现场，我一定会哭得像个婴儿。结果，这说法一点儿也不夸张。我哭了，狠狠地哭了。这真是奇怪，毕竟你在听的这首朋克是二十世纪八十年代的东西，内容还是关于开车开太快的。

　　到了第三首歌，我才冷静下来。那首是《最喜欢的东西》。但后来我又失控了，就因为听见保罗唱"是啊，爸，你真摇滚的坏。"为什么？我真不知道。因为我也成了爸爸，而且我也真摇滚的坏，而且保罗懂我？不，这太蠢了。保罗写歌的时候喝得醉醺醺的，很可能就是把"爸（dad）"和"坏（bad）"押了个韵。是因为这样搞简单嘛，不是为了埋个彩蛋，让长大成人且为人父母的中年粉丝在重聚演唱会上将它挖出来。我们早该被自己一连串的糟糕决定弄得命都丢了，我们喝了太多十美元一罐的啤酒，站在泥地里，过时的时髦鞋不断下陷，就像恐龙陷进沥青坑里，我们膝盖作痛，随时要崩溃。我们的醒悟晚来了二十年，"噢对了我现在懂了！他当时是在嘲笑未来的我！骂得好呀！"

他们弹出了《雌雄莫辨》开头的几个和弦，我的身体就不由自主地动了起来，自从我老得每年都得检查胆固醇以来，我就再没这么跳过。唱到一半，到保罗该唱"他可能是个父亲，但他绝对不是个——"的时候，我迟疑了。我停了下来，仿佛在等着音乐像我那张唱片一样变化。音乐没变，自不用说。但在我身体记忆的深处，我就在等着那一变。我脑子里的神经递质还记得那一卡。这就像检查身体时，医生会检查的膝跳反射，他用橡胶小锤子敲你一下，等着你踢腿。

下一首是《嗨美人儿》，我几乎要感动得哭出来了。唱这首歌仿佛是即席决定，但刚好，他们二十年前在格兰特公园的"最后演出"就唱了这首。唱这首隐晦的歌显然是对人群里那些头发斑白的老粉丝的致意。他们的 iPod 里塞满了太多的偷录音乐，开车来的路上还在听这支乐队一九八六年英国偷录版碟，里面还有一首一九八三年的《嗨美人儿》现场表演录音。

要是我在那场告别秀上更认真就好了。我当时二十二岁，刚刚大学毕业，满肚子的看法，自觉必须要说给人听，说得越大声、越频繁越好。表演近半，我就开始抱怨乐队选曲有问题。新歌太多，老的朋克太少。他们没唱《我恨音乐》或《长于城市》，也没唱《送我去医院》，甚至连该死的《无法魇足》都没唱。

我们在他们唱到《触手可及》的时候走了。回家车上，我们在车载电台上听完了余下的表演。主持人讨论这会不会是老垫儿的最后一场演出时，我们笑破了肚子。我们觉得这些公司里的混球根本不懂。老垫儿就是在玩他们。解散？代替乐队他才不会解散。他们解散的可能性，就相当于他们中有人因为肝脏破裂英年早逝，或者像我八十岁的爷爷中风的几率一样。你能想象吗？真是天啊，这些老头还有他们的阴谋论。他们就是不懂。

他们说年轻人虚度生命，说得再正确不过了。二十年后，站在狂欢音乐节的泥地里，我最渴望的就是提早回家。但我已经长大了，知道这会让我错过什么。这样的机会你必须尽力抓住。年轻愚蠢的时候，你以为所有东西都是永恒的。但并非如此。所以我等到了最后。即使我一身的老骨头都嘎嘎作响，泥浆多得仿佛我袜子里灌满了蛋黄酱，我的天啊我真的好想上厕所，我干吗喝那么多啤酒？蠢货，蠢货，蠢货！没关系了。我咬紧牙关，珍惜每分每秒。

我身后有人尖叫："难以置信！这都是真的！"人群里有几个大笑起来，但我想抱住那个人。我想对他大喊："我也难以置信啊，兄弟！"

大概就在这前后，我才意识到，嘿，我刚刚不是被扎了吗？我绝对是被扎了，对吧？我低头一看手臂，已经浸满了血。血从我小臂蜿蜒而下，爬过手腕，流到唱片上，粘得到处都是，简直像是罪案现场。看见自己的血流得到处都是本来是应该恐慌的。正常情况下，连一个小口子都能让我头晕目眩、紧张焦虑，到谷歌搜索引擎上搜败血症的症状。但这次……哎呀，我还有选择余地吗？

无论我、凯莉和查理到哪里，我们都会带一个尿布包，装满应急物品。里面有绷带、消毒物品、抗生素软膏、抗菌湿巾，抗什么的都有。但我被困在这汗津津的人群里，根本没有急救措施。甚至连儿童用的冒险者朵拉创可贴都没有。就算我失血而死，这里也没有人会在意。我是可以试着挤到出口，但即便如此，我也不会得到什么医疗处理。我倒不如就这样迷失在锤击一般的贝斯旋律里，任血流淌吧，哥儿们，任血流淌。

当你生命里只剩下要负责，要警觉，要说"不，不，别碰那个，因为爸爸说了不行，这就是为什么"的时候，能这么做几乎是一种解放。

我和一群人一起抬起手臂，一起虚捶着空气。我洒了旁边的家伙一身的血。管他的。你不想沾上陌生人的血浆，那就别来朋克摇滚表演啊，朋友！

老垫儿唱了几乎所有我想听他们唱的歌。他们唱了《拨号盘左边》《亚历克斯·奇尔顿》和《年轻杂种》。他们也跳掉了不少歌。我希望他们能多唱点小众的曲子，我希望他们能唱一整场的《随它去》。我希望看到的东西太多了。但这就像父母离异的孩子见到父母复婚之后的第一个念头是"真希望他们也是有钱人"。别这么贪心，猪头！你想看见老垫儿在你面前唱《年轻杂种》，这个梦想已经实现了。和你在一九九一年心不在焉地看掉的那场告别演出不一样，他们连一首"新专辑"的歌都没有唱。所以，无意冒犯，给我闭上你那张叽叽歪歪势利眼臭老头的破嘴，好好欣赏你有幸活得够长才能见证的这场音乐盛典。

表演结束后，我走回了停车处，静静开车回家。公寓里一片漆黑，安安静静——每个人都睡熟了。我的妻儿像小猫一样打着小呼，没发现走过床边的那道膝盖发软、到处留下泥脚印的影子。我又冷又累，急需洗个热水澡。但音乐还在我脑中回荡，我暂时还不想失去它们。

我蹑手蹑脚地进了书房，关上门。我把椅子拖到唱片机前，坐了下来。我手里还拿着那张《随它去》。我抓着它整整十二个小时。在灯光下，它的情况比我想象的还要糟糕。唱片封套被雨水淋得卷起来，曾经光滑的表面成了整片起伏的山丘、软糊纸板的山谷。还有我的血，已经完全浸透了纸板，创造出带着奇异美感的马赛克，触感黏湿。它看上去像是四位乐队成员都被拿锯子的狂人割伤，被扔在那片明尼阿波利斯的屋顶上流血等死。

我把黑胶碟从封套里拿出，实在奇异，它几乎毫发无伤。可能这里沾了点血，那里沾了点水，但基本上完好无缺。我小心翼翼地把它放上转盘，戴上耳机。我像拆弹一样放下唱针，听到熟悉的爆裂声，不禁微笑。

聆听它，那感受是如此新鲜。唱片已经与从前不同了，它和我有了共同经历。我们结合在了一起，只有一张圆圆的黑色塑料片和一个仍因冷雨而瑟瑟发抖的疲惫老动物，一个不完美的、储存着思维与感情的装置，才能这样结合。

我闭上眼，想象查理去上了大学，坐在宿舍里，和舍友聚在一起，听着音乐，用着二十年后炫目先进的播放装置。可能他们到时都会在耳朵里埋入芯片之类的，我也不知道。但在查理的桌上，在改造成临时水烟枪的可乐罐旁（有些事情是不会变的），放着我饱受折磨的《随它去》。他的朋友问他那是啥，他向他们解释黑胶唱片是什么，工作原理如何，然后他会说："它本来是我爸的。"

（我不知道为什么在我的想象中他会用过去时。可能是因为我觉得他上大学的时候我已经死了。我现在都四十五了，我有多大可能活到那个时候？我也不想狂妄。最好还是为最坏的情况作打算，这样就惊喜不断了。）

"哥们儿，"他的一个朋友会说，"上面满是血啊，发生什么了？"

他会把整个故事说给他们听，说我是怎样把唱片带去朋克摇滚表演现场，那天下了雨，我在泥地里晃荡，但我根本不在意，唱片得到了我的血、泥巴、雨水还有陌生人身上肮脏汗水的洗礼，我们都在跳舞、大笑、跟着唱歌，唱关于酩酊大醉和无法满足的歌。

"哇噢，"他的朋友会说，"你爸太帅了。"

"是啊，"查理说，得意地笑了，"是啊，他以前是挺帅的。"

当然这半点儿都不是真的。就连我，事后也夸大其词了。我从场地开车回家的时候，低头看见唱片上沾满血，想："哇，我干了这事。我简直和伊吉·帕普拿碎玻璃割开胸膛一样。"但我和他真不一样。我流这么多血不是因为伤口深，而是因为我每天吃一颗幼儿阿司匹林，因着我怕自己会和我爸一样心脏病突发，所以我本来就容易出血过多。最重要的是，我的血沾满了唱片是因为它正好在那儿，而且我没别的选择。

但我把它变得过分浪漫了，每次说这个故事的时候，还把它变得更浪漫。我不是个朋克摇滚战士，就如我爸也不是个乐于沉思的知识分子，他在书房里吸烟斗听威利·纳尔逊唱片时可没有在想深刻的哲学问题。他可能只是觉得《挥之不去》很动听，而且还需要再独自待一会儿。

但谁在意呢？记忆和真实无关，音乐也是。它们的本质在于我们想要抓住的是抚慰人心的倒影，即使那大多是些狗屁不通的东西。我那见鬼的代替乐队唱片不能代表我，就如鲍勃·迪伦的《路上的血迹》也不能代表婚姻破裂的始末。但它们比现实生活浪漫太多，完美太多了。你得是多混蛋的混蛋才想着要戳穿它？

我小臂一跳一跳地痛，我终于开始清醒过来。我把那张唱片抬起到面前，贴在鼻子前，深深呼吸。我不知道它闻起来像什么。不像许久前大麻留下的余味。那气味和它刚寄到时包在棕色牛皮纸里的那股味道绝不一样。它闻起来有些新鲜，但也很古旧，令人陌生，但又亲近熟悉。

在这个世界上，无论是死是活，都没有任何人能说这不是我的唱片。它可能不是我想找的那张碟，但我已经找到我的唱片了。

第七章

刚开始，她看上去很摸不着头脑。难以置信。那表情，就像看到老情人不请自来，上门拜访只为了说他几十年前忘了告诉你，你们俩其实已有骨肉。她张开嘴，但说不出话。她大喘一口气，然后咯咯笑起来，然后又大喘一口气。她的脑子很努力地想跟上自己刚刚接收到的荒谬信息。

"那是？不会是……你开玩笑吗？"

海瑟·G——自我最后一次看见她以来，她已老了二十五岁——把那张邦·乔维唱片从我手里抽走，就像抢钱包的贼。她把脸贴近了看，研究上面的号码，用手指抚摸。

"上帝，这是我的手机号码。这就是！"

"不是。"我说，皱着眉头。我很确定她搞错了。她怎么可能这么快就认出来？如果你给我看一串随机数字，问我这是不是我家一九八七年的电话号码，我肯定没法确定。但她看上去很是确信。

"绝对是我的。"她坚持。

"不可能！"我说。

"绝对是。我真是难以置信，你找到它了。我没法相信你把我手机号写在邦·乔维的专辑上！"

"你就觉得这个不妥？"

"这件事整个就很不妥。"她说。她有些过火地大笑起来，然后从口袋里摸出一副眼镜。老太太眼镜！至少是会让我想到老太太的镜框款式，还是精致的玳瑁材质。她戴上眼镜，把专辑拿得更近了些，仔细察看着封套上褪色的笔迹。

这个女人曾能让我心甘情愿地爬过灼热的煤炭和破碎的玻璃，只为了碰一碰她的大腿内侧。她正站在我面前。她的岁数已经超过我第一次隔着大学啦啦队毛衣碰触她胸部时我们爸妈的岁数了，她戴上了老太太眼镜，好看清邦·乔维唱片上的细节。

好吧，当然。这有什么！

"你为什么不打这个号码弄清楚呢？"她问，"你该打的。你会打给我弟弟。这个号码他现在在用。"

"拜托！真的吗？"

"我六年前还在用这个号码呢。我搬到爸妈家里的时候，只是把号码转了过来。"她放声大笑，可能是在笑我，一部分也可能在笑自己。"你走之后，也没多少东西变过。"

所以这真的是我的唱片。我又给自己倒了一杯密歇根产红酒。因为，去他的，如果真要搞这么一出，那就来吧。

这一切都很超自然。不只是与我第一个女友重逢——她是第一个与我有肌肤之亲的人，还因为我所在的这栋房子。它看上去熟悉极了，即使我此前从未踏足此处。它的样子几乎和我们年少时海瑟住的房子一模一样——还有一点很奇怪的是，它离海瑟小时候住的房子才五英里。

南芝加哥郊区房在我看来都是一样的。房子结构一样，布局一样，连味道都一样，是一种乏味的混合干花香味。我觉得屋里的铝板都用干花瓣腌过。我发誓，我可以在天黑以后在这个街区四处散步，走进任何一扇大门里，就算是一片漆黑，我都不会摸不着头脑。

我最后一次来幼时居住的郊区时，和弟弟去看了以前住的旧房子，几乎花了一个小时才找到。我们知道在哪条街上，也知道大致方位，但我们实在看不出这栋石灰绿小房子和隔壁的石灰绿小房子有什么不同。等我们终于确定了是哪栋后，我在前院草坪上抓了一把草，把它们从土里连根拔起。我对弟弟说，我需要给我们在这里度过的时光留点纪念，用来缅怀我们以前的家。他看着我，好像我疯了。

我把草拿回家，放到密封罐里。第二天我把它拿了出来，给凯莉看。我们都觉得它闻起来和商场卖的肉桂卷几乎完全一样。我立刻把它冲进了下水道里，我们再也没提过这事。

"邦·乔维的演唱会是我去的第一场。"海瑟说，双手拿着唱片，仿佛它很沉重，可能会摔到地上，砸断她的脚趾。"我告诉过你吗？"

"说过。"我撒了个谎。

"那场演唱会在 UIC①体育馆举办。他们就是在那里拍《生死抉择》的短片。拍了一部分吧。我想开场那段好像是灰姑娘。我和三个朋友去了，开演前一直待在洗手间里，能把我们的发型弄多蓬松就弄多蓬松。因为我们很肯定邦·乔维会看见我们，把我们叫上台。"

"你在那个短片里？"我问。

"没露脸。但没错，我可能是在里面，在人群里。很模糊。"

我说不出话来。我怎么现在才知道？我们交往都已经，好吧，我都记不得交往了几个月了，我们还一起看了几十上百个邦·乔维的音乐短片。我们翻来覆去地听他的唱片。我假装跟着唱、假装自己喜欢听《生死抉择》有多少次，我都数不清了。我还假装看那条短片看得特别着迷。她却一次都没提过这件小事："你知道，我可能在这个视频里小小露了个脸呢。"

我可能装粉丝装得太过火了，让她担心一旦让我知道她在邦·乔维神话——或所谓的乔飞神话——里扮演的角色的话，有朝一日要跟我分手就分不利落了。

"我们该放那歌吗？"她问，期待地抬头看我，"来放一个。"

唱针落下，她那窄小而装修得很有品位的中西部饭厅里就灌满了乔维那浮华、商场气、能让少女兴奋难耐的和弦音乐。

我靠向我的小唱片机，撑在那碟内馅豪华的橄榄和那瓶迅速见少的葡萄酒之间，悄声说："唱片见证，海瑟正伴着一首邦·乔维的歌翩翩起舞，那首歌我从没听过。"

———————
①伊利诺伊大学芝加哥分校。

这是实话。我完全不知道我听的是啥。反正是 B 面第一首。乔维歌词里用"面对枪口"押"你亡命奔走"的韵。（听起来还是不够具体。这个主题可能是乔维爱用的经典呢。）我不知道，或许是不记得那首歌了。但看着海瑟伴着它跳舞，好吧，那就是另一回事了。她舞动的样子——下巴高抬，腰胯缓缓转动，就像搅松饼面糊——这幕已经深深刻入了我的潜意识。

"我爱这首歌。"她说，灿烂地微笑。

我也回以微笑。"我恨死这个了。"我说。

我们都大笑出声。因为我们都已经心知肚明了，可我足足花了二十五年才肯承认。

我也明白和她度过的这个夜晚看上去会有那么点儿可疑。一个有妇之夫，驱车前往郊外探望爱火已熄的旧情人，带了一瓶红酒、十来张他们以前一起听的旧唱片。如果怀疑这其中有什么不纯的动机，也不是不合理。但凯莉很清楚我要做什么，也不介意。可能因为她知道海瑟已婚，幸福美满，伴侣是……一位叫阿曼达的非裔美国女人。

我们完完整整地听完了前半段，即使里面一首热门歌都没有。我猜里面只有一首《永不道别》还有点热度，我大致记得曾伴着它跳了支慢舞。

"你还带了什么？"她问，推了推厨房桌上高高摞起的那叠唱片。

我带了好几样。来看她的前一个星期，我出了几趟门，去买唱片——我去了芝加哥林肯公园的戴夫唱片店，还有柳条公园的"轻率冒险"。只要是我能记得起来的我们在一起时听过的唱片，我都买了一份。不是那种和中年朋友在一起时用来吹嘘的碟，不是那种我用来伪装出比实际音乐欣赏水准更高的碟。"噢，是啊，我在高中的时候只听快乐分裂和史密斯乐团。"不，我说的是二十世纪八十年代我确实在听的那些歌，边听边在初中舞会上尴尬地舞动，或是在生日会上玩转瓶子游戏。我买了几张警察乐队的碟，几张菲尔·柯林斯的碟，还有一张弯得惨不忍睹的杜兰杜兰四十五转细碟。

同时还有我会和少女一起听的歌，如果我能有那个机会。比如《太空英雄芭芭莉拉》的原声碟。在我床上生活颇精彩的那些年里，有一段时间我脑子抽风，觉得这张唱片有催情功效。能激发……我也不知道能激发啥。激励女孩在无重力环境下跳挑逗脱衣舞？我从来都搞不清楚我当时到底有什么期待，只觉得它能给人带来潜意识的暗示，做出些什么来，休·路易斯的唱片可没这个效果。

我看着她的眼睛，看她翻过一张张专辑，我心中又涌起多年前那种紧张感，亲眼看着女人观察你的音乐品味就会给人这种紧张感。她露出微笑，那就是说我做对了事，我通过某种方式证明了自己的价值。她倒吸一口气，张大嘴，好像突然失去了行动能力，噢，那就能让我感到一种特殊的骄傲，仿佛我不知怎地预先策划了这一波怀旧的狂喜。

"他一直都留这样的小胡子吗？"海瑟问，看着一张莱昂内尔·里奇的唱片。

"莱昂内尔·里奇？你问我莱昂内尔·里奇有没有小胡子？"

"我说真的。"

"我也是认真的，"我说，"你怎么会不知道莱昂内尔·里奇有小胡子？这简直就等于在问邦·乔维是不是有一头爆炸的头发。"

她笑道："抱歉，我并不热衷去观察别人脸上的胡子，我也不想去在意这种事情。"

我没想到竟然这么轻松，没想到她竟然会自己提起这事，就这样提起我们都心知肚明的东西，而不用我尴尬地提这个话头。胡子问题，在一九八六年看上去重要无比，很可能是你能问出的最重大的问题，最多不过稍稍弱于"我们死后会发生什么？"这问题太重大，太举足轻重了，我难以忘怀。它就这么卡在我脑子里，等它变得无足轻重后很久都未曾散去。但我还是想知道答案。我曾经需要这个答案。

"以前，是因为胡子吗？"我问。

她没听清。她太专心了，或许是在听歌词，或许是在回忆歌词，想弄清小喇叭里莱昂内尔·里奇到底在唱些什么。我等着，疑惑我是不是早已对这个问题的答案心知肚明。

最近一次去唱片店的时候，我不小心撞上一张旧的胡斯克·杜的单曲，《八英里高／完全无意义》双曲碟。它是我对这个乐队的初体验。我立刻就爱上了它们，可能只是因为它们和汤普森兄弟截然不同。我不停地循环这两首歌，听了整整一个周末——每三分钟就把碟片翻过来，又翻回去——直到对吉他的每个颤音都烂熟于心。

我细看封面上乐队的黑白照，仿佛是研究成人片的少年。巴布·默德和我挺像——矮矮胖胖、皮肤苍白，手足无措，但不知怎的比我酷得多。另一个人是格雷戈·诺顿，留着特别没想象力的八字胡。他看上去可笑极了，却不知怎地体现了我希望中的一切。他上唇两边仿佛翘起两根中指，先发制人地向世界开战。

我花了不知道多少时间盯着他的胡子看，同一首歌不断在我脑海中回荡。结果我想："留个八字胡也没什么嘛。这就是朋克摇滚，兄弟。真粉就得这么干。"

这段时间前后，我正好深深爱上了二十世纪六七十年代的白人摇滚。这整段时期的音乐都在鼓吹留胡子。留胡子让你迷人无比，留胡子让你受人敬畏。到处都是证据，印在无数唱片封面上看着我。弗兰克·扎帕、杜安·阿尔曼、吉米·亨德里克斯、牛心上尉、布莱恩·费瑞、瘦李奇乐团的菲尔·莱诺特、《佩珀中士的孤独之心俱乐部乐队》时期的披头士、努格、吉姆·克罗奇、约翰·博纳姆、黑色安息日乐队里的所有人，但不包括奥兹乐队里那些（尤其是托尼·艾奥米，重金属重复即兴乐段的发明人），还有莱米！看在一切亵渎神明的东西份上，是莱米！摩托头乐队的《黑桃A》能让一个少年惊叹失语，愿意向任何一个黑魔王宣誓效忠，只为了上唇能长出有他们半点儿味道的胡须。

与此同时，海瑟则深深着迷于当年的流行乐团。她喜欢现代流行乐团，比如杜兰杜兰、邦·乔维、戴夫·莱帕德、威豹乐队、克鲁小丑乐团、范·海伦、旅行者乐队、史密斯乐团、白蛇乐队、简单心智乐队、人类联盟乐团。这些乐团有什么共同点？没有一个人留胡子。在一九八六年，这样的胡子很有黑人味。对普林斯或路瑟·范德鲁斯或莱昂内尔·里奇或昆西·琼斯来说，唇上带一点儿薄须不是什么大事。在她见过的白人里，脸上带着这些额外风味的人，只有约翰·奥茨、弗雷迪·墨丘里和东陶店里的那家伙。

所以在一九八六年我留起了胡子，她唯一的参照对象就是他们。她看着我，就想"他想模仿约翰·奥茨"。但在我看来，"我很明显就是格雷格·诺顿和莱米的混合体"。我在镜子里看到的就是这样。我想成为格雷戈·诺顿！但她从来没听过胡斯克·杜。他们从来没在 MTV 上播过短片，或者至少没在放学后的黄金时段播过。

这就是我的理论。这就是为什么她一年后和我分手，让我的心碎成一百万片。是因为我的胡子。归根结底，是因为我们听不同的唱片。说得更具体一点，是她听错了唱片。

如果她哪怕花一个周末痴迷于胡斯克·杜的《八英里高》，她就会懂我。

"说真的，"我说，等她终于厌倦了那首莱昂内尔·里奇，"是不是因为我的胡子？"

她笑了，终于明白我到底在问什么。"有点儿吧。对啊。"她说。

"只是有点儿？拜托！"

"好吧，大半因为这个。我讨厌那胡子。我超级、超级讨厌它。"

我翻动着那堆唱片，找那张胡斯克·杜的单曲，我之所以拿来是因为……我也不清楚。是为了证明一件事？是想让她知道她不该在家旁边的那个篮球场里和我分手。因为拜托，格雷戈·诺顿很酷。她错了！

同时，海瑟挑出了另一张碟片。她放下唱针，我听到那独一无二的前奏，是《坚持相信》。正好，那首是我婚礼上的歌。"我想我从来就不喜欢这首歌的感觉。"她说。

"奇怪在哪里？"我问。

"你知道的。"她开始脸红，"我……擦到了，那里。"

"是你的那里。"我直白地说，几乎与此同时，史蒂夫·佩里告诉我们，要坚持抓住那份感觉。

"很明显，那种感觉我不太喜欢。"她说。

"哇噢，我本来想试试辩驳一下的，但我猜我欠你一个道歉。"

"我们说的可是很严重的擦伤，哥们儿。不管一个男生有多温柔，这种事情可没有商量余地。"

我们不再说话，听起了旅行者合唱团的碟。也没什么可说的。我带来了胡斯克·杜的单曲——那是我的杀手锏，可以证明她完全误解了胡子——但现在它显然是没用了。我仿佛看到封面上的格雷戈·诺顿微笑尽消，曾经骄傲翘起的胡子现在也萎了，耸耸肩对我说："别看我啊，说到底，你为什么要从唱片封面上学习人生经验呢？""噢我的天啊，说到胡子！"

海瑟抽出了《阿提拉》，将它高高举起，仿佛一位浸礼会牧师展示《圣经》一般。那张专辑当然就是比利·乔尔单飞前一九七〇年的金属摇滚二人组的作品，乔在里面演奏声音响得压倒一切的哈蒙德 B-3 电子风琴。在封面上，他和鼓手穿成了匈奴人，身周环绕着一片片厚肉。这封面真让人肃然起敬——只有音乐那震耳欲聋的响声能与之媲美——而且没错，乔脸上留着条胡子，和这愚蠢透顶的画面完美契合。

"连比利·乔尔都知道留胡子不是好主意。"海瑟说。

"怎么糟了？"

"他在这以后再也没有留过胡子，对吧？他把胡子剃了，就不回头了。"

"在以后的专辑封面上，他也再没被一堆肉围着了。但这并不是说那就是个很糟的主意啊。"

"拜托，"她拿起《陌生人》，放在《阿提拉》旁边，"这两个都是比利·乔尔，哪张好？穿着盔甲和呢子裙，脸上留着胡子的，还是那张穿着西装、脸上刮得干干净净的？"

这问题不好回答。因为一方面说，我猜《陌生人》封面的比利·乔尔在世人目光中是比较帅的。但我更着迷于——我一直都更着迷于——《阿提拉》封面上那个比利·乔尔。那个看上去会在 7-11 便利店后面吸烟的比利·乔尔。另一个《陌生人》封面上的比利·乔尔看上去有超模女友，还猛吸可卡因。但那个《阿提拉》上的比利·乔尔会去维多利亚仿古市集，最近一次做爱是在社区大学的停车场里，他打死也不会唱像《永是个女人》这样的歌。

我父母爱那个《陌生人》的比利·乔尔。我爸，一个牧师，觉得《只有好人不长命》令人捧腹。但他们觉得《阿提拉》上的比利·乔尔有点太奇怪了。有一次，我在卧室里播《神奇女侠》

的声音太响了，结果我爸来捶我的门，在走廊里大吼："我不知道是谁这么音调婉转地在里面强奸猫，但请你把它停掉！"我爱这些事。他对《阿提拉》的怒火使得喜欢《陌生人》的我看起来不那么可疑古怪了。

我成年后，几乎大部分时间都在否认我曾经粉过比利·乔尔。但这段历史确实存在。它一直未曾逝去。我曾有好几次对着镜子，伴着《愤怒青年》的旋律弹空气钢琴。我去过好几场比利·乔尔的演唱会，其中两场是"无辜者"的巡回演出，每一场演唱会上我都失望了，觉得他唱的死忠粉冷门歌不够多。我还仔细研究过比利·乔尔作品集里每一首歌蕴含的浪漫潜台词，摸清到底他们能多好地传达出我对想睡的姑娘所具有的复杂感情，然后把这些歌录在磁带里，加上其他相似的情色或浪漫主题的歌曲，然后把磁带送给这些女孩子，希望她们听完磁带后，会为选曲所传达出的严密论证折服，决定和我共度良宵——其中一个姑娘长大后成了女人，和另一个女人结婚，现在我正和她吃高级奶酪，喝着密歇根产的红酒。

"我想告诉你，因为你当时喜欢他，我觉得你很酷。"海瑟说，《意大利餐馆的风景》恰好播到一半。

我得意一笑，给自己又倒了些红酒。"这是客套话。"

她又拿起一张乔尔的唱片，《52号街》。"你看看他，"她说，指着封面，"他酷得特别纽约。"

"他拿着小号站在巷子里。"

"这就很酷啊！"

"他不懂吹小号。"

"那就更酷了。"

"完全是反效果。"

"你真是太愤世嫉俗了。"她说。

"如果我走进酒吧里，手里拎着个小号，有人问我'你会吹小号？'，而我说'不会啊，我只是喜欢拎着小号到处走'的话，那就算整个酒吧的人跳下椅子聚起来把我打成猪头，也不算无理取闹。"

她似乎没听我说话，忙着把唱片翻过来，小心翼翼地拿着边缘，把唱针放在唱片上，仿佛是在从孩子手里拿走一件银器。

"我当时就觉得你很酷啊。"她说，几乎是随便开的口。

"你说这话只是想安慰我吧。"

"我当时又不懂事，我还听这种歌呢，"她指了指邦·乔维的唱片，"比利·乔尔看上去更成熟一点儿。我们当时那个年纪，不应该喜欢这种打领带的人。在我认识的人里，你是唯一喜欢他的。这就很厉害了。"

"别说了。你怎么现在才跟我说这些？"

她露出微笑，但我不觉得她确实在听。她微微晃着头，无声念着歌词，仿佛在背诵祷词。

我依然不能完全接受她刚刚告诉我的东西。这和我做好心理准备要听的东西截然相反。我已经准备好听到她说，我完全毁了我们曾经能有的任何浪漫的未来，因为我留了个胡子，以为自己长得像胡斯克·杜专辑上的人。或者说我假装喜欢邦·乔维以便能摸女孩的胸这一点确实很变态。但她说的话不在意料之中。这就像是翻开高中毕业纪念册，意识到你真的长得像费里斯·布勒。

我们聊啊聊，音乐播啊播。有时候我们会聊音乐，有时候音乐只是背景音而已。

听警察乐队的《机器里的鬼魂》时，我们在聊她的旧卧室，离这里只有几英里远。

"里面有彩虹墙纸，"她说，"现在看来，确实是个预示。"①

"是不是还有独角兽海报？"我问。

"噢对，一大堆独角兽海报，"她说，"还有杜兰杜兰的海报。简直就是魔法马角和约翰·泰勒发型的海洋。噢，还有一九八四年奥运会体操运动员的海报。我当时活得真是很精彩。"

听 U2 乐队的《约书亚树》A 面的时候，我们聊着我高中时开的那辆车，是从我奶奶手里接过来的。这辆二十世纪七十年代中期生产的普利茅斯勇士在她口中是辆"废物老爷车"。我们花了一整首《不管你在不在》的时间，辩论它到底是栗子色，还是脱水大便色。

听《约书亚树》B 面时，我们聊了我的发型。显然在少年时，我很是介意这东西。"你以前真会为发型特别沮丧，"她告诉我，"你不知道该剪什么发型，又说如果留长的话就会到处乱翘。那都成了执念了。你就故意剪短头发，避免这种事情发生。"

我们跳着听《门基乐队金曲集》，把《她》和《听乐队的话》这些歌都跳了过去，把《舒适的河谷周日》连着播了三遍。一遍

---

①彩虹是性少数群体（男同性恋、女同性恋、双性恋、跨性别者）的标志。

遍听《舒适的河谷周日》时，她告诉我她和我们共同的朋友克里斯汀娜是怎么不小心发现克里斯汀娜妈妈的震动棒的。

创世纪乐团的《无形触摸》我一个音都没听进去，全副身心都放在海瑟第一次婚姻的故事上。她嫁给了一个热爱菲尔·柯林斯的男人，他真是爱极了他，以至于"他曾经说他唯一能想象自己去操的男人就是菲尔·柯林斯"。他还坚持要把他们第一个孩子起名叫柯林斯，纪念这个发明"苏苏迪奥"①一词的秃头小英国人。

"我们说好了，"她告诉我，"女儿名字我起，儿子名字他起。"

"你还真准备让他这么做？"我问。

"他真的满怀激情要这么做，我还能说什么？"

"你女儿真不知道她出生不带把儿是多么幸运的事。"

"噢，她知道。"

我们试图播放《饥饿如狼》的四十五转细碟——碟都折得不成样子了，简直就像是把唱针落到没熟透的松饼上一样——她和我说她和女人的第一次约会，正好是在杜兰杜兰的演唱会上。她比较喜欢"皮尔斯·布鲁斯南那版《007》那种女人，不是肖恩·康奈利版《007》那种。男人味不那么猛，但也不会太女人。有点女同味道，但比较柔软"。

"皮尔斯·布鲁斯南像个女同？"

"好吧，在所有的詹姆斯·邦德里，他是最像女同的。"

听着普林斯的《时代的记号》，我们聊了彼此的妻子，她们

①菲尔·柯林斯的著名作品《苏苏迪奥》，这个词是歌手自创词，没有任何含义。

有多美好，我们有多爱她们，她们很可能是世界上唯有的两个这么信任自己配偶的女人了，竟然允许她们的伴侣和曾经的情人喝一晚上红酒，听一晚上的唱片。

"阿曼达说，'你今天有什么事情？'我就说，'艾瑞克要过来。'她就说，'噢，对，你们要重温高中时光，对吧？我需不需要担心你们俩在沙发上热吻起来？'"

我耸耸肩，缓缓从唱片堆里抽出一张："好吧，这也就是为什么我带来了《太空英雄芭芭利拉》。"

海瑟捧腹大笑，我发誓，红酒都从她鼻子里跑出来了。

"等等，我们不会听着《太空英雄芭芭莉拉》亲热吗？"我问，"那我为什么要开这么老远车过来？"

"就是啊，"她说，给彼此又倒了一杯红酒，"我都穿上约会专用内衣了。"

"你现在还有约会专用内衣？"

我们之间没有什么暧昧的感觉。但我们很亲密，我已经很久没能在老朋友身上找到这种亲密感了。我做海瑟的脸书好友已有多年。我给她的照片点赞，读她所有的更新状态，以为我懂她。但我对她一无所知。她对我来说是个陌生人。但只需三个小时，两瓶红酒，一堆破破烂烂的唱片，我就能重新找到她。

我们真的需要哪些唱片吗？我们就不能在当地找个酒馆，然后享受同样的经历吗？可能吧，我也不知道。可能只需要聊聊天就够了。但这些唱片感觉就像是这段经历里不可或缺的一部分。

我家公寓附近有个老酒馆，以前凯莉和我几乎每周都会去。

它成了我们的据点，生日也去那里庆祝。我们要是有朋友来访，就会带他们去那里。我们在那里分担噩耗，分享转忧为喜的快乐。冬日风雪把我们从家里赶出来时，我们会来这里；春日和煦必须出门赏景时，我们也来这里。在这里，查理有他最喜欢的桌子，有他最喜欢的侍应生，她们都知道他的名字。上楼的时候——我们总是上楼去，因为查理想去——就要小心最顶上那级楼梯。但我们去得太勤，他们到后来都不再提醒我们了。连查理都开始说："小心楼梯！"弄得侍应生都笑了起来。

一天，酒馆被烧成了平地。对其始末我们听到了各种版本的说法——有可能是厨房的油脂起了火，有可能是一个烟头飞错了地方，也有可能是烟头点燃了油——但那栋建筑就这么……消失了。我不知道怎么和查理解释。这就像和他解释什么是死，但更难，因为我必须得教他，墙壁和建筑都是重要的东西，向他解释如果建筑毁坏、墙壁倒塌，挂念它们也无可厚非。

酒馆主人承诺要重建，但看起来也没什么意义了。重要的东西已经不在了，永远消失了。你不能重建那些已经烧毁的东西。这怎么可能实现呢？不会是一模一样的。你会做出不一样的东西来，看上去有那么点儿熟悉，但任何了解它的人都能看出不对来。再也不会有那级偷工减料的阶梯了，曾经只有老客才知道要跳过它，才不至于摔倒。

那级楼梯很重要，那级楼梯让我们觉得这是我们的地方。如果没有它，这酒馆和橄榄园连锁餐厅也没什么两样。

长大成人后，你很快就会懂得这个艰难的现实。给你带来独特感受的东西是会消失的。因为那些大致的东西不重要。重要的是做得稍高的最顶上那级楼梯，如果你不小心，就会把你绊得跟跄。

重要的是比利·乔尔唱片上的划痕。

海瑟播起了《冷泉港》。她就是想听《她有门道》，显然我本应该更仔细注意这首歌的。

她和我聊我们分手以后的那个夏天。我在密歇根，我家小屋里。而她回到了芝加哥郊区。我给克里斯汀娜寄了一张自己灌的碟——她是我们共同的朋友，妈妈没把震动棒藏好的那个——我让她和海瑟一起听。我在里面放了一首歌，专门给她的。

那是《我的心彻底暗淡无光》。因为我是个混蛋。心碎的混蛋，但毕竟还是个混蛋。

"我直接就哭了，"她说，"我感觉，我的天啊，我太坏了。我真是个坏蛋。"

我补救了回来，谢天谢地。我在夏末前又送了她一张唱片，这次里面有一首《她有门道》，还附上一封解释信。

"你大概是说，'我是想给你发这首歌的，但我发错了。'在我当时看来，你的意思其实是'我当时真的很生你的气，所以我给你发了那首坏歌。但这首歌才是我真正想说的话。'"

"我很确定我就是这个意思。"我说。

"好吧，那时候有点晚了，"她说，"说实在的，如果你一开始就发给我《她有门道》，那可能我就回心转意了。"

然后，她不假思索地靠向唱片机，推了推唱针，仿佛要把它

160

推过一条划痕。我知道她为什么这么做。因为我的那张《冷泉港》，就是少年时期我会放给她听的那张，在这首歌上有条划痕，刚刚好就在乔尔唱到"爱的百万个梦"包围了她的那里。我一开始没记起那条划痕，直到我看见海瑟下意识地伸手，仿佛她在百万年前已经把这个动作重复过几千次，只为了别让这首歌卡带卡个不停。

但这张不是我的唱片。这只是我在芝加哥一个唱片店买来的东西。它没有她仍记得的那个划痕。但无论如何，她还是推了一下唱针，仿佛在给已经截肢的腿挠痒。

她甚至都没有意识到自己做了什么，但我知道。

这就够了。这就是我想要的一切。这就是我想找的东西，虽然我不太明白我到底为什么要找它。

酒吧烧成了平地。那里的老石墙已不复存在了。我已截然不同，她也是。再没什么东西与当初一模一样。但还有那一级小小的变形楼梯，那些必须用心才能找到的小小缺陷。不知怎的，仿佛一个奇迹，它们还留存了下来。虽然严格上说那缺陷已经不在了，可是人还记得。

我没喝醉——这本身就有些疯狂，我们毕竟喝了那么多红酒呢。但也将近晚上十点了，这就是说，我坐在厨房听唱片足足听了六个多小时。我编了个借口说要早起，她帮我把唱片和唱片机搬到了车上。

"那个给我一下。"她说，把那张《湿滑》从唱片堆里抽了出来。她找了支笔，在封面上写了些什么。

她把旧号码划掉，写下一个新的。

"以后再聚聚，"她说，"或许可以带上老婆。"

"我很期待能认识她。"

"孩子也带上。你家查理太可爱了。"

开车回家时，我在车上大声播放比利·乔尔的《愤怒青年》。我已经忘了这首歌开头那低沉的 C 调有多么酷炫。歌词很简单，不过是"我年轻又愤怒"，这在流行歌里简直是最没创意的歌词了，只比"我年轻又欲求不满"好一点儿。但见鬼，这些重重的音节听起来真棒。

每次等绿灯时，我都会跟着《愤怒青年》弹空气钢琴，就像我少年时那样疯疯癫癫、充满真诚的快乐。好久了，我终于第一次觉得这不是什么坏事。

第八章

这应该不能用啊。完全没道理的。我自己都能看见上面的鞋印——厚厚的泥巴，年深日久，已经干结了。这张唱片本应该毫无用处——应该是播都播不了的垃圾才对。它竟然还能撑到现在，给后来人研究揣摩，简直是天大的笑话。你不需要懂得黑胶唱片靠刻痕产生声音的科学原理——好像是电能转化成震动什么的——就能知道，这唱片已经不行了。

但它就在那转盘上旋转着，唱针流畅地在凹凸不平的表面上滑动，不知怎的，奇迹般地创造出清脆、充满活力的美妙声音来，效果比我听过的任何一张滚石唱片都要好。

罗伯特站着，摆出了摇滚乐队主唱的姿势，这对他来说似乎一直都毫不费力——他的胯部就如身体的磁力中心一样——歌词从他身上爆发出来，仿佛痛苦的号叫。

"战——争，孩子，"他说，比起年轻的米克·贾格尔，更像二十世纪七十年代末期的猫王，"离我们只有一枪！只有一枪！"

罗伯特比二十多岁的时候发福了些，我和他就是在那岁数认识的，我俩一见如故。他的肚腩大了一些，头发已经发灰。但我也一样。我也老了，不比他好。

如果谁没有肚腩，就先来向我们发出挑衅吧！

音乐从我的克洛斯里三变速唱片机里喷涌而出。那音质，噢，真是太烂了。但它充满了房间，正好能带回我们想看见的那些幻影。

罗伯特和我在兄弟会的地下室里，自从我们能合法喝酒以后，它就再不是我们的大本营了。在任何能想到的方面，它都很令人熟悉——我认出那跳棋盘花色的地面，饱受蹂躏的楼梯，密尔沃基啤酒的空瓶铺满了大厅，仿佛是面包屑的轨迹。但它也显得寒冷而疏远，就像拜访过世友人的守灵会。至少在我们打开音乐前是如此。然后我逐渐意识到我正身处何方，为什么它对我来说曾有如此意义。

几个月前，我给罗伯特打了个电话。从二十世纪九十年代末以来我就没再和他联系过了。我知道他在芝加哥，但我们已经不在一个圈子了——我有了孩子，我的朋友也都是家长，唯一的社交对象就是别的孩爸孩妈，互相安排孩子们见面一起玩，而同时，我们躲在厨房里，豪饮红酒，偶尔大叫："那是他的公仔，你要学会分享。"

罗伯特是另一个时代的遗物。我们的友情还不是过去式时，我们都年轻、单身，还穷得让人脸红。在我的记忆中，他会一直是大学的那个家伙，是从怀俄明来的那个壮汉，身穿一件用喷漆涂鸦过的皮衣。他曾经用空手道的劈砍砸碎车灯，只因为车主在当地酒吧里把啤酒倒进了我的烟灰缸，而罗伯特认为这是对他个人的冒犯。他爱猫王，爱汤姆·琼斯，还爱英格伯特·汉普丁克。

我问他愿不愿意和我一起去贝罗伊特学院一趟。那是我们的母校——坐落在南威斯康星的一座小文理学院，喜欢自诩为"北部的耶鲁"。我想再去看看大学时常去的那些地方，像以前那样听听音乐，还有……好吧，没别的了。

罗伯特立刻就答应了，他甚至主动说要开车。我不知道他为什么这么轻易就答应了。艾利克斯也在，穿着超大的汗衫，胸前印着希腊字母。还有尤利西斯，穿衬衫，打领带，好像是二十世纪五十年代的大学生。他们微笑着，跟着音乐拍子点头，但他们点头的样子仿佛一个八岁的孩子坐在车上，车载电台上播到了这首歌，家长坚持听《美国派》，还把声音开得特别大，孩子就跟着听，跟着节拍点头。他们并不在意这首歌，但大家都想听，那管他的，就听吧！

"我真有点儿兴奋得不行。"艾利克斯说，脸上的笑也不知是不是真心的。

"简直不可思议，对吧？"我说，向他转过去，"这都不该发生的。这违背了所有物理定律和常识啊。就算是在最好的情况下，它听起来都应该像是掉进燕麦粥里的电钻一样。"

"这唱片是你的？"他问。

"好吧，不是，"我承认道，"我偷来的。"

"真的？太酷了。多久前偷的？"

"二十分钟前吧。"

艾利克斯看上去很震惊。

"就是现在的二十分钟之前？"

"是啊，"我说，"你知道大学广播站吧？"

"知道。"他试探地说。

"真是偷来的。我不知道他们发现没，但就是为了这个我们才在这里的，避避风头。为防他们正在找我们。"

艾利克斯紧张地笑了。正巧，《无用的爱》播到了有力又深情的那段。艾利克斯为什么这么在意偷东西的事情，而无视了真正厉害的部分呢？这张黑胶唱片——饱受蹂躏，破破烂烂的滚石乐队的《任血流淌》，上面覆满了来自另一个世纪的泥巴——不仅仅能播放，甚至还比以前音质更好了，这不是更该引人注意吗？

这背后还有个故事呢。我没跟弗兰妮和莫琳讲这个故事。她们二十多岁，是广播站的站长，几个星期前我联系她们的时候，还特别友好。我告诉她们我是校友，正在写大学广播故事站之类的东西。我不记得我到底说了啥。重要的是，她们答应了！她们邀请我去参观广播站，看看那里的控制板，我在大学时做了很短一段时间的 DJ，曾经也用过它的。她们甚至还让我去看架子上的黑胶唱片，真不知道他们为什么还把这些东西存在后厢。

我很清楚我会在架子上找到什么东西。唯一的问题是，我该怎么把它们弄出去？就是说……如果不偷的话。

结果我还是偷了。

当时我们恰巧发现了那张覆满脚印的《任血流淌》，我便和他们说我当时和广播站站长结下了老梁子，所以他才充满偏见地用沾满泥巴的靴子狂踩广播站的《任血流淌》。但我没说得太细，因为这多半是我的错。

一年级的时候，我受邀开了自己的电台节目，但我坚持只播滚石的音乐。我说的可不是那些热门歌。我要播的是那些冷门和删节的歌，没有一首金曲。站长拒绝了我。他说他们的听众（我同学）对这些冷门滚石歌没兴趣。我可以开一个经典摇滚乐节目，偶尔可以播几首滚石，但也要播其他老得足以被称为"经典"的作品。我和他对着干。我想怎么主持就怎么主持。我老是播《布鲁塞尔事件》里的歌。我把《排挤爱德华》从头播到尾。他们能有什么办法？扣我钱吗？

站长给我送了个信。他知道我很喜欢《任血流淌》。他让那张唱片消失了。我在皮尔森大厅后面的垃圾桶里找到了它——这还是多亏了同情我的同事给我的消息。我把它救了出来，把它从那恶心的坟墓里拔出来，闻起来就像老鼠尿和饭堂的酒味土豆泥，然后塞回架子上。站长——我希望我还记得他叫什么——接受了我的挑战。他把那张臭烘烘的《任血流淌》从架子上拿下来，带到广播站后面的停车场，当着几个证人的面，穿着马丁靴不断踩那张黑胶碟，就像是教训酒鬼的保镖一样虐待它。

他回到广播站，把黑胶放在我找得到的地方，用红墨水在封套上写："绝不要再犯。"

这表达得很清楚了。我正式结束了我的滚石欣赏节目。我当时就认为我性子不对，我太固执，不能做电台工作。我就专注副

业做个业余混碟师吧，烧碟给我想睡的女人听。我考虑过好好给
《任血流淌》办一场葬礼，但这感觉就像认输了一样。所以我就
把它和其他滚石唱片一起放了回去，让管事的人干处理尸体的
脏活。

二十五年了，它还在。

弗兰妮和莫琳——身材高挑、白如床单——和我一样惊讶。
她们把唱片放到唱片机上试了试，我们更震惊了。唱片机十分漂
亮，金属制造，摩登得连唱臂看上去都像机械臂一样，而唱针是
它愤怒的拳头，随时准备殴打黑胶唱片其就范。肮脏破烂的《任
血流淌》在它上面格格不入，就像火车游民误入太空船一般。

但这不同寻常的组合却创造了惊喜。唱片能用！而且还不是
勉强能用。它活了过来，比我少年时更鲜活。黑胶唱片已不复年
轻时的嘲弄味道，但在黑暗中被遗忘的那些年却带出了《任血流
淌》骨子里的野性。它令人战栗，我十九岁时，它从未如此。

我站着，看着《任血流淌》发出不可能存在的好声音，下了
一个决心：我必须弄到手。我要把它从这墓地中解放出来，带它
回家，它的家。

我把唱片从唱片机上拿了下来，模糊地说了些话，说要把它
放回原来的地方。我躲进另一个房间里，穿过一层层架子，上面
放满了多年闲置、无人触碰的唱片。我翻阅它们——假装在找按
字母顺序排的唱片的正确位置——几乎能听见黑胶喜悦地叫喊。
它们就像兽栏后的老狗，看着孩子走过笼子。"挑我吧！挑我吧！
挑我吧！"

我听着罗伯特和弗兰妮、莫琳说话，问她们未来有什么打算，问她们的音乐口味，等着下手时机。我能听见自己心如擂鼓，差一点儿就要恐慌发作。逻辑上说，我知道没有人会有损失。我偷的是已经被淘汰的科技产物——街上只能卖个二十五美分，连这价格都是说多了。但我还是觉得这不对，我这辈子什么都没偷过，没偷过需要塞进衬衫里还得假装无辜的东西。我少年时差点就从小书店偷了本黄书，但在最后一刻，我退缩了。

我捏着《任血流淌》泥泞的封套，看着自己手指颤抖。然后，我肾上腺素一爆发，把它拿了。我把它塞到……我不记得塞到哪儿了。我走向弗兰妮和莫琳，语速过快，眼睛睁得过大，拉扯着罗伯特的衣袖。"太感谢了，很美好的经历，该走了！"

我没告诉罗伯特我干了什么，而是先走出了几个街区的距离。等走到那里，我已经笑个不停。我没被抓到！完美犯罪！

我们去了我能想到的第一个安全地点：兄弟会，一九九一年以后就不再是我们的家的兄弟会。

"我们得避避风头，"我对一脸迷惑的大学生说，"先等这拨过去。"

他们微微一笑，耸耸肩。电台的女人也和他们一样，微笑耸肩。我不知道这些动作和表情到底是什么意思。是高高在上吗？他们是不是在想"不知道还得听这老头讲多久这种我不关心的事情才能溜走去看 Instagram？"

我们几乎听完了《任血流淌》第一面，一次也没有跳针，没有被泥巴卡住。这是个奇迹。不是在烤芝士三明治上烤出圣母玛

利亚的奇迹，是真正的奇迹。你会因此相信冥冥中确有超脱的伟
力，而它也热爱凯斯·理查德的吉他拨弦。

"有谁想听鲍斯威尔姐妹的歌？"罗伯特突然问。

那三个兄弟会的家伙大笑起来，但罗伯特没在开玩笑。他是
真的想播三十年代的鲍斯威尔姐妹，看看能不能把派对气氛炒得
火热。

这不是他从广播站偷来的碟，是他自己带来的。先前几个小
时里我就听了好多她们的歌，这辈子都没听过这么多。

罗伯特主动请缨，要开他的道奇小皮卡把我们从芝加哥送到
贝罗伊特——那是好一辆凶猛的卡车，他总喜欢把它往中央护栏
上撞——车里的磁带机播的全是鲍斯威尔姐妹的曲集。刚上路第
一个小时，感觉本来就够奇怪了，但后来罗伯特坚持要在高速公
路边的卖场停一停，下车买了个霰弹枪和一千发子弹，那感觉就
愈发怪了起来。

"你现在就需要这个？"我问他。

他满肚子坏水地一笑，又往播放机里塞了盘鲍斯威尔姐妹的
磁带。我们听《毛骨悚然》，那音量大得跟听重金属一样。罗伯
特跟着拍子甩着头，猛踩油门，严重超速。我努力试着欣赏音乐，
同时假装我们俩中间的不是一把上了子弹的步枪。

"鲍斯威尔姐妹的亮点就在于，她们还挺污的。"罗伯特对
兄弟会的人说，他们看上去似乎有点儿弄不清这到底是不是个玩
笑。"就是说，你来听听……"他闭上嘴，我们一起细细品味唱
片机里流出的粗糙和声。罗伯特大笑出声，他听到了我们显然没

听出来的笑点。"懂我意思了吧？'如果你看见我和新人耳鬓厮磨，那是因为我在为你练习！'简直太疯狂了，对吧？在他们那个年代，这就很污了。"

他就这么讲了一堂不请自来的音乐课，即使身边所有人都露骨地表示不感兴趣。这也是为什么我当时会喜欢上罗伯特。他让人尴尬，但不让人讨厌。他就是这么兴奋地对待这些你根本不在意的事情。

我和罗伯特是在大学第一天认识的——我们模仿巴迪·霍利，恶搞了普林斯的那首《亲爱的尼基》——最后我们俩加入了同一个兄弟会，叫 TKE。主要是因为那里的自助餐厅的伙食比宿舍的要好太多。他就是我大学四年中的稳定常数，即使我们的音乐品味大相径庭。他眼中的英格伯特·汉普丁克就如我眼中的保罗·韦斯特伯格一般。但我们喜欢对方激动难抑的热情，以至于能听得下平时只会无视的歌。

重回地下室，像以前那样听歌，心中认定只有我们看重这些歌，而仍为它们兴奋难抑——这实在令人激动。但这不仅仅是因为回忆如潮水般袭来，还因为身边的听众。我们不是两个独处的老家伙，在这里回忆过去。我们正在为年轻人重现历史，而他们只能一五一十地相信我们所说的一切。

我们不是来体验过去的，这做不到。我还没有蠢到以为我可以重头来过。但我确实喜欢讲自己的故事。"你们知道鲍勃·马利那首歌吧？《女人不哭》？"我问，"你们觉得这首歌是说什么的？"

尤利西斯是第一个回答的。"不想让你的女人哭?"

"不对!"我反驳,"这就是关键。他说的意思恰恰相反。他的意思更贴近字面意义。你往里加了太多额外的词了。他说的不是'不,女人,你不该哭'。他说的完完全全就是字面上的意思。"

我靠近尤利西斯。"这说的是因果关系,"我向他低声说,"种下因,就得到果。没女人……没眼泪。你没有女人,由此推得,你不会哭。你懂我什么意思吧?"

尤利西斯看着我:"我觉得懂了。"他说。

我们没吸高,但我们是想让这些小子看看,尽量原汁原味地让他们感受一下,在一九八九年的中西部某兄弟会地下室里,吸高了看起来、听起来是个什么样子。其实比这还要好。我们不需要真的毒品,我们不需要年轻的身体,因为我们可以把它浪漫化。我们可以扮演自己,扮演成记忆中想要的模样。这是我们的复活节游行。

好事不长久。要把基督受难剧一样的戏份演好,需要观众在死寂中端坐,让你好好把该死的故事演完。但我们的观众不行。他们有自己的故事,自己的大学回忆和音乐回忆,大部分都和iPod 还有智能手机脱不开关系。

我们看着他们三个低头看屏幕,扫过庞大的 MP3 音乐库,找最合情景的那首完美的歌。但一旦有四万首歌触手可及,你就碰上问题了。挑好一首歌以后,你一定会想,说不定再划几下就有另一首更好的,就这样一首又一首。至于结果?看看推特就知道了。

最合情景的那首歌，就是正好在播的任何一首歌。

我们聊了至少一个小时。他们说了自己的专业。我们聊为什么 TKE 厨房里连个厨师都没有了，搞得厨房成了只是放冰箱的地方。我们和他们讲灌录音带的事情，讲为什么一个灌满了极地双子星乐队的歌的录音带不可能挽回别人的心。我们聊女人，聊现在大学里人们是不是滚床单滚得像二十世纪八十年代末一样疯，那时我们还只有普通淋病，"超级"淋病还没降临。

他们讲他们的房中故事，我们讲我们的，但我们的这些故事还有后话。那些曾和我们疯狂做爱的女人最后成了我们脸书上的朋友，会给我们孩子的照片点赞，或罹患乳腺癌，而你在社交媒体上眼睁睁地看着她死掉。

"这些长大之后的事，没有人对你说过，"罗伯特说，"没人告诉你，在你二十岁时酒吧厕所里为你乳交的女孩会在二十年后得乳腺癌，然后你百感交集，去参加她的葬礼。"

这番话似乎让那些年轻人心灰意冷了。

最后他们都走了——他们有课要上，有试要考，有照片要上传。最后就剩下我和罗伯特，孤零零地坐在地下室里。我们跟跄着爬上楼梯，坐在后门廊里。这也不是个真门廊，只是一级台阶，给冠上一个好名字，放着折叠椅和烟灰缸。我们把唱片机电源插在后门里边的插座里，年轻时，这个插座还曾经无数次地插过大喇叭播放器。罗伯特又抽出一张唱片：埃尔维斯·普苗斯利的《世事如此》。

"赞。"我说。

他直接跳到了我们都需要听到的那首歌。

我记忆里第一次听《我失去了你》——唱片第二面第二首时——我十九岁，兴奋得找不着头脑。

在那之前，我都不是猫王的粉丝。我知道他的歌，我可能可以凭记忆哼出好几首歌的旋律，但我对他的歌一丁点儿兴趣都没有。直到我在大学宿舍里，用材质比开心乐园餐玩具还便宜的塑料唱片机，听着《我失去了你》的歌声倾泻而出。我听着这首咏唱崩溃婚姻的歌，身边的朋友激动得不行，吸大麻吸得上了头，在我旁边讲这首歌的故事，偶尔还学上一两句。那一刻我突然意识到猫王的歌能让我手上汗毛倒竖。

"绝对是在讲普瑞希拉①。"罗伯特说，大喊着想盖过鼓点和小号，眼睛在充满烟雾的黑暗房间里幽幽发亮。"他的婚姻要完了，他不想承认，他努力想留住她，孩子在隔壁房间里哭，然后……"

歌猛冲到了高潮，罗伯特从椅子上一跃而起，摆出了猫王的专属姿势。

> 噢，我已经失去你了，是的我失去你了
> 我再也碰不到你

我大声笑，跟着他的夸张表演点头。因为十九岁的我能欣赏婚姻戏剧性崩溃的老套故事。我受过情伤，刚好能让我懂得爱情

---

①美国女演员，商业大亨，猫王的前妻，与他一起成立了埃尔维斯·普雷斯利企业，并任企业主席之一。

终结的疼痛。但猫王唱歌的方式充满了天崩地裂的心碎，这个和我没什么关系。好吧，多半还是有点关系的。我在完美的时刻听到了这首歌，那是我此生第二次深深的心伤，我还在收拾残局。我知道他在说什么，虽然我还是想取笑歌里那种做戏一样的夸张情绪。

那是我第一次体验到原来情感共鸣能比疏离的嘲笑更强大。

那是一九八八年。二十五年后，我又在听《我失去了你》，身边还是那个从怀俄明州来的人，是他让我第一次听到这首歌。离我们不远处，就是我们当初的宿舍。是在那里，我们开始相信没有什么歌能理解我们的痛苦，那些理解了我们痛苦的歌还该被嘲笑，就像一九七〇年的猫王，歌唱他婚姻里的失败。

我们也唱歌，就像你们跟着黑色安息日唱一样。我们还上下挥舞拳头，前后舞动腰胯。适合这样听的歌，讲的是撒旦和打炮，而不是艰难支撑且摇摇欲坠的悲伤婚姻。

我比十九岁时唱得用力一些。因为我比以前更懂这首歌。现在我能听懂，而当时那个只心碎过两次的我，绝对是无法理解的。当你知道什么叫故交零落，什么叫职场失意，什么叫子欲养而亲不待，当你看见至亲就那么突如其来地死了，给你留得一腔迷茫、愤怒与恐惧，看见曾许诺相守一生的枕边人与你渐行渐远，不是电影里那种冷硬决绝、晴天霹雳一样的疏离，而是日渐损毁，如蚕食蚁噬，让你疑神疑鬼，无从定论，只觉得自己得了失心疯。

正在此时，你就懂了。你就知道声嘶力竭地哀哭唱道"我失去了你，是的我失去了你。我再也碰不到你"，是多么涤荡人心，令人心满意足。

一曲播完，我和罗伯特还在聊。但我们所谈的不再是甘苦交加的回忆，而是断了联系后生活里的一地鸡毛。我们讲尴尬的事，丢脸的事，遗憾的事，骄傲的事，更多的是我们希望能一忘了之的事。我们聊摊份子的聚会、情妇、糟糕的决定和职场上走的错路。

"这就像音乐里的东西，"罗伯特和我说起那场差点让他婚姻触礁的外遇，"就像我最后一次爱情。不是真正的爱，但就是那种很混蛋的偏执的爱。我见她以后回家，就会听《没有你的夜永无止境》。你知道这首歌吧？"

"知道，"我说，"是英格兰·丹还是谁的？"

"英格兰·丹与约翰·福特·寇利的二重唱。这可能是他们最火的歌，"罗伯特突然唱起熟悉的旋律，还带出和弦，"我不知道会这样热烈，我等你，我想你——"

几个学生从我们身边走过，投来忧虑的目光。我们微笑挥手，他们走了。

"我曾经一到家就播那首歌，然后开始在地板上打滚，"罗伯特说，"当时就像青春期小子一样。"

我没问他为什么会背叛妻子，也没问她为什么还原谅了他。他给我的唯一解释就是那首歌。那就够了。我明白他什么意思。我需要的就是这么多。

我们播唱片，晒冬日的太阳，看着比我们年轻二十五岁的人坐在草地上，无所事事，充满快乐。我怀念就这样无所事事的曾经。当时啥也不做本身仿佛就是一桩事情。而现在，无所事事看起来绝无可能，可笑至极。就像是大白天喝醉酒，在周二看一天的《教父》系列电影。

我看着他们，心里嫉妒。不是嫉妒年轻，而是嫉妒他们能这样享受游手好闲。他们伸懒腰，轻声哼哼，就像被人揉肚子的猫，他们可以无视身边毯子上还等着要看的书，耀武扬威地打个哈欠。

我试着回忆我最后一次这样放纵自己无所事事究竟是什么时候。我回忆过去，整整回溯七年，想起每天无尽的忙碌，不断害怕自己不够努力，没有做最佳员工、完美丈夫、模范老爸。

我都已经彻底忘了无所事事是什么感觉，以至于我根本没意识到我正在做的就是无所事事。我什么都没在做。

罗伯特把唱片翻了一通，抽出一张治疗乐队的专辑，《分崩离析》。我赞许地一笑，等着那些熟悉的和弦响起。

"有件事情挺奇怪的你知道吧？"我问罗伯特。

"什么？"

"我还记得大学杂物柜的密码。"

"邮件收发室楼下的那个？"

"没错。"

"那真挺厉害。"

"其实不是。我还拿它当银行卡密码、电邮密码，什么密码都用这个。大学一年级之后，任何密码我都是用这组四位数。"

"我觉得那可能会有点儿问题。"我说。

"如果你担心被黑的话，确实是个问题。"

"这就像一个寓言，体现出我没法对过去放手。我紧紧抓住这些老密码不放，就像我抓住别的东西一样。就好像如果我抓得够紧，不让任何东西溜走，我就安全了。"

"你担心自己有囤积癖？"他问。

"选择性囤积癖。会对旧杂物柜密码和特定黑胶唱片产生感情。"

"我觉得你是小题大做。你没事。"

"我是个四十五岁的男人，正在二十四年前毕业的大学校园里听孪生卡度乐队的唱片。"

"对啊。所以？"

"还是在周三下午！我孩子可能还在想我到底去哪儿了。我来这里干吗？"

罗伯特想了想，若有所思地点点头，仿佛他知道答案，但得找到合适的措辞，好给我讲明白。

"你知道什么有用吗？"

他顿了顿，让孪生卡度唱完他们的想法，然后开口道："超级超级大声地播鲍斯威尔姐妹的歌。"

我们也就这么干了。

|||||||

几周后，我坐在芝加哥公寓的书房里，查理在隔壁睡午觉。我和妻子凯莉在交谈，我自觉这段谈话很有建设性。至少刚开始是的，直到她把混蛋布鲁斯的 VHS 卡带扔到我身上。

178

就在卡带还在半空中向我飞来时，我就能从她表情中看出来，这是个意外。她倒吸一口冷气，捂住嘴，仿佛她不敢相信到底发生了什么。

我躲开了，卡带砸到了身后墙上，壮绝无比地炸了一地。

壮绝无比——我的朋友 X 描述他老婆的成人尿片在墙上炸开的景象时，用的就是这个词。她死于癌症，有一天晚上，心里的苦痛和愤怒让他失控了，把尿布砸到了墙上。它爆炸开来。就像个水气球。壮绝无比。这是他后来告诉我的话。

凯莉和我都看着那一地碎片，试图想出该说什么话。

"对不起，"她说，"我没打算……那是……"

"我知道。"

"我只是有点儿焦躁。"

"我知道，"我跟着她的话说，"我懂。"

"我是想支持你的。支持你搞这个……唱片收藏的事，反正就是你在做的事。但这已经开始有些不靠谱了。"

"因为混蛋布鲁斯？"

我看她五官扭了起来，仿佛在忍受偏头痛。"不。不，不是……我的意思是，没错，我不懂你为什么要买这个。我以为你只是在找旧唱片。"

"是啊，"我说，"一如既往。"

"我想弄懂怎么回事，"她说，"你不会开始往家里拿胸脯兄弟之类的 VHS 盒带吧？"

"绝对不会。"我说。我握住她的手，轻轻捏了一捏，就像偷情被抓包的男人一样。

她把手抽走。"现在真的不是做这些事的时候。"

我知道她什么意思。我们手头很紧。做自由职业记者的时候，手头总是紧的，但最近几个月尤其窘迫。税务单不知怎的每个月都在涨。医保是 MTV Hive 给我办的，我给它写专栏。这网站竟然还能撑下去，连全职的员工都很惊讶。这医保有时候会自己消失，连个提醒都没有，消失的时候总是碰巧撞上查理看儿科的时候。有时候，我们买得起有机超市的东西。有时候，我们只能去周二卖打折肉的杂货店。我们没有储蓄，没有投资，真是一穷二白。就连车都还挂着贷款。

我刚刚在纳什维尔过了个周末。不是为了玩，是公事。我飞过去采访桃莉·巴顿①，帮一个德国杂志干活，叫《南德意志报杂志》，似乎人称"德国的《纽约时报》"。整段经历都特别棒，也很奇怪。见到桃莉·巴顿就够奇怪了，心里知道这段对话最后会被翻成德语，就更奇怪。这让你说话的时候有些不自在。不过反正你本来也不自在了，毕竟桃莉·巴顿和你共处一室啊。

差旅费全部由德国那边出，这是当然的。机票、酒店、租车，什么都包了。最后，这一系列的费用挣下来，我也能收到一笔钱，应该是在采访发表之后，也可能在之前，或许在发表后很久才拿到，谁也不知道。但总的来说，这是个好消息。我们财政状况这么不稳，这也是一桩好事。

本来应该是一桩好事，但我去了纳什维尔的三间唱片店，买

———————————

① 美国歌手、词曲作者、作家、乐器演奏家和慈善家，以乡村音乐出名。

了些根本没必要买的东西。

从一开始这就是个坏主意。逻辑上说，我知道这些唱片店里不可能有我的东西。但我独自坐在酒店房间里，身处这座音乐无处不在的城市，连人行道上都播着乡村歌曲。我脑子就抽了。二十年很长，说不定我的老收藏真有可能穿过整个国家跑到这里来。也许不是一下就到这儿的。但从一个州到另一个州，十几年过去，就落到了这里。这五百英里的距离，它可能乘了一辆卡车，或是一辆又一辆的卡车，被送人、被转卖、被捐赠，转手好几次，最后终于来到了纳什维尔。

在我脑子里，这很合理啊。

差不多一整个早上，我都在一家叫格里梅斯的店里，里面的客人和店员看起来都很像美好冬季乐团里的成员，所有大学姑娘都穿着黑牛仔裤和短短的黑衬衫，露出闪亮的脐环。滚石区只有一张米克·贾格尔的《原始酷劲》，但有张品相完美的《流放主干道》挂在墙上，只有用梯子才能够得着，旁边价码条写着"仅售 169.99 美元"。

我买了几件不该买的东西，比如狗之寺庙乐队的专辑。我知道那不是我的老唱片，但我实在想象不出在什么情况下我会再听见《绝食抗议》了，我又特别想听这首歌。

我还买了一张小把戏乐队的《武道馆演唱会》。这张绝对不是我的。背面的涂鸦讲得很清楚了，上面写着："这是理查德的东西。敢偷我就毒死你。"但我认识几个理查德，而且他们都是小把戏的粉丝。所以有可能我还能让他们和自己的老专辑团聚一把，反正才五美元，值得冒个险。

最贵的一件是混蛋布鲁斯的 VHS 卡带，是一九七二年的滚石纪录片。我盯着它看了有半个小时。我没法相信自己的眼睛。我的理智告诉我，你不需要这东西，它绝对不值五十美元。而且我都不记得自己多久没有 VCR 了。都好多年了。但虽然有这一切的理由，我身体里每一个细胞都在让我往前冲，逼着我抓走那盒 VHS 卡带，免得别人看见了，先我一步买下来。如果我现在不买，以后就没机会了！

第一次看混蛋布鲁斯，那感觉就像是奇迹。要能让我看见哪怕那么一帧的画面，都是建立在巧合上的，简直就像炼金术一样。一个朋友的朋友认识一个人，他的舍友有个三手的卡带，是从什么俄罗斯黑帮分子那里借来的。我看着那糟糕透顶、未经剪辑、制作低劣还模糊得让人难以忍受的画面，每一秒都沉浸在感恩的沉静之中。我看的时候，就像亲眼见我儿子出生一样满怀敬畏。"这事情再也不会发生了。你连眼睛也别给我眨。"

虽然我的旧脑子在大喊着"买下来买下来现在就买下来"，我的新脑子，就是对一切都心怀讽刺，在谷歌上看了太多东西再也回不到曾经的那个脑子，知道混蛋布鲁斯没有什么特别的。我可以现在就回家在 YouTube 上看。我不需要付钱。我肯定不需要这个跟硬皮书一样大的盒子里储存的这段录像。

它再也不珍贵了。你不用为了它坐地铁到城里治安差的地方，在一个人的花园公寓里看。房子闻起来像腐烂的西兰花，但你不在意，因为这一刻绝不会再来，你明天可以把故事说给所有朋友听，他们都会说"我的老天，哥们儿。那是怎么样的？"你就可以讲这段悲伤又无聊的放纵经历，仿佛这是一首可以确认人生意义的诗歌。你讲这个故事，就像是谈论观看《直面死亡》那次，你几乎呕吐，连月噩梦，但一切都值得，因为你成了绝无仅有的人群中的一员，你已经看过了那些只在鬼影幢幢的地下世界存在的东西。它是你皮肤上独特的伤疤，留下的印记和别人的伤疤都不一样。

混蛋布鲁斯再也不是这样的东西了。它只是又一段你能在网上看的东西，看了两分钟无聊了就关掉，再看下一个。

但我还是买了下来。

结果我花了不少钱。大概一共七十美元左右吧，唱片和VHS卡带加起来差不多这个价。但我们现在的经济状况脆弱得就像纸牌屋一样，七十美元就这么不打招呼地从账上消失，意味着一连串的灾难。我出差的时候，凯莉写了张支票给查理的日托中心，推测里面的钱刚好够扣，支撑到下一次工资来临的日子。但我们缺了二十美元，支票退回了。她不得不编了一堆谎，应付日托中心的经理。

"太丢人了。"她说。

"我知道。"我说。

"不，你真的不懂。我是个成年女人。我不想落到这样的地步，要向人道歉，对不起我一点儿钱都没有，因为我丈夫买唱片用光了账户里的钱。"

"我真的懂了。"我向她保证。

"我们是该死的成年人了。我们得表现得像个该死的成年人。"

"就这么一次,"我说,"我发誓不会再犯了。"

她的眼睛开始泛起泪光。"你发不了这个誓,你就是发不了。这没关系,我理解你,但就是……"她抹了抹眼睛,"我只是很累了。"

我明白她的意思。我也很累了。

二十多岁的时候,不稳定的经济状况只不过是我们要应付的问题,我们不需要成天忧心,也不用承担排山倒海的压力。约会几个月后,我搬进了她的住处。我们没有正式同居,但是在约会的第一年,我就睡在那里。房子最多才四十五平方米大。但从来没有感觉小过。它大小完美,我们刚好就需要这么多空间。我们整个周末都赖在床上,听音乐,做爱,为只有我们两个觉得好玩的笑话大笑,那里从来不会让人觉得像监狱。

现在,我们成家了,有大人的责任了,四十五平方米大的饭厅都小得让人压抑。

凯莉说得对。我们已经是该死的大人了。做该死的大人真是该死的不好玩。

"我会接那份工作的。"我说。

"我不是这个意思。"凯莉截住我的话。

"不,不,这个决定是对的。成年人就该做这样的决定。我该这么做。自由职业要把我们毁掉了。"

我有一份工作邀约,是《男性健康》杂志的。做他们的在线副主编。要搬到宾夕法尼亚东部去,办公室设在那里。每天要去上班，每周去五天，按时工作，要穿长裤。（做自由职业可不需要我穿裤子。）而且那是《男性健康》杂志，我要编辑和撰写的文章会是健身、营养、健康生活方面的，要写迷人的肌肉和别的东西，我对这些完全不了解，也一点儿都不感兴趣。

不过，工资很高，比我通常的收入多了好几个零。钱会像魔法一样出现在我们的银行账户里，几个星期一次，有规律地来，我们就可以好好规划支出，经济上稳定一些，甚至还能存钱。

该死的成年人就会做这样的事。"我不想让你做你不愿做的事情。"她说。

"我想做。"

"我不信。"

"我们不能再在这里住下去了，"我坚持道，"我们要在这里憋死了。"

"不是房子的事。是要离开芝加哥，搬到宾夕法尼亚，你每天要打领带。你真的确定那些唱片不是为了这个吗？"

我装作心不在焉，突然觉得我该收拾纳什维尔的行李了。"我希望你不要老是提那件事。这两件事根本没关系。"

"我觉得有。"

"我给你带了个东西。"我说，翻着行李箱里面。

"我觉得你被这份工作吓得要死，不敢接受。所以你开始弄这些唱片的事。你死抓着过去不放，因为你怕未来。"

我找到了。就在我行李袋底下，埋在衣服和洗漱用品下。我把它藏起来了，想找个好时机给她看。

"这是给你的。"我说，把东西递给她。

她顿住了，难以置信地看着它。然后，正如我愿，她爆发出一阵大笑。

"真的？"她说，"是旅行者合唱团？"

这可不是随便一张旅行者的唱片。是他们的《逃离》，严格来说应该叫"E5C4P3"①。这张唱片收录了《坚持相信》。一九九九年我们结婚的时候，用这首歌作了退场曲。

这是我们两人之间的笑话，婚礼上的人都笑了，但只有我们两个人懂背后的意义。

多年前，我和凯莉勉强算是在交往。我请她和我去派对玩，派对是我当时的文稿代理人开的，地点设在威斯康星州日内瓦湖边上的避暑屋里。简直太荒谬了，才刚认识一个星期呢，就说："嘿，想不想开两小时车去威斯康星吃奶酪喝桃红葡萄酒，见见七十岁的代理人和一堆专业作家啊？"结果她真答应了，我们找朋友借了辆车，去玩了一个周末。

派对简直像盖茨比办的一样夸张。派对结束后，我们在日内瓦湖边开车，想找一间午夜还没打烊的酒吧。一间都没找着，我们只好在加油站买了些啤酒，在酒店外停车喝了起来。我们听着电台，主持人邀请听众点歌，凯莉喝啤酒喝得有些高，想出一个点子。

她给电台打电话，尽她所能地模仿出红脖农妇的口音，点了一首《坚持相信》给未婚夫，说他正在海外服役，她也忘了到底

---

① "逃离"的英文单词大写为 ESCAPE，与此形似。

是陆军还是海军了。

"《坚持相信》是我们俩的专属歌曲，最后一次做爱的时候，就是听着这首歌。请你播一下这首歌，让他知道我正在想他，他要做爸爸了，我真的想他想得要命。"

电台播那首歌的时候，我们简直难以置信。我们欢呼大笑，跟着唱，甩开车门，绕着空荡荡的停车场跳舞，朝夜空尖叫"抓住这感——觉"。

那一夜仿佛是上辈子的事了。好几辈子以前了。几十年后，我们就坐在这里，坐在勉强才能付得起房租的公寓里，四岁的孩子在隔壁睡午觉，依然为同一首歌吃吃笑。

"你在哪里找到的？"凯莉问，把唱片从封套里拿出来。

"纳什维尔，"我说，"你看那贴纸。"

封套正面有一个橙色小圆圈，写着"第一海岸 DJ"。

她睁大眼睛。

"是我们婚礼上那个 DJ 吗？"她问。

"我很确定是。"我说。

我的推测没有半点儿证据支持，只是因为我们婚礼上请了一个 DJ，给了他一张旅行者合唱团的唱片在仪式上播，在那个远古时代，DJ 还在用黑胶唱片呢。婚礼后，我们再也没见过那张碟。我们猜可能是 DJ 把它偷了，但也没在意。我们早就转去用 CD 了。

我试过搜以前的电子邮件，看看婚礼前后有没有一个叫"第一海岸 DJ"的发件人。但我当时用的是"美国在线"邮箱，账户早就没了。就连我很久都没查过的雅虎邮箱里也啥都没有。佛罗里达州有一个做婚礼服务的第一海岸 DJ，离我和凯莉结婚的地方不远，我给他发了邮件，但他只回了一句简短的"我觉得你是认错人了"。

这些我一个字都没对我老婆讲。

"我真没法相信你找到它了。"凯莉说，细看着褪色的唱片封套，仿佛它是一本旧高中年鉴。

"想听听吗？"我问。

凯莉大笑，又脸上泛红，仿佛我刚刚的提议是说要在厨房地板上做爱。

"我从婚礼之后好像就没听过这首歌了。"她说。

这当然是假话。我们至少听了有上千次了。老是有人播它。在卫星电台上、在电视广告上、在电影里、在真人秀里、在电视剧里，里面讲述的青少年角色，早在我们坐在威斯康星那辆借来的车里时，可能都还没出生呢。但我明白她的意思。

她说的不是那首歌。她说的是这首歌，是这片塑料上的这首歌。至少在今天，我们都愿意认为这就是多年前那场正式典礼上用的那张唱片，如果诚实的话，那场典礼主要也是为我们妈妈办的。这首歌代表了我们恋情的一些本质，它说的不是同甘共苦，不是父亲把新娘交付他人，不是醉醺醺地干杯歌颂"真爱"或"她懂你"或其他饱含善意但没意义的祝愿词。这首歌只有在日内瓦湖边那辆车里放过，才会显得有意义。那是在凌晨两点的荒路，我们听电台播《坚持相信》笑得发晕。就是那一刻，就是在那里，我们两人成了一体，我知道我会和她长相厮守。我记得当时飘飘

188

然失重的感觉，我在想："我们现在可以去任何地方。我们可以
不停地开啊开啊，看车会把我们带到什么地方去。"

　　查理还在打盹，我们就把唱片放到了那台克洛斯里上。我们
听到吉他琶音就笑起来，弹得那么气势宏伟、自高自大；我们给
史蒂夫·佩里打拍子，正好拍在"坚持"和"相信"中间。我们
没有聊那场婚礼，也没有聊日内瓦湖的夜晚，因为没必要。有这
首歌就够了。

　　不知什么时候，我们跳起舞来。不是像在婚礼上那样尴尬又
古怪地跳。我们就那样简单地落进彼此怀抱里。我不记得我有多
久没和我的妻子跳舞了。大多数时候，我们都在操心两人一起创
造的那个小小的人，操心怎么让他别弄坏东西，别弄伤自己。两
人独处时，都是在聊柴米油盐，然后就看电视。但这一刻，此时
此地，是只属于我们俩的。我已经不记得我们错过了多少这样的
机会。

　　我们可以一直这样跳下去，伴着那熟悉的旋律摇摆，笑那已
二十岁的老笑话。但后来我们大声唱起那句"有些人生来就是要
唱蓝调"，把查理吵醒了。我们每次都会大声唱这句，极尽所能
地大声。因为只有这样，才能让宝宝的爹听见。

第九章

我回到了平原市的"唱片交换"。仅仅六个月前，我才第一次走过这道门，但感觉已经过了一个世纪。上一次来的时候，天气还算暖和，鲍勃把我当成疯子对待。但如今已有所不同了。至少冬天来了。我冒着风雪开车才来到这里。而且鲍勃这边绝对有了变化。他招呼我就像招呼老朋友一样。仿佛我是一个值得信任的人。

"看看这儿有啥。"他说，揭掉塑料防水布，就像命案侦探给家属展示遗体。防水布愤怒地嘎吱作响，往空中吐出一团团灰尘。

下面是箱子。几十个箱子。软塌塌、湿乎乎，看起来十分可悲。

我找我的旧唱片找了有……老天，我都根本不记得到底找了多久了。快一年了吧？我从去年春天满怀热情地开始找，现在已经二月底了。这段时间里，我翻过了至少上千个箱、桶、架，还有牛奶箱。我只能从大体上猜测数字，但也八九不离十了。

我跑了很多地方。我把芝加哥每一间还开着的唱片店翻了至少四遍。我还到伊利诺伊州之外的地方去开拓，把四面八方的八个州都找了一遍。

我去了宾夕法尼亚，去了新泽西，最后还去了纽约州北部，我去的那些店铺，看起来都长得一样。同样的褪色平克·弗洛伊德乐队和科特·柯本的海报贴在同样的水泥墙上，同样的塑料片上用水笔写着乐队名，同样的瘦子留着乱糟糟的胡子买卖着同样的唱片，在彼此的手上倒来倒去。

我翻啊翻啊翻啊。

我去了西部。好吧，去了圣路易斯，也算是西部了吧？我去了东圣路易斯一家唱片店，它还没有我大学刚毕业住的公寓大呢。我偷听到一个家伙说话，他怀里抱着满满一堆柏兹·史盖兹的唱片，大声指点要如何解决巴以冲突。接着他立刻以同样的热情和另外一个白胡子的中年男人争论到底在《水肺》前的杰思罗·塔尔比较好，还是之后那个好。

"我有两个信念，"热爱柏兹·史盖兹的那个说，"一，犹太人应该有自己的国土；二，《利多洗牌》是七十年代最好的歌。"

而我翻啊翻啊翻啊。

我去了很多唱片店。等你去得够多了，就会学到一些东西。唱片店，至少是好的唱片店，总是开在坏街区。你总是会担心把车停在附近到底好不好。在同一条街上，总是会有廉价商店或麦当劳，孩子们在停车场里玩小赛车，或会有中年男子坐在公交车站，显然无处可去。离你不远处，总会有一家打折烟草店或黄金回收铺。

而我翻啊翻啊翻啊。

我翻了那么多张唱片，拇指食指上都长了茧子。我拇指上长了个大水泡，甚至去看了专科医生。

这就是我的唱片店伤。

我曾沮丧过，我的沮丧毫无道理。我已经幸运得反常了，我找到的唱片比我曾期待过的还要多。但你是会被翻唱片给影响到的。成功很罕见，一旦真的成功，喜悦也很快被忘记。我总是在向前看，想着在下一个箱子里会不会藏着宝藏。

我翻啊翻啊翻啊。我几乎总是空手而归。不久后，你就意志消沉了，你翻得太多了，你想要更多的成功。你想要更多东西见证你的努力，而不仅仅是几张沾满泥点的唱片和长满老茧、通红而弯曲的手指。

翻箱子就像开车穿越内华达。你时不时会撞见一些奇迹般的景象。在乌有之地中，突然出现一座令人难以置信的光明之城。但你随后又回到了高速公路，又是一片茫茫沙漠。一里又一里，什么也没有。你一直看着地平线，等着光明重现。但光明太罕见了。

当我开始产生疑虑，当这样翻唱片让人感觉毫无意义且愚蠢至极，明明白白地让我知道我在浪费人生时，我接到了鲍勃的电话。

不到六小时后，我来到了"唱片交换"的里屋。

"你想翻什么就翻，"鲍勃说，看着我盯着箱子，"我不想打扰你。"

他扫了一眼店面，那里没有人。空无一人。短时间内也不会有什么客人上门。店门外，风雪大作，一片茫白。风愤怒地把雪砸在玻璃上。

鲍勃看着我，等待着。他没别的地方去，而且似乎像我一样好奇箱子里有什么。

我蹲到地上。我的膝盖立马开始发抖，仿佛要崩溃了。周围很冷，房间里没有暖气，只有一个小小的加热器，而且还没有打开。除了仿佛十年以上没有见过天日的唱片外，屋里什么也没有。仅有四壁灰墙，可能六月天里摸着也显冷，还有仿佛煤矿里的几点灯光。

我打开了第一个箱子，放出一团灰尘，闻起来像正在解体的纸板。箱子里放着些经典唱片，一些佩里·科莫的唱片，还有十四张菲尔·柯林斯的《嗨，我必须得走了》。

天花板传来一声轻柔的撞击，灰尘簌簌落在我俩身上。我紧张地抬头，但鲍勃没有躲开。"楼上有间公寓，"他说，"我很少见里面的住客，要不是听见脚步声，也不知道他们在不在。"我们听着声音不断移动，直到终于停在某处。"有时候我当他是鬼。"鲍勃半笑不笑地说。

大门处的风雪更急了，正好搭上鲍勃说的鬼魂论，尤其令人毛骨悚然。我清楚意识到我们正两人独处，我对此却没有任何不适。

翻了四个箱子，还有四十个左右。

||||||

我花了近一年想做到这件事。这是个细水长流的过程，我必须要慢慢来，不能硬上弓。如果我实话实说，"我想去你地下室翻你家东西"，那就把他吓走了。我必须得吊着他点。发邮件打个招呼聊个天，让他知道我是来交朋友的。无害地显露出我和他品味一样，不能咄咄逼人，不能露出有所企图的样子。我不能让他看出我心里那种渴求，看出我身体在微微颤抖。我会想到我们屁股下可能有什么唱片，就在那发霉的地下室里，等着我降临解救。

我编了个剧本。我提出周末来店里干活，好写一篇新世纪里唱片店幕后的真实工作。既然成了同事，收工后喝杯啤酒也没什么古怪的了。然后，嘿，不如在你家再喝一杯吧！我请你喝啤酒！等我们到了客厅，嘿，你是不是说过楼下有一堆唱片？我能看看不？

我当然没说这么一大堆。我只是问能不能来给他做白工。但他从来没回过。

过了几个月，我决定冒个险。我给他发了封电邮，告诉他我要回平原区，会来店里一趟。我故事编得很棒，告诉他我那篇唱片业界的文章又有了新进展。现在文里会提到他了。"一位坚持挨过艰难时日的幸存者，见证行业的变化与兴衰，从二十世纪九十年代末期的难以为继到最近的复兴。"说不准，我还真会把这篇报道给写出来呢。

二十四小时不到，我就收到了回信。"我最近一直在费力收拾地下室（至少把我的密纹唱片都收好了），勉强能见得了人，欢迎你来看看。"他写道。

我回信："我明天就能来。"

我当晚没睡。他对我了解不多，会觉得我反社会，对黑胶有古怪的狂热。我可能会兜里藏一把刀，等他一开门让我进去，就把他捅死。随后把他吃了，还配着听警察乐队的老唱片。这是有可能的！

我去那里路上多有颠簸，背后原因有两个。其一，当天是情人节。实在不适合把你的老婆扔在一边，开车去南伊利诺伊和一个开唱片店的家伙在地下室过节。即使她说她理解，即使你当然必须这么做，即使这个节日也太商业化了，你们俩也都不信这个，即使如此，你还是显得像个混蛋。

其二，外头刮着风雪，暴风雪。任何一个脑子还好的人都不会开车两小时出门，除非是真遇上了急事。这风雪看起来简直是黏土动画里的场景，连圣诞老人都得给逼得取消圣诞节。

眼下我到地方了，身在冷冷的唱片店后屋，翻着一箱箱的唱片，另一个人站旁边看着，喋喋不休地讲些不知所谓的话。我点着头，假装在听，手上翻个不停，希望这只是个开头，他最终会带我去他家，去看他家地下室里那些真家伙，很可能大半个晚上都要花在上面了。

为了什么？我为什么要做这事？我开始觉得自己愚蠢。谁会花整整一年去追老唱片，尤其是那种很容易找到替代品的唱片？

我只要十五分钟不到就能在亚马逊上把他们全买回来。"你这样也没有很疯。"鲍勃说。

什么？

"我和几个人聊过这事，"鲍勃说，"上周末我和一个家伙聊过。我和他说了你想做的事情，我说我觉得你就是个疯子。然后他就说：'不，他是对的。你拥有过的每张唱片都是独特的。这里一声沙沙声，那里一声啪啪声，诸如此类。你不能拿别的东西替代它。因为两张唱片不会是一样的。'我想了想，发现他是对的，就是这个理。"

我抬头看着他，等着点睛的那句，结果没有。

"我之前在翻我少年时的唱片，有些已经快陪了我一辈子了。我从来没觉得它们有什么重要的。我是说，我爱它们，但我爱的是音乐，不是唱片本身。它们只是个容器。一张新的《为奔跑而生》和你那张刮伤了的旧碟有什么不同吗？但现在我懂了。"

他伸出手，按住我的肩膀。"你让我看清了这点。"

鲍勃帮我把箱子搬下来，在地板上排开。大部分箱子没有标签，但有些写上了流派，比如"另类摇滚""CD"，还有一箱只写着"我的"。有一箱让水泡得特别惨，但当我想打开时，鲍勃拦住了我。"这些不是你的，"他说，"我记得这是我买的。现在还臭着呢。真的是烂碟，真的，烂透了。"

"那你为什么买？"我问。

"这个嘛……它们都很酷啊。"

我不断地挖着。他看见我在一张唱片上犹豫了片刻。"这是你的？"他问。

"有可能。"我说。

"那就拿走，"他说，"拿回家听。只有这样才能确定。"

我很确定那张碟不是我的。我几乎能肯定了。但我不是因为这个而停下来的。

那是中性牛奶饭店的《航越大海的飞机》。在这些箱子里找到这张唱片，被埋在这么多张被抛弃、被嫌弃的黑胶底下，实在是奇怪。它被夹在一张午夜巡航乐队的唱片和一张泰米·菲尔的《我们是有福的》中间（价码贴纸上写着二十五美分）。它显然不属于这里。就像是布鲁克林的小时髦仔跑到了教会地下室，觉得更喜欢在这里和老人喝冷咖啡、吃咖啡蛋糕一样。

我知道这不是我的唱片。但我又见到它了，我又因而想起了那张绝妙的封面，脑袋变成黄瓜片的女人做着胜利万岁之类的手势。它让我想起了最初与这专辑接触的尴尬往事。那是在一九九八年前后，我朋友对它是赞不绝口。但我对杰夫·曼格姆的"杰作"的第一印象可不怎么样。

虽然开始时印象不行，我还是重听了。我一有机会就听它，因为二十多岁的时候你就是这么做事的。你会给新的音乐一个机会。你知道有些歌如果不听到第四次第十五次甚至第五十二次，都不会有味道。有些歌就是要花这么长时间。你必须要和音乐同居一阵子。你必须有一搭没一搭地随便听它。你必须让它在你不经意间袭击你一把，你必须等它信任你。因为音乐是有生命的，它防备你，就像你防备它一样。

　　到了最近，我已经老了、懒了。听音乐的时候，我希望一上来就能让我大为激赏，不愿意做那些苦活。即使在我开始找老成品之前，我就发现我已经没耐心了，不愿意去适应稍新鲜的节奏、旋律与和弦的搭配。这说的可不是我第一次接触的艺术家。我说的是我已经很来电的乐队和音乐家。

　　《好吧电脑》在我心里，简直如同某些人心中的家人一般。但当电台司令乐队发布了《彩虹之中》时，我就觉得"也就这样了"，自那以后，这支乐队对我来说就没什么意义了。我们之间的关系已经翻天覆地了。

　　我对瑞恩·亚当斯的《令人悲伤的事》怀有特殊的感情，却觉得《金色》很做作，就如无爱的夫妻非要夜晚出门约会。亚当斯后来还出了别的什么专辑吗？大概出了吧，我也不清楚。

　　这只是无数音乐家中的两个，还有鼓掌说嗨乐队、鼓击乐团、煤气灯赞歌乐队、国家乐队等等。我曾无条件地爱他们，直到他们推出一张差强人意的专辑，令我心中空虚，从此再也不回他们的电话。

　　我曾经积极探寻新的音乐。我曾以宗教般的热情看 Pitchfork[①]，承诺仅靠封面决定是否购入一张新专辑，砸锅卖铁地把钱花在我没听过的音乐上，只因一位头发漂金、穿一件"小妖精乐队已死"的露脐 T 恤的女孩告诉我那是她最近新信的教。但现在，我在唱片店里只找我认识的名字；在易趣上找坑坑洼洼的、可能是我老友的陈旧唱片；在风雪交加之夜，坐在寒冷的库房里，

————————————

①音乐媒体网站。

翻阅一箱箱唱片，它们身躯已经弯折，不仅因为多年来被储藏在发霉的箱子里，还因为早与人类的抚摸绝缘，就如罗马尼亚妇产室中的新生儿。

看见这张《航越大海的飞机》并没让我想起我在找的东西。它让我想起我正在变成什么人。如果我在这些箱子里找到一张丢了的老唱片，那又怎么样？这和《公民凯恩》结尾那个燃烧的雪橇板有什么不同？难道这不是更加证明了我已经不再进步，故步自封，无法逃脱自我的囚笼？

在我和凯莉结婚后，我们开玩笑说单身生活只有一件事令人怀念，那就是初吻的兴奋。那未知、那不安、那兴奋，正当你向前靠去，感受双唇与陌生双唇相碰的那一瞬间，那一切都是崭新的、完美的、吓人的、美妙的。结婚二十年后，你甚至不再把初吻看作是浪漫的了。它已经远远地被你抛在了身后。

这就像我和音乐之间的关系。我不知道我到底愿不愿意就这样放弃那初吻。

我不停地翻动，因为这是我唯一能做的。

直到我把所有东西都看过为止。

一股恐慌缓缓升起，我翻到了最后一箱。这种感觉我太过熟悉了。我在青春期就已经感受过它。当时我周六一整天都在霍姆伍德的"唱片交换"里翻似乎无穷无尽的黑胶唱片，走过一排又一排好闻的架子，迷醉于未知的可能，直到我发现我已经翻到了最后一箱，再没别的可看了，除非去看看 VHS 区。我陷入了唱片店顾客的存在主义危机，那是顾客哀伤的反面，是想做顾客而不得的哀伤。你会想，你翻得那么快是不是错过了什么，你是不是太着眼于未来，而忽略了眼前的美好。

我现在就是这种感觉。鲍勃搬来了最后几个盒子，我翻动的速度一下从"我不知道时间够不够"的绝望疯狂减缓到了"要是我空手而归怎么办"的拖泥带水。害怕不可能翻完所有箱子的恐惧变成了我太过走马观花的恐惧。

"你要不要和我回我家？"鲍勃问。

我慢慢地，一丝不苟地翻着最后一个箱子里最后几十张唱片，而后听见他这样问。我的后背一激灵。我不想显得太饥渴，但也不想显得犹豫不决。所以我立刻说："好啊，没问题。"

"好东西都在那里，"他说，"你的唱片也很可能在那里。我们可以去看看，说不定顺便抽点大麻……"

"我觉得没什么不好的。"我说，把最后一个箱子推开。

那就是我的关键一刻。我知道它是。我最后一次有这种感觉，是我最后一次单身的时候。我当时出门和某人约会，我知道她想让我吻她。那种过电一般的感觉，你知道你要接吻了，但还有不知多久你的双唇才能终于落到另一片唇上。这就是美妙之处；那等待，那期待，你知道有好事要发生了，你只要别干蠢事就行。

"那么，"鲍勃说，打破了沉默，"你能载我一程不？"

||||||

我们听到了《橡胶灵魂》第二面的一半，药起效了。

刚开始我完全没多想。我以为头这么轻飘飘是饿的。早餐之后我粒米未进，刚刚看表的时候，已经是晚上两点了。这一整天，我吸进肚子里的只有破烂纸皮的碎屑。但我随即就意识到，浑身上下这股奇异的、仿佛泡在热水里的知觉，和我刚刚吸的那五根烟有关。

鲍勃给我递大麻，他就这么轻飘飘地一说"大麻"，就像卧底警察想试着买毒品一样，我很是犹豫。天知道，我大半的青春都在吸它。但它早就已经离开我的生活了。我已经生疏了。我甚至都不知道我还记不记得该怎么拿卷烟，更别说怎么好好地把烟含住了。

我不是有意要停吸大麻的。这是个逐步的过程。你有几天没吸了，然后又几天没吸，然后哎哟，你装内裤的抽屉里甚至都不放紧急补给了。等你年届四十，过去十多年已不碰大麻，你不会一天早上醒来突然决定要来一根。如果你有十年没喝红酒，突然想来一杯赤霞珠，直接开车去酒铺买一瓶就是。可是大麻？四十五岁的老家伙了，找浓缩铀都比找大麻容易呢。

鲍勃卷起烟来，我在旁边赞叹连连，因为我紧张得很。

他卷好了一根，递给我。我看着它，衡量眼前的选择。我身在南伊利诺伊州一间小房子的地下室里，天花板矮得令人压抑，管道裸露，拿来撞头正好。我只能看见一个出口，是一条摇摇欲坠的楼梯，导向一楼地面，上面木板松脱，脱逃极其艰难。外面又下雪了，我很肯定我的车就停在他的车道里，被雪埋了半截。我这会儿哪里也没准备去。

　　我给凯莉发短信给她地址，和她通报情况，让她守在电话边上，关键时刻帮我打911报警。她立刻给我打来电话，我便问鲍勃借浴室用。

　　"这件事从头到尾都让我觉得不对劲。"她斥责我。

　　"我不会有事的。"我小声说，撕着剥落的墙纸。"但我们还是定一个暗号吧。"

　　"什么暗号？"

　　"我要是碰上麻烦，总不能打电话和你说'他把我用手铐铐在暖气片上了'吧？当然要隐蔽点。"

　　风水轮流转得太快了。不久之前，我还无法相信他竟然这样信任我。现在却轮到我担心他有所图谋了。

　　"这样弄得我很不舒服。"她说。

　　"这样怎么样。我和你说'我找不到你想要的那首香蕉女郎乐队的歌了'，这个好吧？"

　　"香蕉女郎？"

　　"有什么问题吗？"

　　"我不喜欢香蕉女郎。"

　　"那有什么关系？她们又不认识你。"

　　"你能不能换一个别的，不要香蕉女郎，她们只有一首好歌。"

　　"香蕉女郎容易想。我今天都看见半打她们的唱片了。我脑子里已经有她们了。"

　　"但这样搞得我好像白痴一样。你能不能改成拱廊之火？"

　　"这些唱片是九十年代后期唱片店里来的，"我说，声音抬高了几个八度，"里面不会有拱廊之火的碟的！"

"那我怎么知道？"她问，"我可能以为那是个新的唱片店呢。给那些不是活在过去的音乐人开的店。"

"我们就用香蕉女郎，"我用气声咆哮道，"这样没那么可疑。"

挂电话之后，我吸了那根烟。如果我要死在这里，在一个像恐怖电影一样的诡异地下室里，外面风雨大作，冷得像冰雪监狱，老婆甚至不愿意假装喜欢一下香蕉女郎来救我一命，那我至少要笑着死。

我小心翼翼地吸着，抿着嘴吞下了烟。我没吸多少，但我鼓起了腮帮子，像迪齐·吉莱斯[1]那样。

我等了等，啥感觉也没有。

鲍勃又卷了一根。这次我就认认真真吸了，把一些大麻烟吞进了肺里。味道太恶心了。就像潮热夏日午后的大巴尾气。我试着把烟憋住，但结果还是把大部分吐了出来。

我等了等。还是啥感觉都没有。

鲍勃仿佛早就有所预料，又卷了第三根烟，同时，我还在朝拳头里咳嗽。然后又是第四根。我们彼此传着烟，双眼充血，瑟瑟发抖。

"这东西对我来说已经没啥用了。"他说。

"有点不够猛。"我赞同道，声音已经哑了。

"你得吸多一点儿。"他说。

"多少合适？"我问。

---

①美国著名小号手。

他没说，只是继续卷着烟。

我又回头埋到箱子里。我不知道已经看过多少箱了，也不知道还剩多少。鲍勃也没给我准数。我知道有很多。我在地下室里待了至少四个小时了，不断在翻碟，看起来根本还没到翻完的时候，就连一半都没翻到呢。

我坐在他的沙发上，那东西的材质、颜色和质感都像大蛤蟆。我靠在箱子上，鲍勃一个个地把箱子搬出来，从里间，从角落，从他兄弟扔下唱片的任何角落。他搬出箱子的速度比我翻的速度还快。已经堆了两垛了，围在我旁边，就跟积木一样。鲍勃看着箱子已经够多，便钻到那盏工厂灯底下。这是屋子里唯一的光源，用延长线挂着从天花板吊下来。他看起了自己的唱片收藏。当然，他还要跟我一一介绍。因为任何一个男人只要收藏音乐，不管是哪种格式的音乐，从黑胶唱片到 CD，甚至是在 iPod 上细心收藏的 MP3，目的都不过如此。他希望有人会来拜访，而且想了解他分类系统背后的哲思。

给我找个不想这么做的男人，不想对你解释他为什么要这样排布唱片，而不是按字母排列。他一连串的独白就如 TED [①]演讲一般。如果你能找到，那我告诉你，他就是个没有灵魂的男人。

"这是群星分类，"他说，声音在架子排成的迷宫中回荡，"这是摇滚。这是圣诞歌曲。这是乡村。这些是我的雷鬼。这些是我的十二寸雷鬼。我喜欢把这俩分开来放。"

---

① 即技术（technology）、娱乐（entertainment）、设计（design），是美国的一家私有非营利机构，该机构以它组织的 TED 大会著称。

“再明白不过了。”我说。

“这些是津巴布韦唱片，”他说，继续指向别的，“这是非洲唱片，这些是其他的国际音乐，这是阿拉伯那些的，这些是民俗／摇滚／蓝调／爵士。”

“都放一起？”我问，从箱子里抬起头来。

“是啊。这样更合理。”

音乐收藏里一个分类是非洲，却给非洲里的一个国家另开一类，还把皮特·西格、玛丽莲·曼森乐队和约翰·科川塞到同一盘音乐大杂烩里，显得很是不讲道理。但他这样分类，不知怎的却让我觉得安心。

“我有个理论，如果你连唱片都不能整理好，那你的人生也会是一团糟。”他说，声音静静的，我不知道他是不是在和我说话。

“我觉得真是这样。”我说。

“如果你的日子真的很难过，那就重新整理一下唱片。”他说，抽出一张唱片检查，轻轻地抚摸。“这很有用。所有东西又变得合理了。”

我们共度了这一刻，如此安静，各自意识到有人懂你，你在这宇宙中感觉不再那么孤独了，你什么都不想说了，因为任何话语都会污染这一刻，能和与你思维相似的人静静地共处一室，就已经够了。

我们沉默了一分钟，鲍勃说：“你还想要大麻不？”

“太想了。”我说。

他又卷了一支烟，两人一起吸掉了，他又播了别的音乐，我不知道是啥。可能是些津巴布韦来的歌吧。

我不停地翻。这些箱子里有很多好唱片，也有很糟的、该扔掉、被遗忘的唱片。但它们还在这里，与别的唱片共处一箱，就如同阿尔伯特·爱因斯坦和曾经在超市工作的家伙住到了同一间养老院。

真不知道这些唱片怎么会流落到同一个箱子里的。纳京高的《纳特和迪恩的圣诞夜》怎么会和大卫·李·罗斯的《热狂》跑到一块儿的？简·方达的《运动音乐》是怎么和《灵魂已死》流落到同一块永恒的栖息之地中？要怎么样的境况，才会让丹·佛格伯的唱片和耶稣玛丽连锁乐队成了好箱友？

这真的都是意外，是偶然吗？还是说，它们是被故意放在一起的？据鲍勃说，他们当时只是随随便便地把碟片往箱子里乱扔。所以说，可能当年他们就是这么来到店里的——这些纸箱就像快照一样，展现了前主人生活中某刻的状态。这就像看着泰坦尼克号残骸的海底照片，被一块生锈的旧手表摄住了心神。那表还沉在海底，自主人将它抛弃并溺毙后，再没动过分毫。看到这样的东西，你便认识了你从未真正认识过的人。

鲍勃从架子后冒了出来，又给我搬来一个箱子。我不知道他到底是从哪里源源不断地弄出这些箱子的，也不知道我翻过的箱子他又收到了哪里。这里存的箱子加起来似乎比整个房间都大。

"她只听男团的歌，"他说，把箱子扔到我脚边，"必须是榜单前四十的歌。她只喜欢这个。"

　　我走了个神，但鲍勃一直在说话。"你的……女儿？"我问，赌了一把。

　　他点点头，神色肃穆。"她已经读高中了。"他说。

　　"这年纪的都倔。"我说，好像我很懂一样。

　　"我给她买了台唱片机，她立刻就弄坏了。她根本不想和这些东西有任何牵扯。她甚至都不明白为什么人想要唱片。"

　　"不是光她这样，"我说，"他们都一样。"

　　"你知道未来会怎么样不？"鲍勃说，拈起烟头，重新点燃。"到最后我们脑子都只有个芯片。我们会下载一本书，一首歌。你睡觉的时候，就把它们上传到你脑子里。你甚至都不需要去听它！你直接就会记得了。你不用真的去听它，就会知道这首歌。"

　　我顿住了，翻到一张普林斯的《一天环游世界》。这张唱片总会让我想到我父亲。

　　那是一九八五年，也可能是一九八六年。我本来应该和海瑟一起去毕业舞会的，但她刚为另一个男的和我分手了。我没有邀请别的舞伴，而是干脆不去了，一个人在卧室里过，灯全关掉，因为没人爱而自我惩罚，喂饲着我自己打造的自怨自艾的怪物。

　　但我的爸爸注意到了这些青少年烦恼的迹象，不肯让我沉浸其中。他把我从房间里拉出来，要和我过"男人之夜"，也就是在停车场吃快餐，然后去林肯卖场的唱片店里买唱片。我们的音乐品味毫无交集，和他一起逛唱片店感觉会很糟。我以为这就像和家长一起吸一根大麻烟（这件事，我强调一下，我从来都没做过），本来可以很享受的一件事，却被弄得毫无乐趣、手足无措、尴尬无比。

但结果表明，他是完美的黑胶游伴。他只待在自己喜欢的区域，主要是乡村和西部区，而我只待在我的那区。他不会装成其他任何人，也从不问我我不想回答的问题。当我最后选定了《一天环游世界》，他只是点点头，说："看起来挺酷。"他没让我说明其实我不那么喜欢普林斯，也就是觉得《让我们发疯吧》这首歌还不错，但喜欢普林斯显得很酷，至少在那些帅气、擅长运动、自信又有女朋友的学生中显得很酷，而我想变得像那些帅气、擅长运动、自信又有女朋友的学生一样。普林斯在我眼里有些诡异。他就像一个纵欲过度的侏儒，需要吃药镇定一下，别老那么横冲直撞。但当你毕业舞会那晚还要和爸爸一起在商场里过的时候，就很难去挑剔这个不断有床伴的流行乐手了。

我爸给我买了碟，我们开车回家，一路无话，我正需要这个。我没法和你描述里面的任何一首歌。我记得里面有一首好像是讲贝雷帽。但我记得坐在副座上，那是四月里的芝加哥夜晚，天热得出奇，车开过糟糕的芝加哥郊区，我恨死这地方了，等不及要离开，我不想听电台，甚至都不想对我爸说话，我只是紧紧抓着那张普林斯的唱片，觉得自在了一点儿，因为我酷得能买这种唱片。

"这是你的吗？"鲍勃问。

我把碟抽了出来，试着研究上面的痕迹。

"我不知道。"我说。我真不知道。我记得有刮痕，很多很多，但这些刮痕是我留下的吗？我又怎么能知道呢？

"上面有打孔线翻片吗？"他问。

翻片！那片没用的纸板啥用没有，只是把插页搞得像马尼拉文件夹一样。我记得那张翻片！我还记得当时没撕，不是为了保证品相完美，保护未来的收藏价值，只是因为我当时不懂这有什么用，撕掉又会怎么样。把它撕掉感觉很危险，就像是撕掉床垫上那张"请勿移除"的标签一样；做了应该也不会有什么后果，但最好还是别冒险。

"我肯定还留着翻片。"我告诉他。

"你确定？"他说，"我见过很多唱片都没有翻片的。"

"不，我知道我那张的翻片还在。我不会把翻片撕掉的。"

"你得听一听。"鲍勃提议。

"现在就听？"

"不用，拿走就是了，拿走。"

"我不能这样。"

"带回家，"他坚持道，把唱片推到我胸口，"你不拿回家听就不会知道的。你得一个人安安静静地和它待一会儿。"

"这就是发疯。"我说。

"不是发疯，"鲍勃坚定地说，"你必须信它，你必须要信。"

我不知道为什么这对他会这么重要。这就像是他一旦改变了对我的看法，他一旦认为我做的事是值得的，我是在扭转不公，弥合无法自愈的旧伤，那这也就成了他自己的事。

我是一条他在天桥下捡到的病狗，风雨大作，我瑟瑟发抖。他带我回家，把我裹在毯子里，把我放进车里，那就是做了承诺，要照料我恢复健康。如果我走出这道门的时候没有找到我所有的唱片，他就不得安宁。

我翻碟的时候，鲍勃说了不少话。我们早就过了那个礼貌寒暄的阶段，不再说"这雪可真够大的"这种浅薄的东西。如果你和另一人共处一室这么久，一起听唱片，吸劲头疲弱的大麻烟，那就像破了冰一样。你们就这么忘了对方其实还是陌生人，然后开始讲些不该分享的东西。

比如说，他告诉我他在二十世纪九十年代给津巴布韦歌手托马斯·马普福莫做过一段时间的演唱会承办，那时他还在开"唱片交换"店。这歌手在他祖国似乎很受妓女和罪犯的欢迎。

"我记得有一次在加州演出，他想在女孩面前秀一下，"鲍勃说，"他说'我这双意大利鞋花了五百美元'。我说他倒不如拿这钱去买一套更好的音响，结果他放出消息要买我人头。"

他对我讲他在津巴布韦的那间房子，他想卖掉给女儿上大学，结果没有买家，因为那个区域太危险，连鲍勃自己都承认："警察都不敢去那里。"

他对我讲他和一个叫"佩珊斯"的女人的婚姻。她是马普福莫与无限黑人乐队的一个伴唱。他对我说他去探望老婆在津巴布韦的家人，一天晚上，她过世的祖母上了她身，当时他俩睡在客房里，鲍勃被吓得不轻。结果她祖父和佩珊斯聊过之后，便知道为什么祖母会这样回来。

"他跑到门前花园里，开始挖地，"鲍勃说，"他不停地挖啊挖啊挖啊，找到一小包草药，是别人埋进去的。那是个诅咒，祖母从彼岸回来，借佩珊斯的口警告他。至少他是这么说的。"

这些故事太精彩，礼尚往来不容易，但我还是尽力试了。我对他讲我自己的婚姻，我怎样在芝加哥认识的凯莉，又怎样在一九九六年邀请她去看灵魂咳嗽乐队的表演，那是我们第一次约会。每一次听到《噢，滑行移动》这首歌，我都会因为期待今晚可能见到我妻子的裸体而激动得浑身起鸡皮疙瘩。那场表演前，我给她灌了一盘自制录音带，想表现一下我对布鲁克林时髦仔音乐学的了解，让她刮目相看。那张碟起作用了，这毫无疑问，毕竟她嫁给了我。此后我再也没灌过录音带。部分是因为若这个人不是你正在睡或者想睡的对象，为她灌自制录音带就很奇怪。因为自制录音带就是以自然的方式说："我真的超想睡你，请让我用这些歌解释为什么。"

而且，现在也没有"自制录音带"这种东西了。如果你告诉别人"我想为你灌一盘自制录音带"，那人的第一反应分两种。如果对方已经年过三十了，那就会是"你是有家室的人了，别再试着想睡我"。而如果未满三十，对方就会直直看着你的眼睛问："自制录音带是啥？"然后你要么就给他们解释什么是磁带，要么就溜向最近的出口。后者可能还更好，因为她说得对，你都有老婆了，不该和她这么调情，而且她也太年轻，根本不会在意《超级蓬蓬》这种鬼东西。

约翰·柯川的《至高之爱》从鲍勃的唱片机倾泻而出。我从来没这么喜欢过这张专辑。长大以前，我好几次假装自己喜欢这张唱片。就像我假装喜欢《泼妇酿造》或《一号复制人》或牛心上尉的任何一首歌。但在这地下室里，作为背景音衬着我们的对话，柯川尖细的萨克斯乐声带来了恰到好处的庄严。它把整个房间都变成了模糊的黑白画片。

"你全名缩写是不是 EJS？"我听到鲍勃问。

他指着那张枪炮与玫瑰的《毁灭的冲动》，我甚至都没意识到自己手上还抓着它。没错，就在封套顶端，写着三个像姓名缩写一样的字母。正好是我的姓名缩写。

"我的神啊。"我挤出这句。

"那是你的对吧？它绝对是你的。"鲍勃的声音一下升了好几个八度。

"可能是我的。"

"当然是你的！怎么会不是你的呢？"

我贴近了看那字迹。看上去有那么点儿像我的字，但我也不确定。这就像听自己的录音。听起来总是像另一个人对你拙劣的模仿。

我抚摸着记号笔的痕迹。"感觉不熟悉。"我说。

"那是什么意思？"鲍勃大叫道。

"可能是别人的。不是只有我姓名缩写是这个。如果我当时写的是全名，那这就——"

鲍勃消失在架子后，拿着笔记本和铅笔又冒了出来。"把你名字的缩写写下来，我们比一比。"他说。

我照做了。

"你根本就没努力。"鲍勃坚持道。

但不是的。如果真要说的话，我是太努力了。我奋力集中精神，想找出字迹里的特点。这就好像在骑单车的时候，努力去想单车要怎么骑。

如果那姓名缩写真是我的，那我当时的字比现在的更无拘无束，转角更圆，画圈更大，像卡通一样。现在，我的签名比较严肃，线条硬直锐利。也有可能是我不知道要怎么签名了。我干吗要懂？现在直接用电脑就行了。早在我脸嫩得去酒吧还要出示身份证的时候，我就不用亲笔签名了。让我签名就像让我在家里书房找支票本一样。

"可能我字迹变了，"我说，"就像指纹一样。"

"指纹不会变的，"鲍勃说，"除非你出了意外，指头被切了。"

"我以为表皮会脱落。"

"表皮是会脱落，但真皮不会。要伤了真皮，指纹才会变。"

"约翰·迪林格不是把他的指纹都除掉了吗？"

"是啊，我记得我好像看过。"

我终于还是让步收下了那张《毁灭的冲动》，免得我们一直卡在这上面。在这之后，只要我稍微犹豫一下，他就坚持那张碟可能是我的，而我则把它放在一边，准备带回家去。我攒了一堆碟，里面有大明星乐团、R.E.M. 合唱团、柯蒂斯·梅菲尔德、保罗·西蒙、传声头像乐队、珍的沉溺合唱团、嗡嗡鸡乐队，还有回声与兔人合唱团。每一张都带有小小的几乎看不见的脏污、破口、变色、毛边，还有曲折的刮痕，像一个个迷你的罗夏墨迹测试图。他不理会我的强烈抗议，也不理会我坚称这都不属于我。我把它们塞回箱子里，他又给拿出来。

"会很有趣的，你带回家去听吧。如果你记得里面的破音就好了，"他说，"要找里面的破音，找破音。"

"如果我听不出来呢？"我问，"我怎么知道那些破音是我的？"

"你会知道的，"他说，"只要用对唱片机就行。"

"很好的那种？抖晃率高的那种？"

"什么？不，不，不。这些话他们是不会告诉你的。那些唱片里的便宜货，塑料做的小东西，播刮花了的坏唱片，效果比别的机子好。它们播得不精细，不还原。如果用顶级的唱针，最好的音响系统，那唱片里所有瑕疵都会播出来。如果你用的是烂机子，那就不会了，直接就滑过去了。"

我想起了我那台绿色呕吐物一样的塑料老唱片机，是"渔夫价格"或"电视调"之类的牌子。我记忆中，从那小小的劣质喇叭里流淌出来的音乐是最甜美的。我以为这都是因为怀旧情结。但我可能全弄错了。对我来说，至关重要的歌曲听起来应是如此。

"我以前的接收器上连了两个唱片机转盘，"鲍勃说，"其中一个很好，另一个就没那么好。但我总是听比较差的那个。因为它音效听起来更好。在我听来，这样更真实。"

"这可能是因为你第一次听的时候它就是那样？"

"可能。但我觉得这是因为科技不一定会让生活更美好。人们想修没坏的东西。很多时候，我们第一次做的就是对的。我们这个物种很久之前就把很多东西弄明白了，然后我们又搞得一团糟，只因我们想再提升。如果书不是一个你能带着走来走去的小屏幕，那也没什么问题。那些搞互联网的小孩搞糟的事情比搞好的事情多。"

"我想我的老唱片机。"我突然说。我声音发颤，就像我承认我想我爸时一样颤抖。可能这两件事情是纠缠不清的，混杂在了一起。

他对我微笑。那微笑温柔而富有同情心，一般情况下，刚刚认识二十四小时的两个男人是不会这样笑的。

"再吸点儿大麻吧。"他说。

他又卷了一支烟，我贪婪地抽着它。它让我想起了二十世纪八九十年代的大麻。其实，如果说鲍勃的大麻和这地下室里的唱片一样老，我也不会感觉惊讶。

我喜欢这个想法，这让我快活。我大笑出声，直到泪水滚落脸颊。它抚慰人心，又愚蠢至极——这两种东西竟能如此完美地共存。二十世纪八十年代的这一刻，我可能正听着同一张我当时在"唱片交换"买下的伊吉·帕普的专辑，同时吸着同一批糟糕的大麻，那便宜的烟是在开着热灯的柜子里卷的，卖我烟的人染了紫色的莫西干头，牛仔裤膝盖处做了破洞，在"唱片交换"的后巷里给我递货。

"有什么感觉吗？"鲍勃问，把大麻烟递回给我。

我确实有感觉，好吧。我以为我再也不会有这种感觉了。

我觉得我无所不能。

第十章

"妈，小心点，天啊！"

桌子从她手里滑开，磨到了门框，发出一声尖锐的噪音。

"我搞得定。"她撒谎道，坚定地把手伸到桌面下，仿佛她刚刚突然发现了桌子的重心，确凿无疑。

我用脚顶着门，紧张地看着街上。"我们得快点。"我说。

她推了推，像举重运动员一样哼了一声。我向后倒去，本来是出力的那个，结果没怎么使上劲。

"好吧，太快了。"我喘气道。

"我们直接给艾伦打电话算了，"我妈说，"他肯定乐意帮忙。"

"不！"我对她大叫。我回头看了看，以防万一，"我们俩就行了。"

艾伦知道得越少就越好。艾伦是邻居，多年前的老邻居，当时我们还住在这里。他是这栋房子的屋主之一，同意让我在这里过一天（加上差不多一夜）。但他答应的只是这个。他可没说我能把这桌子和我妈车里后备箱的椅子都拿出来。

有些东西我没和他提，所以我越发害怕被他发现了。

我们总算把桌子塞了进去，它像长橇一样滑了起来，把我们都跟着带跑了。它刚刚在冰箱面前停住，我们抬头一看，眼前的房间比我们记忆中都要小得多。

"他们这些橱柜都是新的。"我妈说。

"以前这地方有墙吗？"我问。

"我很肯定我们这里以前是有洗衣机和烘干机的，"我妈说，"还有个厕所。"

"这地板我不知该怎么讲。"我说。

"这是新瓷砖吗？"她问。

"感觉像是新瓷砖，但我不确定。"

"可能只是清洁过了。"

"不对，看上去很新。"

"很难说，我得看看照片才能确定。"

我们站在原地，看着厨房和我们买的厨房桌，我们知道它曾经属于这里，这就让周围一切看上去都像是曾经在这里一样，即使它们可能都已不是旧物了。

我已许久没有进过这栋房子了。至少从一九八三年至今都没有。当时我和我弟弟坐在厨房的油毡地板上，看着搬家工人把塞满了的箱子搬过身边，被压得一哼一哼的。我记得当时想："就这样了。我再也不会看见这栋房子了。一切都结束了。"我不是多愁善感。那就是现实。我还有什么理由会回这里？这地方自从我少年时期就再也不是我的家了。

"这扇窗本来比较小的,"我妈说,指着水槽上的窗户,"而且以前是防风窗户。冰箱看起来像是以前那个吗?"

但我已经出了门,回到了车道上,从我的车后座拉出一把把椅子来。这些破破烂烂的木椅子和餐桌是一套的,虽然它们在一般人看来根本就不配套,椅子和桌子不配,椅子之间也不配,它们就像是孤儿院里的孩子,因世事无常而聚首。

我妈出来帮我,把椅子拉出来,还拿上了她带来的其他东西。比如我奶奶给我弟弟和我小时候缝的阿富汗毯。我没有要求她拿,但她坚持要带,说这样会显得更"有家的感觉"。

"但是看起来会很奇怪,"我说,"我们要把它放厨房哪里?"

"不是,放客厅。"她说。

"铺地上吗?"

"呃……好吧,我懂你意思了,"她顿住了,想了想,"不如把沙发也带上?"

我没法反驳,至少从美学效果上看,这很完美。沙发就像餐桌和椅子一样,曾经属于那个地方,所以能完美地营造出那种场景。但这看起来实在是太复杂了,有点儿没必要。而且,为什么我妈还留着那个沙发?我记得早在二十世纪七十年代的时候它就已经又旧又破了。

"不行,这太过了。"我坚持道。

"我想这么做,"她说,"很容易的,我叫些帮手来。"

当我还是孩子的时候,每次她说"帮手",意思都是指我和马克。

诺斯波特是个小镇。就像所有小镇一样，里面的人都很多管闲事。我最不需要的就是有人打电话，让真正的主人知道我们到底在他的房子里做些什么事，因为他根本没答应让我们这么做。他只给了我们十二个小时再看看这个房子，或许在那熟悉的空间里再听几首歌。没有人同意我们带餐桌椅和沙发，也没有人同意我们带玉米片。更别谈待会儿要过来的人里，至少有一个会带一整包朋克摇滚唱片，我们还打算播得特别大声。

不只有他们想来。他们不是为了音乐，而是为了看看我们空荡荡的老房子。有几个阿姨和叔叔打电话来问能不能"来看一眼"。我把他们都拒绝了。这不是林肯的小木屋。我不想拉起游客参观用的天鹅绒隔带，让参观者在安全距离外瞪着我的童年画面看。不过就算不招待这些游客团，我的麻烦也够喝一壶的了。

我带着海报上了楼，找我的旧房间，妈跟在我后面。我立刻意识到有什么不对劲。

"你的卧室。"我倒吸一口气，转向她。

那房间……不在了。

那地方曾经有门，门后曾经放着他们的床，现在却什么也没有了。现在那里是一堵墙。我们就这样呆立着，满心疑惑，就像大迷宫里迷路的孩子。我们摸着新刷的墙——可能没有新刷，我不知道。可能从二十世纪九十年代起，那墙就是这样的，我不在意。这里有一堵墙！这里不该有墙的！

我走进走廊里。地毯踩着很奇怪。实际上，不，它感觉什么也不像。但踩在上面的声音对我来说没有任何意义。我对这条走廊的所有记忆总是伴随着尖细的吱吱声。脚步声一刻不停地在木地板上响动。有时候听起来像是地板的钉子松了，所有东西都会在脚下坍塌。现在再没有这些声音了。

他们把这栋房子的灵魂带走了，过去的幻影被清洗一空。他们可能以为这也是个改进呢。

我找到了我的房间，奇迹般的是它没被墙封住。它看起来和我记忆中一模一样，可能再小些。但马克的房间却和从前大相径庭。

"操，"我妈难得爆了句粗口来表达心情，"这房间好大。"

房间真够大的。二十世纪七十年代时，我弟弟的房间确实是最大的，以后每次搬家他都是住最大的卧室。但当时没这么大。这房间几乎和我大学毕业后租的第一间公寓一样大。屋里天花板不知怎的，比房子其他地方的都要高。墙壁是鹅黄色的，仿佛用了更贵的油漆。而那衣柜……

"是步入式的衣柜！"我妈惊叫道。

"我觉得这应该是你原来的卧室。"我说。

我说对了。这就是为什么墙壁挡住了我父母曾经的卧室。房间被这里曾经的住客改造成步入式衣柜了。

我知道你不在意。你有什么好在意的？大家一天到晚都在重新装修。这也没什么。但对我们来说，好吧，可能只是对我来说，这简直难以忍受，是超乎想象的暴行。这间房，现在已经是衣柜了，曾经是我做噩梦后会去的地方。我会去那里钻进被子下面，被我父母无可撼动的身体保护起来。我和我弟弟周末会去锤门，然后冲进房里。后来有一次我们正好撞上他们做爱，此后我每次都会敲门。我爸爸就在这里给我和马克在被子下讲鬼故事，故事里总是有沙滩上的死鸟，因为我弟弟很怕这个。每次他都会听得发抖，即使在故事里突然出现这么一只鸟根本没什么道理。

至少我弟弟的房间可以装点成以前的样子，即使只是一小部分，即使只是暂时的。我把邮差包打开，里面装满了海报卷。我抽出那卷写着"KISS"的，放在马克旧房间的后墙上，就在我记忆中的位置，然后缓缓展开。

海报上是乐队成员，四个都在，在镜头前摆造型，尽力做出视觉系摇滚的样子。我花了好几个星期才找到这张海报，我之所以记得，只是因为当时的一张宝丽来照片。那张奇怪的照片上是我弟弟，看上去好像只靠吃糖和听激烈和弦维持生命——也就是说，看起来得意忘形，虚弱无比，还搞不清楚周围的状况。我不知道为什么会有人觉得"这是一个值得记录下来的时刻"。照片上，他身后就挂着那张海报，正挂在床上，就像一个盾徽一般。

我不得不在网上翻了一大堆的 KISS 周边，才找到一模一样的海报。原来它叫作"KISS 破坏者闪光海报"。

我妈看着海报，认为贴错了墙。"应该贴在这里才对。"她说，指着门边的墙。

"你确定？"我问，她把海报拿到那边试着看看，我说，"看起来不对。"

"我肯定是在这里，"她说，"你看……"她把宝丽来照片拿到墙上——"这里刚好有地方放一张单人床。"

我们把海报贴了上去，后退好看得更清楚些。"我不确定。"我说，还是有所怀疑。

"你确定海报就是这张？"她问，目光在照片上和墙上来回跳动，"这里看起来小好多啊。"

"就是这张。"我坚持道。但我现在也不那么确定了。

我们每堵墙都试了试——贴高点儿，贴低点，不对，不对，往窗户靠点——但总是感觉不对。我们模糊的记忆中，它不是这样的。

"我们可以搬张床来，"我妈提议道，"这样可能就有个参……"

"不，绝对不行，"我打断她，"别再搞什么家具了。"

我终于不再听她的话，把海报贴在了最开始的位置。

"你要在这里办事吗？"她问。

"办什么事？"

"那件事，你弄的唱片那回事，"她笑道，"马克说你是要搞降神会。"

"他当然会这么说。如果他能回我个电话，我就能和他解释得清楚些。"

我可能解释得太清楚了，问题就在这里。刚开始，他很为能看看旧家而激动，即使他不太明白为什么同时还要听一堆黑胶唱片。但当然，如果这没得商量，他也乐意遵守要求。但他回的邮件慢慢不那么热情了，因为我提到了旧家具，还有可能会来的客人。他开始紧张，觉得不想和这件事扯上关系了，于是再也没有回应。

"我直接打给他吧，让他现在过来。"我妈说，拿出了手机。

"现在不行，我们还没准备好呢。"我说。

"挺好的了。"她坚持道。

"这不好，必须要完美才行。"

我也不知道我到底是什么意思。

她耸耸肩，收起手机。我们一起坐在马克巨大的空卧室地上，一言不发。

我又感受到身体里升起的那股恐慌。我到底在干什么，我根本没打算做这么多。我本来想办得简单一些，就像我弟弟喜欢的那样。

事情也不是突然变成这样，我也没有突然一觉醒来说："不如把事情搞得特别奇怪又尴尬吧。"变化是一点点发生的，等我意识到事态如何时，已经太晚了。

我就给你们说个流水账吧。

一个多月前

打电话给我妈的时候，我提到我一直想回老房子看看，问问那里的主人能不能带个唱片机进去，听几首歌，纪念一下旧时光。我说完之后还笑了。但她喜欢这个主意。她鼓励了我。

"你该和他们聊聊。"她说。

我父亲曾经是个牧师，所以严格意义上来说，这房子从来都不是我们的。它过去是，未来也会是教会的资产，属于联合基督教会的某个教区，教众约有一百人。妈妈听到小道消息说现在的牧师要走了，新牧师搬来前，可能有一段空闲时间。

"直接和他们说你的打算就行了，"我妈说，"不过别提唱片那回事，讲得正常点。"

一个月前

我给一个旧邻居发了封信，她是教会委员会的老成员，有些政治影响力。她回的电邮很鼓舞人，承诺会在教会委员会的会议上讨论这件事。同时她还告诉我，她在脸书上看到了我儿子的照片，真是太可爱了。

三周前

我想不起是专门找了还是正巧看到的，总之我看见有人在易趣上卖一盒没开过的蓝莓味麦片，是一九七八年生产的。我很是震惊，竟然还有这种东西——有人还真会忍住不把它打开，足足忍了三十六年，不仅仅抵御住了脑中那种自我毁灭般的对美味化学物质的渴望，还熬住了那种挥之不去的感觉——保存下来的这盒东西不仅没有实际价值，还几乎肯定就是垃圾，而且可能正年复一年地变得更强更致命，就像二十世纪五十年代的日本怪兽片里的人造怪物一样，随时会破盒而出，蹂躏人类。

我出了唯一一个竞拍价，才花了六点九九美元。加上邮费（卖家在俄勒冈州），一共十七点二四美元。贵确实是贵，但如果算上通货膨胀，我说不定还捡了个便宜。我在网上搜了一下，发现十二盎司一盒的家乐氏玉米片在一九七八年才卖五十九美分。我小时候玉米片真的一盒才一块钱不到？简直是难以置信。我可不愿意把这事告诉任何一个二十多岁的年轻人，除非遇到一个会说"我小时候看电影才花一分钱！"的老头，那倒还能说道说道。

我真不知道为什么要买这个。总之它感觉像是个我该有的东西。一个完好的来自我年轻时期的物件。就像未开封的星球大战手办，只不过这个能吃。

当然我会打开封条，把里面的鬼魂放出来，让它们飘出来，在房间里愤怒地漂浮，就如《夺宝奇兵》结尾处的死灵一般。

如果你手上有个约柜①，里面放着葡萄糖、改良玉米淀粉、磷酸三钠和40号红，那你是疯了才会不打开它。这又不是收藏品，它做出来就是要让人吃掉的，带着令人疯狂的糖分，最后被人以极端的偏见排出体外。

---

① 又称"法柜"，是古代以色列民族的圣物，"约"是指上帝跟以色列人所订立的契约，而约柜就是放置了上帝与以色列人所立的契约的柜。

两周前

我接到教会秘书珍妮特的电话。委员会批准了我的申请。但我只有四十八小时的参观时间，而且安排在两周内，正是旧牧师已搬走、新牧师还没来的间隙。期间他们还会请地毯清洁公司来打扫一下，想问我是打算在清洁前还是清洁后来？或者可以让清洁公司和我同时过去，这样比较方便。我的有钱人弟弟会不会一起来？真是美好的记忆之旅！而且，整个委员会都想告诉我，他们都在脸书上看见了我儿子的照片，他真是太可爱了。如果教会有脸书账号的话，他们一定会给那些照片点赞的。

我没有提起唱片机的事情。

十二天前

我联系了麦克·C，他以前住我们那条街的街尾，二十世纪七十年代和八十年代早期是我最铁的朋友，偶尔也是我弟最铁的朋友（偶尔也是我俩共同的铁哥们儿）。我至少有三十年没和他说话了。

我完全不知道他长大之后是个什么样子。

我就这么毫无征兆给他打了个电话，问他愿不愿意来我旧家坐坐，里面没家具，可能满屋都是灰，地毯刚清洁过，我们一起坐在地上听听儿时的唱片。噢对了，我还有张 KISS 的《活着·二》，有可能就是他和小镇上另外几个音乐狂热者曾经交换的那张碟，当时他们对它宝贝得就跟对监狱院子里的卷烟一样。噢，还有，我还会带一盒没开过封的蓝莓味麦片，一九七八年产的，有可能会让我们都食物中毒。那到时候见了！

他说好，当然好。而且，他妈在地板下面放了一些唱片，他可以带来。说不定里面也有几张我们年轻时听过的呢。

十天前

我从易趣上又买了几件东西，包括一些海报，有法拉·福西特、KISS，还有堪萨斯皇家队第三守垒手乔治·布雷特。我告诉了麦克·C，他坚持说我弄错了，我应该买张凯瑟琳·巴赫打扮成黛西·杜克的海报。我想说服他他这是大错特错，他想的可能是他的老卧室，不是我的。我百分之百确定那张海报上是法拉·福西特，穿着大红色的泳衣，也可能是深橙色，这个我记不清了。那泳衣几乎都兜不住她胸前的春光。我把海报贴在墙上，就贴在从床上看的最佳角度，整个前青春期都贴在那里。

我对五年级和八年级之间的这些日子是一点儿都想不起来了。应该搞了点儿数学，大概吧。但我能确切无疑地告诉你，法拉·福西特的红色泳装海报贴的地方，正处于躺在床上时视野的左上角，大概是十点钟方向，离地约四英尺。如果百叶窗拉开了，日影落在墙上，就闹得眼花，让人看不清她腹部的细节。最完美的观看时段是四点十五分到六点三十分之间。

九天前

麦克建议我联系戴伦·欧文，他比我们大几岁，很有可能是KISS那张《活着·二》的原主人。麦克提醒我，他买的碟里有很多都跑到我们手上了，虽然我们对此很是害怕。更具体一点儿，我们怕的是戴伦·欧文那副样子。我记得戴伦·欧文有段时间还是蓝头发。蓝头发！这就够让我深信他下得了手做极其暴力的事了，他会把我的肠子从我身体里扯出来，就像魔术师从手腕上拉出丝质手帕一样。

"你应该去见见他，"麦克提议，"他现在是个机械师了，上班的地方离学校一英里左右。"

七天前

我妈打电话来给了个建议。

"还记得我们厨房那张桌子吗？"

"嗯，"我回答，"你是说餐桌？"

"就是那张！我还留着它呢。我想啊，既然你要办这事，不如就办得像样点儿。"

我不怎么赞同，但和她聊了大概二十分钟以后，我兴奋极了，我知道她什么意思了。坐在空屋子地板上有点蠢，这种体验能有什么意思？腿会麻，会抽筋，弄得人又生气又难受。

"椅子也带上，"她说，"腿抽筋了还怀什么旧啊。"

这道理我真是说不过她。

六天前

拷问心灵后，麦克意识到那张 KISS 的《活着·二》不是戴伦·欧文的。唱片真正的主人是约翰·J，也是我们的老同学，

228

现在住在特拉弗斯城。在我记忆里，他一样地吓人。

我和约翰没什么交情，但我知道在二十世纪八十年代某个时候，他犯了几条法律，在牢里住了一段时间。至少谣言是这么说的。我对细节很不清楚，但这也符合他的风评。约翰虽然比我要小两岁，却什么事情都抢在我前头。他是我们学校第一个抽烟的，其余人还在玩艾维尔·克尼维尔①的模型。他听炮口冲浪手乐队和坏脑乐队的专辑时，我还觉得上班男乐队就够酷炫的了。我很佩服那家伙，但也怕他怕得要命。

"我已经和他聊过了，"麦克告诉我，"他会来的。他还有很多唱片你可能会感兴趣。而且他还会带酒来。"

我胃里一阵翻滚，脉搏加速。一方面，约翰·J是我认识的第一个喜欢朋克摇滚的人。很有可能就是因为他，我才会接触到这种到今天为止都对我很重要的音乐。

但他也是个犯过事的人。他还被邀请来不属于我的房子里，他还要带酒。天知道他还要弄出什么事来。

五天前

我妈又来电话了。她找到了毯子。我奶奶给我和我弟弟做的毯子，那时我们刚出生不久。

"我会带上的，"她说，"毯子有点霉了，但几乎感觉不出来。"

"真没必要带这个。"我坚持说。

"别担心，"她说，"这真有趣，我很乐在其中啊。"

①摩托车特技表演者。二十世纪七十年代时，他因一系列壮观飞跃表演而国际知名。

三天前

约翰给我发了电邮。

"嗨，埃里克……哇噢……你还真是够怀旧的……我记得是这么回事……我确实买了那张 KISS 专辑，我记得在教会那间房子里和马克还有麦克·C 一起听这张碟……但我不记得借出去过……不过很有可能借了，我记得麦克借过我那张理查德·普莱尔的《黑鬼两百年》的碟，他妈妈气得不行，几乎叫警察来抓我。"

他给了我一张列表，是他地下室里所有的唱片，里面有丧命肯尼迪、猫王、枪支俱乐部乐队、冲撞乐队、伊吉·帕普、退化乐队、金发女郎乐队，还有莱蒙斯合唱团。他还问我们是不是只喝啤酒，还是说也喝红酒。"我把红酒也带上吧，"他主动提议，"好好搞一场。"

然后他在邮件末尾说："我也会带些唱片来。很油油的碟……你把降血脂药带上……嗯嗯嗯嗯蓝莓味麦片……晚点见见见——"

我都干了啥？

两天前

我弟弟终于回电话了，我给他发了好几封邮件，对他解释究竟这是怎么一回事，为什么他应该来。他不为所动。

"我只想说这唱片的事情真是完全失控了，"我还没来得及道个好，马克就说，"你搞得太过火了，大家都很尴尬。真的很奇怪，好不好？太奇怪了。"

我本来会觉得很受冒犯的，不过他说的话从某个角度说，真是再准确不过。

"你向我解释解释，"马克说，"我只是想再看看那间房子，但其他这一大堆事我都不懂怎么回事。现在还会有家具了？"

"就是个餐桌，几把餐椅。"我紧张地咳嗽道。现在还是不提他旧房间贴着的那张 KISS 海报为妙。

"你真的邀请了约翰·J？"他问。

"约翰有什么问题？你多少年都没见他了，还这么对人家指手画脚？"

"他不是让人抓过吗？"

"才一次，也不是什么大事，而且都是很久以前了。"

我估计我和弟弟说不到一块儿去，有一部分是因为他太有钱了。以前我们意见相左的时候我也这么想过，很多次了。

我弟是有点儿钱。实话说，有很多钱。算起来，他的公司资产大概有个八十亿美元左右。里面有多少是他能拿到的利润？那我就说不上来了。我们根本都没聊过这事。实在是没有好时机开口问家里人："我说真的，你到底富成啥样了？"

说实在的，马克就算在他华丽转身以前，和我也不是一个模子刻出来的。他十五岁的时候就支持共和党，在卧室墙上贴"尼克松做总统"的海报。我是民主党人，第一次参加反战游行的时候还没到能喝酒的年龄，还威胁说要参加维和部队，只为了气我爸妈。马克的兴趣包括打太极、芝加哥贸易委员会和古斯塔夫·马勒。我喜欢二十世纪八十年代的朋克乐队，吸大麻，还喜欢不上健康保险。

当他突然变得比蝙蝠侠还有钱之后，我们能说的话就更少了。他还是我弟弟，我爱他，但我们的生活已经彻底不一样了。对我来说，买头等舱机票还是一件大事。同时，他在考虑是继续光顾私人航班，还是干脆直接把这该死的飞机买下来算了。上次选举期间，我往保险杠上贴奥巴马，觉得已经算是政治表达了。而马克为罗恩·保罗举办了入场费两千五百美元的选举筹款餐会，就在他家。

"我不懂你，兄弟，"马克说，"不是说我不能开玩笑，我真就是不懂你。你到底想做什么？到底有什么目标？"

"为什么一定要有？"我告诉他，"为什么就不能简简单单地听唱片？"

"好吧，你想做什么？"

"我想听唱片。"

"但除此之外呢？"

"就这么简单！就这样！就是几个一起长大的男人聚在一块，在几乎空荡荡的房子里听唱片。这有什么奇怪的？别把事情变得奇怪。"

一天前

教会发来了一通电话留言："我们很高兴你能做这件事。你可以来我这里拿钥匙，或者我们可以直接把门开着。里面还给你留了几个惊喜。"

我还是没告诉他们我要带一台唱片机。还要带几张很吵的唱片，包括 KISS 的《活着·二》，还有约翰·J 地下室里的不知道什么碟，还有麦克·C 妈妈放在地板下的碟。噢对了，麦克·C 和约翰·J 也会来。我弟弟可能就不来了，因为他觉得这整件事情就是发疯。可能确实是有些疯狂，可能教堂委员会也会这么想，如果告诉他们了的话。我没说。

我从来没这么确定过我正在犯错误，而且如此不愿意阻止它。

|||||||

我长大以后就懂了，有些变化你可以优雅地接受，至少可以叹口气，逆来顺受。但有些东西，你就是放不开。

如果你在一个地方长大然后搬走，多年以后故地重游，你肯定会有些心如刀割。但万事万物都不会与以前一样了。房子会倒塌，建起新房。商店会倒闭，可能会变成别的东西，比如停车场。那家街角小店，你以前会和弟弟一起去买漫画书和烟雾弹，现在是星巴克。你的夏令营？不见了。现在成了公寓。那家餐馆，你曾经可以往地上扔花生壳，这让你认识的每个大人都高兴极了。"你可以邋里邋遢的！"他们互相通气，"直接往地上扔果壳，他们根本不管。他们还想你这么扔呢。"那家餐馆关门了，成了儿童书店，然后是蜡烛店，然后是精酿啤酒铺，几乎还没人知道它开张，就倒闭了。

那面可以滑雪橇的坡地，你和伙伴们在上面痛快地追逐过多少次？但它们已经被夷为平地，建了新的医院大楼，医院当然也关门了。你能相信吗？我们再也没有医院了。医院！这说的可不是能往地上扔果皮的餐馆。这是你血流不止时会去的地方，是你发现枕边人看上去比平时不舒服时会去的地方。现在离我们最近的医院在南边，一小时的路，但我听说紧急情况下可以紧急转移。换句话说，你最好确定这胸痛不是消化不良引起的，因为如果打了911，你是要出直升机钱的。

但这些变化我都能挨得住。我会抱怨，满心苦涩地同仍记得旧日子的亲友念叨，说着事事原该如何。可是到头来，我也学会了尊重变化。费点儿力气，这些东西也就习惯了。等你路过那家鸠占鹊巢的五金店五次以后，就不会大惊小怪了。你就这样认了，你的世界变了。

但有些记忆更深刻，它们是决计不会消逝的。

从芝加哥开车到诺斯波特的六小时车程里，我好好想了想。我想着会出什么篓子，想着这趟可能不过白白浪费时间精力。

我租来的车后座乱得像我的脑子一样。一台唱片机，四周用枕头牢牢护着；一个行李袋，塞满了衣服，里面只有几条是洗过的；几十张唱片套扔得到处都是，后座哪个角落都有它们，看上去就像我台风天没关后窗一样。

离诺斯波特还有二十分钟车程，我开过一段已然经过无数次的路。我一如既往地等着路上那个坑。

但我的车平平稳稳。

我小时候，路上是有坑的。

一个多月前，我参加了芝加哥的唱片店庆典，参加这场年会的都是还卖黑胶唱片的独立店铺。我以前从没参加过，也就对此无比期待。我听说那里会排起长得没道理的队伍，里面几乎都是年轻人，他们出生的时候黑胶已经不是主要音乐媒介了。他们都等着买限量唱片，这些唱片一出与会者的这个圈，就一文不值。

我之所以赴会，主要就是为了那些长队。我单纯想看人们站在唱片店外排队。我最后一次看见这景象时，已经是二十世纪八十年代末期了，当时我在芝加哥郊区排队买 U2 的《约书亚树》。我差点儿就被至少大我二十岁的大叔一手肘顶在脸上，我猜他是担心我会买到一张序列号比他更好的《约书亚树》。

我知道现在人们还是会排队买东西。一旦有限量的新型科技产品问世，那队伍能排到下一个街区去。只要有新的 iPod 或智能手机或某种我十八岁时根本想象不到的大容量音乐设备问世，就会排起长龙。但这不一样，这太愚蠢了。我们不会排队去买唱片机。如果他们出来排队买的这个令人激动的 MP3 在其他店都买不到，那我就能理解他们。但就为买 iPod？什么蠢货会排队买 iPod？

从没有人因为 iPod 哭泣，觉得不那么孤独。他们只会为了 iPod 里装的东西这么做。

我决定把林肯公园的"戴夫唱片店"作为家乡巡礼的第一站，主要是为了怀旧。我以前刚开始和凯莉约会的时候就会来这家店。它正好开在她公寓那条街街尾。说实在的，这个街区，对我来说意义很不一样。

"我这里有一整张清单，我想要的东西都写上了。"

排在我前面的人戴着毛线帽，可是天气反常地暖和。我们已经排了一个多小时队了，他似乎和电话对面的人聊得有些冒火了。

"这是我的钱，我想怎么花就怎么花。"

我身边站着一大群漂了发、穿着独立乐队 T 恤、戴着围巾的人。我至少看见两个人留着打了发胶的八字胡，这还只是余光扫到的。

一股强烈的焦虑弥漫在克拉克街上聚集的人群里，他们看着手机，想表现得不那么紧张。空气中满是不耐烦的味道。不对，也不能说是不耐烦。那种可怕的感觉仿佛是会错过什么东西，仿佛在另外一个地方，还有更好的事在发生。

现在甚至都有专门描述它的词了。FOMO，"害怕错过 (Fear out missing out)"。现在的小孩就是这么叫的。他们创造了一个缩略词，描述人类历史上每一个世代都感受过的焦虑。我很清楚地记得，二十世纪八九十年代的时候我就有这个感觉。我肯定我爸和我爷爷那辈也有过这样的感觉。现在的年轻人面对 FOMO 这种感觉没什么特别的。他们只是第一个承认它的世代而已。

唱片店庆典就是为了折磨你的 FOMO 而创立的。你能在每个人的脸上看到这种情绪。他们可能排错了店，在几英里外，镇子另一边，韦恩·科伊恩可能在"轻率冒险"向人群赠送超稀有的艳唇乐队的日本引进版本。如果他们选错了怎么办？

我肯定是没资格嘲笑任何人的音乐囤积癖了。我这是五十步笑百步。但我不知道这些年轻人，攥着这些详细清单，写满限量版、特殊盒装版、保加利亚版合作单曲、今天必须要买到，十年后还会如此看待这些唱片吗？唱片店庆典特别版如果失去了这些特殊的崭新光环，开始在架子上积灰，被别的东西取代，换成更新、更稀有、更有收藏价值的东西以后，他们会忘记吗？还是说，到时他们依然需要它们，是真的把命系在了上面，仿佛那是氧气一般？

若非如此，好吧，那这有什么意义？周末来赶场真是太早了，他们该回家，爬回床上。

一个流浪汉经过了队伍，不知为何背着十二包纸巾。他看见人群，出乎意料，顿了一会儿，就这么停下了，盯着我们，想搞清楚我们到底在干啥，我们为什么要站在这里，而且还是对着一家唱片店。他看看店面，又看看人群，又看看店面。他的脸扭成一团，想弄清楚到底发生了什么事。

"你们干什么的？DJ？"他问。

没人看他。他们看着手机，或是看着脚。我露出微笑，但我觉得他没看见。

"你们都是蠢蛋，"他说，自然有些生气，"这样不叫生活。这不是生活！"

好吧……说回那个坑。

坑在 M-22 路上，那是从诺斯波特——我长大的小镇——出来唯一的路。它也是周边唯一的路。如果你在密歇根州北部那个小突起里长大，想离开这里，那就必须通过 M-22。在印第安人移居区佩肖伯斯敦和萨顿湾（诺斯波特南边的大镇子）间，有一段路上有个凹坑，就像沥青里的泡泡。如果你完美地撞上去，比如说，时速比限速再高二十英里，那汽车就会短暂地腾空而起。

作为成年人，要关心汽车悬架、轮胎压力和二手汽车的卖价，这坑就不怎么有趣了。但如果是一个七到十岁的孩子，认为《哈扎德的杜克一家》不仅仅是好连续剧，还可以做人生模范，那道路上的这个毛病，借用本·富兰克林的话，就证明了神爱世人且愿我们喜乐。

我们父母当作没听到我们在后座上大喊："坑！坑！坑来了，加速！"他们完全反着来，慢了下来，以免车胎发出不祥的响声，以免车子令人警觉地腾空而起，然后重重落地。但有时候，你可能坐的是朋友哥哥的车，你挤在旧雪佛兰的后座上——噢，兄弟，我到今天还能清清楚楚地看到那皮革座椅，被可乐和汗水浸得黏糊糊地，黏在你的光腿上，像胶纸抓苍蝇一样抓住你。你只要稍微喊一喊，就能撺掇开车的哥哥调到正好的速度，撞上那个路坑。

"快点！"我们会在后座大叫，"快点！快点！"

他什么都不说，但我们能听见发动机轰鸣，感觉到座椅在身下颤抖。我们互相抱紧，抓住扶手处那个小小的银色烟灰槽，等着腾空而起。随即，他撞上了，简直令人开心疯了。有时候我们会飘起来，在空中飞，没有安全带把我们固定住，头撞上柔软的车顶。

"再来！"我们大叫，笑出了眼泪，"回头，再来一遍！"

我不知道他们是什么时候修的路。路是我家搬走很久以后才变好的。我们回来探望时，一开始我没发现。但车开在这段熟悉的路上，我总感觉不太舒服，有什么不对劲。没过多少年，我就发现了问题所在。

我最后还是不再排"戴夫唱片店"的队了。背着纸巾的流浪汉让我很不舒服。人生选择受到一个光脚汉的质疑，对这家店的其他顾客来说似乎不算什么，对我却是重重一击。我动身去找另一家更好排的店。

"轻率冒险"也挤得不相上下。"罗根硬件""劳瑞的音乐星球"和"劲歌热舞"也都是人挤人。我以为我会享受这个充满了同好的人群，这就像在《星球大战》新电影首映场，站在一群粉丝中间。但实际感觉却更像是挤高峰期的地铁。

我坐巴士去了上城区，知道那里有个地方人不会太多。"摇、抖、读"是家小店，开在阿尔卡彭①曾光顾过一次的绿磨坊爵士酒吧边上（卡座里到现在还有弹孔）。店里不仅没排队，而且包括我在内只有三名顾客。唯一能看出今天是个特殊日子的迹象就是店门口边上挂的六个五彩气球，还有一条横幅，写着："所有黑胶唱片七五折！"

瑞克·艾迪就在店里，这位传奇店主的事迹，我从不止一个热爱黑胶唱片的朋友那里听过。他身材矮胖，山羊胡子已经发灰，穿着一件旧皮革夹克。他在店里到处走动，忙个不停，答复顾客的问题。一个年轻人，看着还不满二十岁，问他有没有庆典特别发行版的唱片，瑞克看他的眼神就像他刚问的是儿童色情片。

①芝加哥著名黑帮匪徒。

"那种稀有的垃圾，我这里一张都没有，"他吐了口唾沫，"进了货才能卖出一成，剩下的厂商还不肯收回去。根本就是抢劫，我才不掺和。"

我想留在这里，住在店里，每天和瑞克在一起，守着他这股美妙又美味的臭脾气。

我开始翻碟，感到一股久违的激动，这可能是因为店面开着，温暖的微风柔柔吹拂，将店里灌满了香气，那是正从冬日中苏醒的城市的味道。可能这是因为店里寥寥的顾客不像我在其他店看到的那么大惊小怪、紧张不安。就算没开庆典，他们可能也会来这儿。我不小心听到他们说"两美元你可买不到外野的碟"。我知道这就是整个宇宙里我唯一想待的地方。

翻到 S 区和 U-V-W 区时，我的手蹭到了陌生人，我们正探手去拿相邻的盒子。我嘟哝着道歉，但他却抓住这机会攀谈起来。他突兀地告诉我，他想把整个收藏都换一版新的。

我几乎吓了一跳。

"再说一次？"我问。

"噢，你懂的，"他说，"你兄弟把所有碟都偷走了，卖了去买毒品，然后你剩下这辈子就不断努力要把缺的都补回来。"

"是小舅子。"离他不远的女人纠正道。

那应该是他老婆或是女朋友，我不清楚。她过来和他会合，拿着一叠几乎有一寸厚的唱片，重重地扔在了他旁边，声音大得惊人。

我们继续翻着碟，他们不停说话，各自接话，灌了我一耳朵我不想听的具体细节。

"我弟弟手不干净，"妻子解释道，"他这人太下作。"

"那么多能偷的东西，"男人说，摇着头，"谁会偷唱片来弄毒品钱？为什么不偷电视？偷手提电脑也好啊。"

"他很顽固的，"妻子说，"八十年代的时候他就这么干，他只懂这么干。"

男人秃了头，小胡子已经泛银，左边小臂上文了一个比基尼美女。妻子穿着红色运动服，看起来像无敌金刚①人妖。我们三个人都盯着盒子里，手指翻动的声音如此合拍，听起来简直像蟋蟀鸣叫。与此同时，银胡子给我描述了他夏天的工作，他是个金牌医师，工作内容主要就是和威利·纳尔逊的儿子往来。他老婆在酒店上夜班，店里住满了巡演音乐家，也见了不少摇滚界大拿。

"诱惑乐队在我们这里住过，当时理查德·斯特雷德还在队里，"她说，"我没赶上看表演，他们就在酒店大堂给我唱了一首无伴奏的《我的女孩》。"

"给他讲午夜巡航乐队的那事。"银胡子说。

"超级大混蛋，"她说，"那些人太混蛋了！主唱拿腔拿调，说'你得给我用假名登记'。我就说，你讲真的吗哥们儿？没人会打电话来找你的好吗？但狄波拉·哈利就不一样了，她是个甜心，人特别好。"

"不对，不对，不对！"他打断道，"她在莱蒙斯合唱团的演唱会上抓了我一把！"

---

① 著名科幻作品《无敌金刚》中，男主角穿一身红色运动服。

　　每隔几分钟，他们中的一个人就会抽出一张碟，把它加到那堆里。那堆碟已经高得摇摇欲坠了，随时就会倒在地上。

　　"这都是你兄弟偷的碟？"我问，指着那一堆。

　　"对，"他说，"我几乎都找到了。我都记得挺清楚的，所以也不难找。"

　　"不是，我是问，就是这些吗？"我问，"你是想把他偷走的那些碟找回来吗？"

　　他们都大笑出声。"我为什么要干这事？"银胡子问，胡子下的嘴对我冷笑，"去找跟我兄弟接头的毒品贩子，看他把我的碟卖到哪个跳蚤市场了吗？简直是浪费时间。"

　　我耸耸肩："也有更无聊的事呢。"

　　银胡子对我眯起眼睛，突然显得冷酷起来。"你不是那些搞初版唱片的怪胎吧？"

　　"噢，不，不，当然不是。"我说。

　　他脸上又带了笑。"那就好。"

　　"我想要的是碟里的断片和破音。"

　　对！断片和破音。最重要的就是这些。这家伙懂行。

　　我伸手去翻他的那堆碟。我能感觉到两个人都绷紧了，看见我贪婪的手侵犯他们已经划下的地盘，很是不舒服。里面没什么意料外的东西。几张布鲁斯·斯普林斯汀，几张齐柏林飞艇，一些Yes乐队，一些匆促乐队，一些深紫乐队，一些钢铁之丹，还有一大堆林纳德·斯金纳德乐队的碟——留银胡子、身上文着比基尼美女，在二十世纪七十年代长大的人就是这样了。

然后我看见了它。我几乎立刻就认了出来。这很古怪，我看过两打同一张专辑，想弄清它们是不是我的。但这次，我就是知道。这就像我脑海里想象的场景，看见我爸爸在四旬斋前夜游行里，戴着墨镜，留着小胡子，戴一顶狩猎帽。我知道就是他。我心里确凿无疑。

KISS 的《活着·二》，就是它，就是这张。这就是小时候弟弟的那张唱片。我借过太多次，逼得他在封面上写"别动！！！"的警告。字迹已经没了，但顶上有一块污渍，就在 KISS 的 K 那里。显然有人想抹掉墨水的痕迹，但只能让字迹变得看不出来了，没有消失。就像前女友名字的刺青，是无法完全抹除的糟糕决定。

"我能要这张吗？"我问。

银胡子看着我，就像突然发现客厅里站着一个全裸的陌生人。

"为什么？"他的语气已经不带一丁点儿友善了。

"我已经找了一阵子了，我真的很喜欢它。"

他扫了一眼唱片，又看看我。他的手在身侧晃荡着，仿佛准备要拔枪决斗。

"这是什么稀有碟吗？"他问。

我试图表现得冷静点。"不，不稀有，"我说，憋出一声笑，"就是让我很怀念的东西，我就是为了来买它的，你懂……"

他一把把它抢了过来，放回他那堆碟里。"对不起了哥们儿，不行。"

"我给你一百刀。"我说。

我们大眼瞪小眼。他小胡子抽了抽，考虑着我的提议。

"我不知道。"

"两百。"

他看了一眼老婆,她瞪大眼睛,眨也不眨,盯着我,好像我刚抽出一把匕首威胁他们。他的小胡子又一抽,他一根手指摸了摸。

"好吧,"他终于说,"我告诉你我会怎么办……"

"三百。"

还说自己不是在唱片店庆典上杯弓蛇影,怕错过宝贝的混蛋呢。

瑞克从我们身边挤了过去,手里拿一根棒球棍。他在赶流浪汉,那人身上满是酒臭尿骚,乘人不备溜了进来。

"滚出去,你这垃圾。"瑞克大喊,怒发冲冠。

我没有动,我一直盯着灰色小胡子,我不会放过的。

"你再回这里,"瑞克朝大门外喊,挥舞着棒球棍,仿佛在把天上掉下来的猴子打出去,"我就毁了你!"

"成交。"银胡子说。

我独自开六小时车回密歇根的路上,偶尔会伸手到副驾驶,摸那张 KISS 的《活着·二》,我这辈子买过的最贵的音乐产品。可能这是天道好轮回,因为我过去几年在网上偷了那么多音乐。但如果算单价,那就没太糟了。KISS 的《活着·二》里有二十首歌,每首我付了十五美元。很贵,但也没到上高速公路抢劫的程度。如果你想再准确点,我其实买的不是里面的音乐,而是封套。所以我付了三百美元,就是为了青春期弟弟那句已经字迹不清的威胁。

好吧，这可能不是最明智的金融投资，没有任何实际的、现实的价值。但我一点儿都不后悔。

这张唱片是我的护身符。它是那种人们会带在身边辟邪驱灾的东西。你理智上知道这都是胡说八道，这不过就是个物件，没什么法力，不会救你。但有它在身边，心里难受时能随时摸摸，就会感觉安全，至少不那么害怕。

这很愚蠢，你也知道愚蠢，但你不在乎。

我开车经过原来那个坑。我等着它，即使我知道它已经不在了。我心里一阵难过，因为车没有往前冲，缓冲器没有发出愤怒的抗议声，我感觉车体没有腾空而起。但没关系了。这一次没那么让人难过。

因为我正把和它一样的东西带回家。

||||||

"他的嘴是不是出血了？"我妈问。

我们还坐在马克卧室的地板上，抬头看着那张 KISS 海报。我觉得她终于开始正眼看它了。多少年了，她在它附近走动，给我弟弟睡前盖被子抬头看它多少眼，却没认真看过一次那海报。她大概知道海报长什么样子，但从来没注意过细节。

我猛笑起来。"他一直都是这样的，妈。这是人家的风格。"

"好吧，我不知道啊，"她耸耸肩，"你们这些孩子从来都不跟我讲这些。"

"你不也是现在才开始问这些？"

"以前我们不知道啊！"她抗议说，"你们说他们是好人。"

"KISS？"

"是啊，你们应该是在扯谎。他们可能都是嗑药的，真是吵得够呛。你们每次放他们的音乐，我和你爸都会出去散步。吵得整个屋子都在抖。"

"你们应该把它们没收掉的。"我说。

"我们不想做那种父母，"她说，"只是音乐而已，又不会要人命。"

我们坐着，又抬头看那海报，我不知道现在带她下楼逼她认认真真地去听 KISS 的《活着·二》会不会是个好主意。

门铃响了，在空屋子里回荡，就像一声军号。我僵住了，我想躲起来，钻进马克的步入式衣柜里，把灯关掉。

"你觉得会不会是马克？"我妈问，灿烂地笑了。

我不觉得。我知道外面是谁，他带着麻烦上门了。

第十一章

我知道该怎么拿唱片。你应该拿住外边缘，或者夹住中间的厂牌标志。你实际碰到的部分越小就越好。你手上的油对黑胶唱片来说就像酸液一样。

但我现在拿在手里的唱片，K-Tel 的《夜班机》，无论怎么拿都没关系。因为它已经受损了。碟上的指印已有三十年，来自好几代人的手指，其中也有不少是我留下的，我还能从上面分辨出至少一个宠物脚印。还有泥泞的脚印，到处都是，互相交叉，甚至还混成了一团。

但奇妙的是，碟面没有刮痕，至少没有能看见的。如果我拿到后院，用花园水管简单粗暴地给它冲一冲，那它就会焕然一新了。当然，我不会这么干的。这些指印很宝贵。这片合成塑料上留有许多回忆。

我知道这是我的唱片，确凿无疑。我不需要送它去法医实验室检查指纹。这张碟片来自麦克·C妈妈家的地板下面，她家离我们也就一个街区。它一直在那里，和社区里到处流通的唱片堆在一起默默发酵。

它们全都在这里，铺在陪伴我童年的同一张餐桌上，它所在的这个厨房，我在到达选民年龄以后再没回来过。

我还不清楚这到底是件大好事，还是说特别、特别地让人摸不着头脑。

铁证如山，这绝对是那张 K-Tel 的《夜班机》，一九八二年我在特拉弗斯城的梅耶尔超市买的，离这个厨房大概三十英里：它没有封套。这是个裸碟！连白色的内套都没有。我就是这么放的。

我买这张碟主要就是为了那首"最强美国英雄"的主题曲《信不信由你》，B 面第一首，乔伊·斯卡布里所作。我不知道如果没有"最强美国英雄"的话，还会不会喜欢这首歌，这是我当时最喜欢的电视节目。它是继李·迈杰斯[①]的超人能力后，电视媒体所播放的最美好的东西。

刚开始我只听这首歌，一遍一遍地听，这就是我的圣歌。但有时候，歌快唱完的时候我没爬起来。我就这么让它放了下去。我便由此开始了解斯莫基·罗宾逊、艾尔·贾诺、艾迪·洛夫和昆西·琼斯。

完全和我天生会喜欢的那种音乐大相径庭。但不小心听了这些歌这么多次，我变得有点儿斯德哥尔摩倾向。我的心是朋克摇

[①]《无敌金刚》的主演，饰演王牌试飞员史蒂夫·奥斯汀。他在飞船撞击失事后几乎丧命，经政府改造成为超能力者。

滚的，但我对裘丝·纽顿的《晨之天使》歌词倒背如流，我现在一旦听到这首歌的旋律，还是会高唱一曲。

就像我们社区里的每张唱片一样，它成了公共借阅的一部分，它属于所有人。我弟弟或麦克或其他能来我家的孩子（我家的门从来不锁）都可以直接进来，想拿就拿。至于还嘛，可能永远不会还。它可能会到另一个孩子手里，然后又换一道手，最终你完全不知道它落到了谁手里。它可能会回来，但它随时也会走。因为你不知道会不会突然有人说："啊对，那首美国英雄的歌！我借几天行吧？"

所以我直接把封套摘了。它太显眼了，"夜班机"是立体银色的艺术字，好像在朝你射激光一样。我把套子撕了扔掉，在别人院子里摆的摊上买了张劳伦斯·威尔克的《波尔卡爱好者音乐》当作伪装，把里面的碟扔了，将《夜班机》塞了进去。

他们还是找到了，他们总能找到。无论我怎么藏，他们都能找到。我必须得满街地找，直到我放弃，或是不再喜欢"最强美国英雄"那天，就等着看哪个来得更早（应该是后面那个）。

我们的社区公共唱片图书馆并不是一团混乱。我们是有规则的，每个人都尊重并遵守规则。规则都是不成文的，也没有明明白白说出来过，但我们心里都明白。如果我没记错的话，应该是这样：

第一法则：能拿走多少张唱片就拿多少张，但要表现得淡定点儿。

这不是本地图书馆,只能借走合理范围内的能读完的书。如果你能一个人把这么多碟搬走,那它们就是你的了(至少暂时如此)。

在唱片这事上,质不重要,量重要。如果你在学校过了糟糕的一周,或者你父母表现得很混蛋,或是你有那么段时间觉得此生挚爱的女孩很没必要地公开说她觉得你恶心,那么有时候,只有一件事能让你感觉好些,那就是独自坐在黑暗的卧室里,把每张劳·瑞德的唱片从头到尾听一遍。或者也不用是他的碟,或许你只是想不断地听《变压器》,同时看着那个诡异的唱片套——那脸白得跟吸血鬼一样是怎么回事?——自怨自艾、摇头晃脑地听着讲述都市荒芜的浪漫歌曲,即使这种东西和你这个在镇人口不过六百、主要出产物是樱桃的地方长大的人毫无关系。

重点在于,你要拿走你觉得自己也许会需要的唱片,而不是自己确实需要的唱片。

但是,如果你带个包或者拖着箱子跑到别人家,那就太贪心了,跟小偷没有两样。你只能拿自己能拿得动的东西,不能贪多。最理想的情况是,你应该像从商店偷东西一样把东西带出前主人的房子——商品夹在腋下,手轻松地塞在口袋里,看上去好像根本啥都没拿。

诀窍在于别显得像在偷东西一样,虽然实际上你也没偷。你拿的东西就该是你的,但你不想表现得太露骨。

第二法则：没有固定归还日。

还是那句，这不是图书馆。没人给你敲规定归还时间的印章。没有借阅期，也没有返还条款。这些唱片你想要留多久就留多久，直到有人发现你手里有它们，然后自己拿走。

话虽如此，你也不能把东西藏起来。你不能放到看不到的地方，比如衣柜里或者床下面，或者任何你会藏自己发现的小黄书的地方。如果唱片的封套有可能给你惹麻烦——比如黑色安息日的《重生》，因为有恶魔婴儿；或黑旗乐队的《顾家男人》，因为那个有自杀倾向的父亲；或粘手指，因为那个显眼的大鸡鸡——那藏起来就没问题，前提是别人知道你把它藏起来了。（例如：我妈没找到那张丧命肯尼迪的唱片，谢天谢地。）

第三法则：拥有唱片即意味着失去任何合理隐私。

一旦把唱片带回家，你、你的财产和你父母的财产都成了整个唱片共享社群的囊中之物。比如说，如果你哥们儿觉得真的特别特别想听阿巴合唱团那张《超级演员》，他又知道这张唱片就在你卧室里，那他不需要任何书面或口头许可，就可以在任何时候走进你屋里，把碟拿走。

这在理论上是个好主意。除非你正好在干些隐私的事，关系到你和⋯⋯好吧，只有你。不会有人提前敲门。房门一下就会打开。而在你挣扎着要把自己遮住，掩盖你正在对自己做的见不得光的事情时，你朋友会直接大步流星地进来，拿走阿巴合唱团唱片说："不好意思啊哥们儿，我脑子里《赢者通吃》已经转了一整天了，我必须得听。晚点儿见！"

　　会有这样的事，你能做的只有假装没被吓丢魂。如果你想完全控制自己的财产，那你就别住在社区里，别像嬉皮士一样合作，别和人分享黑胶唱片。

第四法则：你不能把唱片据为己有，或者对唱片进行政治庇护。

　　唱片是集体财产，不是个人财产。突然决定"这张唱片我要拿一段时间"，或者更甚，坚持说它现在只属于你，都是不被接受的恶劣行径，会立即招来惩罚并且被即刻逐出唱片共享社群。

　　即使是你自己出钱买的，比如说《不速之客》的原声带或是斯普林斯廷的《为奔跑而生》，那也不是你的。如果你爱一张唱片，你就得放它自由。你会有机会听它的，它只是不再和你一起住了。它是个火车流浪汉，从一个镇旅行到另一个镇，要待几天就待几天，然后就坐上下一趟车去往未知的彼方。你不能让火车流浪汉安定下来，你不能要求他挂起铺盖、安心留下，一辈子待在一个卧室里。你怎么能这么想？放手吧，哥们儿。放它走。

第五法则：所有放在唱片套里的东西都成为下一个拿到它的人的财产。

　　假设，你获得（偷取）了一张裸体扑克牌，这种扑克牌每张上面都印着一个上身赤裸的模特，从你朋友的哥哥手上弄到的。你之所以偷这张牌，是因为上面的女人美得令人窒息，她的双乳让你——好吧，是我——日思夜想无法自拔。我记得她的一切——她黑发黑眼，笑不露齿，花色是方块 8。长大后，每次我和人打牌遇见方块 8，都会想起那对美得不可方物的双乳。

但我把她放进唱片里了。我还记得是哪一张，因为我藏在里面就是为了和我爸妈玩猫鼠游戏。假装他们对此很在意。假装我每次离开家时，他们都会把我的房间翻个底朝天找裸女小物。但我想太多了，把我爸妈找软色情物品的心理挖掘得太深。我想象我爸懊恼地把唱片往墙上扔，大叫："该死，我确定他会藏在《金发女人的平行沟》里的！"

如果他分析得再好一点儿，就能猜中了。金发女郎？我怎么会那么蠢！显而易见，我会把东西藏在鲍勃·迪伦的《路上的血迹》里，因为那张裸体扑克牌不是性，它的关键在于渴望。她是我无法触碰的女性，遥远得令人心痛。每次我看到那张扑克牌，脑子里的歌不是"我要得到你，得到你，得到你，得到你"，我脑子里是迪伦的歌，"我因断续的痛而发狂，仿佛开瓶器深扎的心伤"。

但父母找不到不等于别人找不到，就比如下一个把《路上的血迹》拿到手的人。碟没了，你才意识到事情不妙。等下一次碟回到你手里时，那张裸女扑克已经不在了，谁也没说什么。"我什么卡也没看见"，他们会夸张地耸耸肩。你没有法律依据，是你把东西放进去的，谁找到就是谁的。这法则保护上家，即使封套里有用过的创可贴，那也不是他们的错；法则同时还保护下家不受私藏物品的指责，无论他在唱片套里发现什么宝贝，他都无罪。

规矩就是规矩。

"你小心点儿，"麦克·C 告诉我说，指着我手里那张捏得有点儿太紧的《夜班机》，"上面可能有汉坦病毒。"

我抬头看着麦克。看见他还是让我吃惊——不仅仅是看见他出现在这个厨房里，只要看见他我就够吃惊了。我在青春期以后就再没见过他了，现在他已经年届四十，留着山羊胡，手指被烟熏得发黄，一把老烟嗓。太不真实了。

"你认真的？"我问。

"没，开玩笑的，"他说，"不过没准真有。我们把它从地板下弄出来的时候，上面全是灰，还有像老鼠屎一样的东西。"

我嗅了一下手。对，是老鼠屎没错。不过没事，反正还有比这更糟的死法。

"我们可能运气不太好，"麦克又把唱片机的插头从插座上拔了下来，"要么就是这东西坏了，要么就是有人断了电。"

我试着掩饰我的担心，但我有点儿慌了。我没带备用机。我把克洛斯里放家里了。鲍勃那番话把我唬得不轻，什么"正确的唱片机"，什么"你必须用便宜的塑料货听，就年轻的时候用的那种"。于是我就找来一个看上去像我二十岁前家里那个唱片机一样的东西——当时我们只买得起这样的东西，大家都来用我们的唱片机。我研究了易趣上的照片，想找个看上去比较熟悉的。

我终于找到了。牌子不是"渔夫价格"或者"电视调"，它是一九七四年版通用电气 V638h 三变速自动唱片机。我和弟弟确认过了，他回我的那封邮件里全是感叹号，我从没见过他用这么多感叹号。它的一切都让我俩心跳加速——它有点儿小，不太能放得下正常大小的黑胶；它可以折叠成浅褐色行李箱的样子，能带去野餐或者民谣合唱会；侧面有几个旋钮，其中一个神秘地标成"REJ"，我和我弟十八年内都没动过，免得有什么糟糕的后果。

我在易趣上花二十五美元买下了它。开车来这里以前，我都没试机。最坏能怎样呢？

"我不知道，伙计。"约翰·J说，从他研究了十分钟的那张KISS《活着·二》上抬起头来，"你确定这是我们的？"

我很恼火他坚持说它是"我们的"，即使我很清楚，从技术上说，这更多属于他。碟是从他那里来的，最终成了集体财产，我们所有人的唱片都这样，但我记得它一直在我或者马克的卧室里。马克在上面写"别动！！！"是写给我看的，不是唱片共享社群里的所有人，是专门写给我的。我对此有很强的占有欲，没得商量。

而且，我的老天，约翰·J在我家房子里。

好吧，以前是我家房子。但他就在这儿，坐在我对面。上次他坐在这屋檐下时，我们都还没到青春期呢。当时他穿着一身错配乐队T恤，脚蹬战斗靴。他已经背着案底了，他还问我能不能在我卧室里吸烟。

他四十岁的样子和我想象中他成年的模样没什么不同。他穿着铁娘子乐队的T恤，脚蹬战斗靴，离异有子，上门时带着六罐啤酒。他的头发已经全灰了，聊了一阵子之后，我发现他现在给老虎机公司工作。

我趴到桌子上，指着封面上的墨水渍。"就这里，"我说，"我弟就是在这里写的字。"

约翰不信。"你确定？"他问，"看不太清楚啊。"

"就是那个位置。"我坚持说。

"是啊，但看不出什么来。你怎么知道是马克留的字？说不定是别人写的字呢？"

"位置一样？"

"没这个可能吗？"

我重重地呼了口气。"我已经弄了一段时间了。我看过很多张 KISS 的《活着·二》。我从来没见过一张碟在 K 那个位置有笔迹的。你要能给我找来另一张那个位置有墨的，我就承认我错。"

见鬼，难道我的三百美元真的打了水漂？

"搞定！"麦克说。通用电气唱片机缓缓地转动起来，像旧旋转木马一样嘎吱作响。

"赞，"约翰说，举酒庆贺，"你做啥了？"

"刚才没打开。"

"从哪里开始？"约翰问，看着我们面前那堆碟。

我完全没线索，不是因为我每张都想听。我是每张都想听没错，但难的不在这里。我们面前这些东西，本质上就是包含着两个世界的唱片：代表着我们梦想的音乐，还有可能代表我们现实的音乐。

一方面，我们有伊吉·帕普、冲撞乐队、纽约玩偶乐队、代替乐队、莱蒙斯合唱团、丧命肯尼迪、退化乐队、金发女郎乐队、畸世乐队，还有猫王；另一方面，我们有手镯乐队、先生先生乐队、瑞克·史普林菲尔、戈登·莱特福、阿巴合唱团、船长与坦妮尔、肯尼·罗杰斯、巴瑞·曼尼洛，还有一张 K-Tel 选集，里面有首歌还是电视剧里的，讲的是一个笨拙的超级英雄的故事。

我全都爱，但只会承认我爱其中一部分。

我低头看着手里的唱片。我紧紧地抓着那张 K-Tel，拇指在唱片上都留下了印子。我知道我想听什么。我想听那首《信不信由你》。我想大声放这首歌。大声唱出"应该由别人来——"的部分，带那么点儿扎克·拉罗恰的狠劲儿。这绝对带劲爽快。

但另一部分的我想装酷，知道最好还是说"让我们放错配乐队吧"。因为你就该说这话给脚蹬战斗靴还想在你家里吸烟的酷哥听。因为他会向你狰狞一笑，说"好极了！"而你会觉得自己也酷了起来。

"让我们放错配乐队吧。"我说。

约翰狰狞一笑，做了个摇滚手势向我致意。"好极了！"

我说过了吧。

在约翰以前，生活里是没有音乐的。当然，我们有那么几张阿巴合唱团唱片。或者还有从爸妈房里弄来的吉姆·克罗齐或者佛利伍麦克合唱团。但没有专属于我们的东西。没有能让你听着觉得连基因都改变的东西。

麦克又讲了一遍那个故事，说他怎么去约翰家玩雅达利2600 游戏机，整个州(据我们所知)只有他一个人有这个游戏机。

麦克在约翰房间地板上发现了那张 KISS 的《活着·二》。他看见吉恩·西蒙斯在雨中口吐鲜血的照片，说："这家伙真酷。"约翰坚持让麦克把碟借回去听，虽然麦克自己没什么兴趣。但他假装喜欢 KISS，这样约翰就会让他继续玩雅达利 2600 了。

"你想玩雅达利游戏机，就要假装喜欢 KISS。"麦克说。

"这是真的，"约翰说，"这就是交易的一部分。"

麦克把唱针放在错配乐队的《当心》单曲碟上。我几乎立刻就想把音乐停下来。还不止这样，我想把唱片拿到后院埋了。因为格伦·丹吉格，老天啊，他搞什么？现在我对这首歌不比二十世纪八十年代第一次听到时懂得多，我能听懂的基本就是丹吉格家的镜子是黑的，而且他真的真的特别想捅我一刀。这些东西我可一点儿都不想知道。

约翰第一次把这张碟借给我的时候，我才十三岁，一口气就把这东西听完了，觉得这是我听到过的最恐怖的东西。我把它拿到地下室，扔在那里了。我知道我不该把它扔了，因为约翰以后可能会想拿回去。但我不想把它放在身边。我绝对不想和这东西睡一个房间。在睡觉的时候把里面存着这些歌的碟放在身边绝对不是个好主意。

"一年级的时候就有这台唱片机，"约翰说，跟着音乐摇头晃脑，"麦克和你弟以前还会放阿巴合唱团。老师觉得特别好听。"

"她确实喜欢。"麦克附和道。

"但后来我把我姐姐的《泰德·纽金特双重生活笨蛋》带去听。这东西不适合在学校放。他开始骂脏字。老师一下就炸了。"

"我觉得她应该不喜欢'Wang Dang Sweet Poontang'。"麦克大笑说。

"是啊，老师还给我妈打了电话，我都不知道。我把碟带去只是因为看上去很酷，那张专辑看上去很酷。"

我们聊着天，我几乎都忘了错配乐队有多吓人了。他们的歌成了完美的背景音乐，正好讲约翰是怎么成了我们的音乐替罪羊的，他成了让我们接触陌生音乐的完美顶锅仔。每次我们被抓到手上有不好的东西，比如出格的唱片、不好的杂志、背面印着裸女的扑克牌，把过错怪到约翰头上总是比较容易。他名声已经坏了，我们也不算是在抹黑他。这就像把谋杀案怪在已经背了两位数人命的连环杀手头上一样。

"我们到底吃不吃蓝莓味麦片？"约翰问，一跃而起，冲向冰箱。

我胃里一阵翻腾。这明明是我策划的东西，临到头来我却想改主意。

"里面有大量果糖玉米糖浆。"麦克说，念着盒子上的配料表。

"对你有好处，哥们儿。"约翰说，把手指塞到纸板下面，慢慢戳开封条。"没准比现在那种玉米片还好呢。那时候没有转基因的东西。"

"我有点儿紧张。"我承认道。

"别傻了，"约翰斥责我，"如果你有一九七八年的红酒，喝不喝？"

"这个……"

"当然要喝啦。"

他把盒子倾向崩了口的农场牌陶瓷蓝碗，里面的小小蓝色块就像天蓝色的老鼠屎一样滚落出来，撞在陶瓷上，发出惊人的、金属般的撞击声。听起来就像硬币掉进铝制垃圾桶一样。

我们盯着约翰又倒了两碗，然后把牛奶递给他。那是几个小时前他在加油站买的。

我最先注意到的是那股气味。我能感觉到微小分子撞击着我的鼻子，仿佛小小的不规则星星，凝着结晶般的快乐。我熟悉这味道，就像我熟悉我爸旧领带上的古龙水。它把我带回了九岁。

我记得有一次，马克和麦克还有我去露营。不是去离家半英里的森林，是在家里后院，感觉就像勇敢地向着真男人和独立跨出一步。我们的补给里包括一盒蓝莓味麦片，一口气就被我们吃完了。我们甚至不需要牛奶，就这么轮流接过去，一把一把地干吃，直接从盒子里掏。我们的身体不习惯接受这么多的糖，我们的妈妈甚至都不让我们喝软饮，除非是特殊场合。吃了这么多糖，我们有点儿疯了。眼睛瞪得像铜铃，心脏猛跳，像打鼓。我们说个不停，什么都乱激动一把，小小的笑点都能让我们神经质地大笑。

后来，可能是因为吃糖吃多了，有人想了个好主意，说我们应该出去裸奔。我们的脑子简直被吃的东西染得和舌头一样蓝，耳根子特别软。我们立刻把衣服一扒，出门到森林里狂奔，对月长嚎，仿佛什么吓人怪物一样。我们自觉硕大无朋，无可匹敌。

第二天，麦克接到隔壁街区寡妇的电话。我甚至都不记得她名字了。我觉得我可能连招呼都没和她打过。在万圣节，她的房子人人都靠直觉绕着走。即使在远处，都能闻到里面那股风湿膏的味道。所以她连来电的原因都没说，就把麦克吓得够呛。她说她昨晚看见我们了。不是看见我们大吃特吃蓝莓味麦片，是看见另一部分了。显然天黑也不怎么遮得住裸体，我们想得太天真了。麦克试着对她道歉，但她安慰他不必担心。她没想给我们父母告状。实际上，如果我们下次还想裸奔，可以离她家近些，直接去她家后院也没问题，那里更隐秘。

"就当是我们的秘密。"她告诉他。

我把牛奶倒进碗里，把勺子放进去。我必须要做。这是神圣的仪式。吃一小口死不了人的，对吧？

尝起来……跟土似的。

我们静静坐着，嚼着。不知谁放了傀儡乐队的唱片，伊吉哀叹着"我的梦中空空如也，只有一些丑陋记忆"。真是和这顿下午茶完美契合。

"你弟不是要来吗？"约翰问，下巴像小时候那样动着，好像嘴里嚼的是一个很想逃跑的松鼠。

"是啊，他会来的。"我说，费劲地把嘴里的东西咽了下去，试图忘掉吞的到底是什么。这三十七岁的旧麦片转移了我的注意力，让我能掩饰对弟弟的失望。我很肯定马克不会来了。

"简直像蓝莓味的白俄鸡尾酒。"约翰说，吃到了第三口。

"味道完全一样。"麦克说，牙齿已经被染蓝了。

"不，不，味道更好，"约翰说，"我觉得我更强壮了。"

我弟弟不来可能是因为他已经预见到了这种场景，而我要等到麦片塞了满嘴才猛醒过来。我是个蠢蛋，这不是什么无伤大雅的怀旧行为。我是个白白浪费自己精力的老男人。突然间，我猛然意识到我去年做的事情完全是在浪费时间。

"你到底想做什么？"马克几个小时前就对我大吼，"你到底想做到什么？"

我根本不知道。我的成果只有血淋淋的伤口，还有一些老古董，其中一些可能是我小时候的东西。我能找到它们真是个奇迹。但这又怎么样？怎么能说我不是在浪费光阴，甚至像小狗一样追着自己的尾巴玩？一条肮脏破烂的尾巴，就算真抓到了也没什么好高兴的。

我想流泪，但我很清楚就算真流出来，也是脏脏的蓝色甜水。

"这很好，"约翰说，低头看着碗，"我真的很需要这个。"

"旧麦片？"麦克问。

"不是，是这整件事。唱片，回到这间房子里，又和你们见面。这几天我过得很艰难。"

他给我们讲他叔叔的故事。他的叔叔对他比亲爹还亲，支持约翰撑过了这辈子里最艰难的日子。他过世了，和癌症搏斗了很长时间。约翰告诉我们，他的身体直接崩溃了。"就是化疗害了他。如果他没做化疗，可能还能过三年好日子。结果他只又活了两年，过得很糟糕，身体里灌满了化学药品。"

约翰说个不停，仿佛走进了告解室，他一个人闷着这些话已经太久了。我印象中那个朋克小子立刻消隐无踪，突然之间，他显得如此脆弱，如此普通。仿佛是一个会偷偷害怕错配乐队唱片的人，像我一样。

"他老让我想起你爸。"约翰说，把傀儡乐队的碟换成了金发女郎乐队。

"真的？"我说。我真不知这是好事还是坏事。

"你爸是个好人，"约翰说，"流年不利的时候，他对我很和善。"

"对，"麦克说，"他真的是一个聪明、有趣又激进的人。"

"激进？"这真是出人意料，新鲜得很，"他怎么激进了？"

他们给我讲我爸的故事，听起来简直不像真的。就像是中世纪的传说，像角斗士喝了几壶蜜酒之后吹的牛。如果故事可信，我爸是牧师中的酷哥，乐意和冷嘲热讽的无神论者在哲学上大战三百回合，震撼灵魂，使对手凌晨三点在床上呆坐暗暗惊心此生虚无。另外，如果你年轻、愤怒又迷茫，他总能用金句把你的妄自菲薄驱走。

我爸的故事引到麦克他爸的故事上，他几年前死了。我只知道他爸是个义务消防员，还是男童子军领队。他的讣告最前头就写了这两个。然后我们聊到约翰的亲生父亲，是加州的高速公路巡警，就像《巡警高速公路》里的埃里克·埃斯特拉达一样。父母离婚以后，约翰和他爸住了一段时间。他就是在这里发现了朋克音乐，然后把它带回我们这个昏昏欲睡的北密歇根小镇。

现在，我们三个人的生命中，一个父亲或父亲一样的人物都没有。他们都死了，走了。我们又一次感受到他们走后那种脆弱感，仿佛他们才刚刚离去，而我们还不太能接受这就是永别。

我现在还是不太能接受。听麦克和约翰聊他们爸爸的样子，很明显，他们也一样不能。我们都知道爸爸有一天是要死的，但那应该是未来的事，等到我们老了的时候。好吧，比现在还老的时候。他们走得太早了，我们还需要更多时间。生活走得太快了，我们需要一切都慢一点儿。

有时候，生活就像是那些该死的千禧一代在翻看 YouTube。总是这样："下一个，下一个，下一个，好了下一个是什么？那个好玩。下一个！"冷静点行不行，毛小子！这么急干什么？我们能不能深呼吸一下，别那么赶着去下一个地方？

我们聊着死去的爸爸，背景放着恐龙二世乐队的《你在我身边》，U2 的《注意点儿！宝贝》，丧命肯尼迪的《科学怪人基督》播了两首，后来发现实在不适合聊天就换了，然后是戴维·鲍伊《英雄》的 A 面。气氛并不阴暗。可能是因为音乐声音太吵，逼着我们大声压过它。我们根本没想到要把音乐声放小。鲍伊听起来是在唱《柏林的恋人》，但我们只听到了自己想听的东西。我们耳中听到的是三个四十多的男人，坐在几乎空了的厨房里，吃着蓝莓味麦片。

"我们一无是处，"鲍伊哀鸣道，"我们无药可救。"

阿门。

随即，电话响了。

不是手机，它们在餐桌上。铃声来自墙上那部转盘电话，它的白色已经泛黄，转盘磨损得够呛，每个按键旁都写了数字提醒，本机电话写在面板中间，墨色已经暗淡，覆着塑料保护膜。

电话刚好在够得着的范围外,在桌子和饭厅门之间。它一直在那里,我们走后只有它没有变过。它甚至还是同款型号554的电话,我外公外婆爷爷奶奶用的是这款,我小时候爸妈用的也是这一款。

唱片放完了,但没人起身换碟。我们让指针空转,刮着空白碟面,嘟哝着白噪音,抱怨被人冷落。我们被电话夺了心神。它一直响个不停,铃声太响,连房子也在发抖。我不记得它原来这么吵,但我猜以前肯定就这么吵。在所有人随身带着迷你电话以前,厨房里只有这么一部电话,是我们对外联系的中心。它必须得够响,才能引起三层四卧小楼里所有人的注意。如果你在地下室洗衣服,或是在楼上洗手间解手,它也必须找到你,让你知道,有人想和你说话!过来,过来,在人走之前过来!

电话响个不停,我们在一边盯着。它简直是在朝我们尖叫,我们还是不挪窝。这根本不需要商量,我们心里都清楚。这是一间空房子,没有合法住户也没有家具(除了你自己带来的那些),而你喝了一打啤酒,聊彼此死了的爸爸,说多想再听见他们的声音,然后本应没接上的电话突然响了——它无论怎么讲都应该是个没用的古董机器,被扔在一边,连号都拨不了。无论怎么讲,这个电话都肯定不合适接。

要是你想把自己吓尿裤子,那就另当别论了。

我们便等着。电话响个不停,我们皱着脸,你要是和我们想着一样的东西,也会皱起脸的:“求你停下,求你停下,我真是吓够呛了。求你别响,别响了。我真心求你别再响了。再响一声我就要尖叫着冲出去了。"

电话终于停了。周围一片死寂，只有轻轻的噼啪声，是唱针在黑胶炼狱中等待解救的声响。

谁也不知道该怎么办。

然后约翰有主意了。

"我的老天，哥们儿，这是《夜班机》？"

我转头一看，约翰手里拿着那张油腻腻的黑色 K-Tel 唱片。

"是啊，"我说，"但封套好像不见了。"

"这碟根本就没套吧？"麦克说。

"你知道奇怪在哪不？"约翰说，"我记得从你们那里借唱片，或者把我的唱片拿回来，结果里面老是这张碟。"

"什么？"我说，想假装这是什么新鲜事，"简直太疯狂了。"

"我以前简直气得不行。但然后就想，'好吧，那就听吧。'结果还挺好听的。"

"你现在想听吗？"我问。

"最棒的美国英雄？"麦克问。

"双手双脚赞成！"约翰大喊。

我弟弟随口一说可能说对了，我在搞的确实是个降神会。一开始不是这样的，但现在很清楚了，这个厨房里有鬼。响个不停的鬼电话就是有力证据。一开始有那么点儿让人寒毛倒立的，但现在那些鬼已经放弃从阴间打长途电话了，只是把房子弄得冷飕飕的，我们终于又可以享受时光了。

看看我这都是怎么了。

我简直没法相信自己。

我能看见约翰手臂上的鸡皮疙瘩，简直有银币大。但我不知道这是因为他感觉到他死掉的叔叔在这里，感到他的呼吸，温暖、鲜活、近在咫尺，还是因为他在跟着唱《信不信由你》，一边高声欢唱一边做着摇滚手势，比假装没被错配乐队吓得够呛要满足得多。

|||||||

马克到了，和他老婆艾米一起来的。我们刚好吃完第二碗蓝莓味麦片。刚开始，他们就这么站在门前往里瞟，但还没下定决心进来。

约翰和麦克一跃而起，和他们打招呼，和马克硬邦邦地握了个手。

"看上去不错，哥们儿。"约翰说。

"你也好，你也好。"马克回答。

他们互相瞟着，想看看对方和想象中到底是不是一样。马克看上去像个亿万富翁吗？约翰是不是符合马克对罪犯的一切想象？他们两人似乎都挺失望的。马克不是应该戴着单片眼镜和高顶礼帽吗？约翰也是，竟然没戴着匪徒面罩和粗麻袋。

他们似乎安了心，进里屋来了。我带着马克和艾米看了一圈。

我们一间间房看了过去，试图用手指描绘出家具的轮廓，辩论边桌应该在哪个位置，记忆中花瓶又是什么颜色。马克提醒我，那间客房——在我记忆中应该是老爸的书房，本来是给那个柬埔寨女婴的。我爸妈本来打算收养她，后来不知怎的就没这么做。

别人跟着我俩，我和马克则满屋子找着我们曾在这里住过的证明。我们会在门框和踢脚线上找到刮痕，它们不知怎的躲过了翻修，引得我们靠近细看。我们摩挲着划痕，就像考古学家想以此还原古代文明的样貌。接着我们会争辩它的来历，有时候争得热火朝天。我房间门上那些粗糙的洞是不是那把用来把我弟拦在外头的插销锁留下的？我觉得位置完全不对，马克却很确定。每个疤痕都有我们给予的故事和沉甸甸的回忆。

我带马克看了他的卧室，等他欣赏那张 KISS 的海报，他大半个前青春期就是在和它完全一样的海报下睡过去的。结果他连个笑也没有。他说这张海报是对的，但位置有问题。

"我觉得应该在另一面墙上。"他说，双臂紧紧地盘在胸前。

"不，你糊涂了。在那里肯定不对。海报在你床头上。"

"没错，所以应该在那里。"

我让他和海报合了个影，为了让他同意，我可是求了好久，还答应他绝不会给任何人看。我当然不会说话算话。

他对唱片机的兴趣要浓厚得多。那台通用电气 V638h 是我们的音乐启蒙，这台（马克口中的）"便宜货"让我们学会了鲍勃·麦克格拉斯的歌词；每当放出《星球大战》原声时，都让我们起了一身的鸡皮疙瘩；还让我们相信那些化视觉系妆、穿紧身裤，歌唱重大事项（整晚摇滚，每天开趴，要把这两件事玩爽最好去底特律）的成年男人有重要的人生经验，我们应该洗耳恭听。

我把唱片机拿到二楼，放在我俩房间中间的走廊里，就像以前一样。马克余光一看见它，整张脸就亮了。他所有的嘲讽和抗拒都立刻消失了，至少暂时被推到了一边。

他一下蹲到地上，检查那部机子，摸索那些熟悉的旋钮和开关。

"这些旋钮怎么还会是好的？"他问，"材料用的简直是最差的塑料。"

"我猜之前的主人可能从来没用过吧。"

"真是太烂了，"马克说，一脸灿烂的微笑，"做工简直差得令人惊奇。我们那台怎么还用了那么久？"

"最后好像都是用胶带粘起来的了，"我说，"而且除了这个也没别的用了。"

马克看着它，目不转睛，目眩神驰。他取笑它落后得像石器时代的东西，却流露出毫不作假的温柔。这个男人家产千万，却趴在空屋子地板上，着迷地看着塑料唱片机，它在易趣上不用二十五美元就能买到。

马克和我围着地上那台唱片机时,艾米耐心地在楼梯边等我们,而其他人在其他房间进进出出,讨论着他们对这里的记忆,讨论现在的格局如何背叛了它原先的样子。

"你以前是怎么把那套鼓塞进来的?"约翰在我的旧卧室问。

约翰实在摸不着头脑。房间根本装不下他记忆里所有的东西。就比如说那套鼓,我其实根本没有过。或者说那两张桌子,像"进取号"①控制台一样斜拼在一起——这也不是真的。

"你想的是别人吧?"我问他。

"不,不,你这里有鼓的,我确定有。"他坚持道。

"我真没有。"

"你绝对有!别告诉我你没有鼓。"

"我没有鼓。"

"拜托!我记得你老揍我们,吓唬那些小孩子。然后你就会回来打鼓。你房间里传出来的声音听起来总是很像《白鲸》。"

这里面没一件是真的。

听约翰讲他对我的这些错误印象很有趣,尤其因为我自己对他的印象也有不少错的。我们边听唱片边聊天,终于说到了他那案底的细节。他犯事和他的瘾是有直接联系的,那瘾也就是玩电子游戏,比如《吃豆人》《爆破彗星》和《一级方程式》。

"我还记得我会溜到游戏厅里,"约翰告诉我们,"然后我妈会进来,扯着我的头发,说'你不该来这里的!'"

为了弄钱来这里玩,他会跑到自助洗衣房找硬币。"我大概

---

① 1966 年真人电视剧《星际迷航》中的星舰。

十岁左右吧，"他说，"我和弗雷迪·托马斯去同一家洗衣店去了三次，结果被抓了。"

"你被逮捕就是因为偷硬币去玩吃豆人小姐？"我问。

"我什么疯狂的事情都做过，就为了弄玩游戏的钱。还记得镇中心那家比萨店吗？就是码头一号大楼那家。他们以前有一箱箱的软饮料。那里是一个年轻人守着的，他老跑到后面去混时间。我和弗雷迪就会进去弄走六七瓶饮料。饮料我们直接倒湖里了。我们喝不完，但需要空瓶子卖废品。"

我太轻信爸妈的小声警告了。我想象里有弹簧刀、整浴缸的海洛因、藏在塑料管里的现金，而不是十岁的孩子把软饮料倒进密歇根湖里，弄钱买《爆破彗星》。

我们又播了不少音乐，更多秘密倾泻而出。我们听着史密斯乐团的《吃肉是谋杀》，约翰给我们讲他第一次离婚，第二次离婚，讲他酗酒抑郁了几年，但现在他过得好多了，和他十三岁的双胞胎女儿关系很好。我们听着齐柏林飞艇三世的歌，麦克和我们讲他做了几年专业木匠，但后来出了个大事故，他差点儿丢了命。他还给我们看了伤疤。现在他专心在搞摄影，那也是他真正想做的事。然后我们聊以前会听史密斯乐团和齐柏林飞艇，结果根本没意识到他们在色情方面截然不同。一个是"我有大雕如宝剑"，另一个是"然而永远不会有人爱我！"我们没被他们搞分裂真是奇迹。

我们听了《星球大战》原声，一如既往，听了三分钟之后立刻就没兴致了。但艾米，就是马克的老婆，让我们听《沙人的袭击》，因为她在七岁的时候跳了个《星球大战》主题的舞，这是她的专属曲目。

"我跳的角色是塔斯肯袭击者，"她说，"我手臂边上都是破破烂烂的衣料，戏服上很多绷带。"

"沙人怎么跳舞？"我问。

"滑步动作很多。"

我们让她即兴跳一支《沙人的袭击》。她答应了。那是我看别人做过的最棒的事情。我们大笑不止，热烈鼓掌。

某个时候，我把 KISS 的《活着·二》——花了我三百美元的那两张黑胶碟，递给了马克。"眼熟吗？"我问。

他一脸茫然。"是啊。"他说。

"你看角落那个字，"我说，指着 K 上面的墨迹，"想起来了吗？"

"没。"

"行吧，我们听一听，看对你有没有效果。"我说，从翻盖那里滑出一张碟。我用手指转着它，就像玩牌的魔术师，然后轻轻地把它滑放在转盘上。

为了这一刻，我一直在练习。我还排练了好几次，这可是大事。这是我和马克分享某种东西的机会，它从我们手中溜走，却被我找了回来，失而复得。这不仅仅是张老唱片。就在这独一无二的封套之中，藏着过去的我们。而重新播放这张专辑，则意味着……我也不知道，但会有事情发生。

我们渐行渐远了，时间把我们变成了不同的人，没有任何共同点，但这无关紧要。只要听几首歌，一切都会不一样，我们会回到从前，回到我们不是陌生人的曾经，他又会变回那个让人头疼的兄弟，住在走廊对面，我对他了如指掌。

"我的天，这是阿巴合唱团？"

我刚刚把唱针放下，他的注意力就转移了，转到别的东西上。

马克发现了《阿巴合唱团最热金曲》。不是知名度更高的一九九二年版，而是一九七六年亚特兰大版。封面上，两对情侣坐在公园长椅上，班尼和安妮·弗瑞德像饥渴的青年一样亲热，而比约恩和昂内塔则被困在无爱的婚姻中（对，没错，我还真记得他们的名字）。

"一定要听这张。"马克坚持道。

和他争是没用的。我把碟换上，放着歌，把封套传给大家看，好让他们品头论足。

"厉害的是，他们竟然没解散，"约翰评论道，"他们明显互相痛恨，但却觉得'不行，我们不能解散阿巴合唱团'。"

"都是专业人士。"麦克猜测。

"这是门生意。"马克说。

"但他们很真诚，"麦克加了一句，"他们的诚心从艺术作品里也能看见。"

我们到了四十岁，也还是像小屁孩一样满口胡说八道。

这音乐对我没有任何效果。但那张封套就是另一回事了。传到我手上的时候，我看着它，突然感到一股平静。我们的父母没有离婚，但他们真的只差一点儿就这么做了。他们吵架，低声威胁对方，气氛永远都是紧绷的，你永远都不知道事情是真的很糟，还是你在胡思乱想。不小心听到我不该听的东西以后，我就会上楼进房，看着那张《阿巴合唱团最佳金曲》，心里觉得稍微平静一些。

"这是我们的。"马克宣布。我们听到了"叮铃铃"中间。

"绝对是。"约翰赞同他。

"不是，我的意思是这张唱片，就是这张，眼前这张。"他翻起盖子，摇着，想要强调。

"可能性很大。"约翰说。

"我很肯定！我很肯定！"

"我赞同你。"

马克转向我们，用眼神挑战我们，看谁敢有异议。"就是这张。"他说。

这就够了。和我想象中的 KISS 顿悟不一样，但这就够了。能看见马克这么热情，这么坚决地相信他找到了我们过去的那张专辑，这就够了。它可能是我们的，也可能不是。约翰说得对，确实很有可能，因为这张碟之前放在离我们一个街区远的地板下面。听着这张唱片上的歌从糟糕的通用电气唱片机那糟糕的喇叭里流出来，这情形和我们小时候一模一样，在马克脑子里激发了一连串反应，唤醒了他心中的东西。突然之间，那个认为这件事是在发疯的人，那个从来没有真正理解过我为什么要在空房子里听旧唱片的人，现在愿意直接和别人打一架，就因为对方觉得他听的碟不是真的那张。

我们至少又听了好几个小时的唱片。里面有些我很讨厌，有些我很喜欢。有时候我根本都没在听，能够和这些人回到老地方，就已经够了。唱片把我们联系到一起。没有什么举足轻重的时刻，只有许许多多的故事，还有一些疯狂的理论。比如，麦克坚称在《阿巴合唱团的魔力》里封上有个走光的乳头。他给我们看了，说只要我们看得够仔细，就能看见昂内塔的乳头，那根本是毫无遮掩。

"这件事上别跟我争，"麦克说，"我已经把所有角度研究过了，我整个童年几乎都在研究这个。那就是个乳头。"

"在她胸膛的位置太高了，怎么会是乳头呢，"马克反驳说，"除非她多了一个乳头。"

"那就是乳头！哥们儿，哥们儿！乳头就是在那个地方！"

"不，不，不，"我回吼他，"你根本都不知道乳头的位置在哪里！"我掀起衬衣，让他看乳头究竟应该在哪。"乳头在下面这里。"

"你这个不算，"麦克皱眉说，"你是男的。"

"艾米，你支不支持我？"我把唱片递给她，"这不可能是乳头，对吧？"

"有可能。"艾米大笑说。

这感觉有些熟悉。熟悉的不是这个话题本身——虽然这绝对不是我们第一次讨论和乳头有关的问题（也绝对不会是最后一次）。不，熟悉的是我们高亢的笑声。一切都感觉如此自然，如此随意。这轻松的感觉又唤起了我对吸烟的怀念。不一定是因为尼古丁，我真正怀念的是吸烟能给你带来的那种集体感。一群被抛弃的人，寻找能安全吸烟的地方。你可能认识那里的人，也可能认识新朋友。你开始和他们攀谈，因为没别的事情可做，除非呆呆盯着燃烧的火星。一根烟的时间里，你会了解到他们的故事，在其他情况下你肯定不会费这个事。烟民之间的这种关系，不吸烟的人是永远不会懂的。这就是为什么，直到今天，当我开车出门，看到一群吸烟的聚在屋外，在寒冷中呼着气，被某个内部笑话逗笑时，我都会看着他们，心里想："这都是我的同胞。"即使我余生再也不碰烟，他们都永远会是我的同胞。

　　这就是了，就是这种感觉，又有这种感觉了。我们创造了一个亲密的小泡泡，不仅仅局限于亲情和老交情。一旦唱片放完，这就没了。但在此时此地，他们就是我的同胞。

第十二章

我躺在地板上，因为已经没地方坐了。

桌子椅子都搬走了，用卡车拉到了我妈和她丈夫家，搞得他们好像舞台管理人员一样。约翰和麦克也已经走了，拿走一大袋下午产生的垃圾——踩扁的啤酒罐，空红酒瓶，还有竟然吃空了的蓝莓味麦片盒。我们已经把海报摘了下来，房间又空空如也了。我们甚至还用指甲抠掉了贴纸印，清掉了我们在这里留下的一切痕迹。

他们唯一没带走的就只有唱片。包括麦克从他妈家里地板下掏出来的那些，还有约翰在地下室找到的那些，他们让我留着。

"下次见面的时候再拿走。"他们说。

这是一九七八年的规则。这个规则在我们还住在附近的时候效果好多了。如果所有人都住在不同的州，再要维持一个唱片图书馆就要难得多。但我没有抗议，我感谢了他们的慷慨，承诺会好好照顾他们的唱片，直到我把它们还回去。我们都知道我不会还了。我们确实很享受这一趟回忆之旅，但如果我不接收这些唱片的话，它们就要回去接老鼠尿了。

所有人都走后，就只剩下我和唱片，还有那个浅棕色的通用电气唱片机。连着用了快六个小时以后，机身已经烫手了（显然就不是设计来长时间使用的）。我把所有东西都拿到客厅，组了个小小的野营地，把唱片都铺开，仿佛蜜月婚床上散落的玫瑰花瓣。然后，我就这么把手脚一摊。

我闭着眼睛一摸，抓起我碰到的第一张唱片，拿到眼前。

是《保罗小店》。行吧，就来听一点儿野兽男孩的歌吧。

我把唱针放在《摇摆臀部》那首歌上。因为我需要听它。它能唤起我在音乐启蒙时最喜欢的感觉：根本不知道歌词是什么，但不管怎么说还是跟着唱了下去。

我像笔一样拉皮条，拉布拉多在吃虾。
你爆了我的银行账户，你胡说八道混饭吃。

对吧？

我还记得亚当·约赫死的那天正好是我妈生日。我打电话给她，她听出来我心里难过。听了我解释以后，她更摸不着头脑了。

"我不知道原来你还听饶舌。"她说。

"不听，没有经常听，"我告诉她，"但是野兽男孩乐队不一样。"

"因为他们是白人？"

"不不不！"我大叫道，有那么点儿此地无银三百两，"他们是从布鲁克林来的，"我告诉她，好像这就能抵消掉他们的皮肤颜色，"而且还是犹太人。"

我也不知道我想说什么。

我向她重复了数不清的杂志及网络讣告和致敬里的老生常谈。野兽男孩代表了一个已经逝去的纽约。这个纽约正巧是我所没有经历过的。我离二十世纪八十年代纽约饶舌和硬核音乐场景最近的一次是绕着芝加哥南部郊区的林肯商场散步，同时在随身听上听《摇摆臀部》。我不觉得自己这样很蠢。我经常怀念和我没有关系的往事。我可不是唯一没去过 CBGB 摇滚俱乐部却有一件 CBGB 文化衫的人。

"现在的人再也不会制作这样的唱片了。"我告诉我妈。这不是什么新颖的看法，我确定世界上每一个活人（整整七十亿人）都有过同样的想法（至少等他们到了一定年纪以后就会这么想了）。唯有的比"现在的人再也不会制作这样的唱片了"更常见的想法是"我不想死"和"我从没像爱某某那样爱过一个人（他们已经二十年没赤诚相见了）"。

我并不是说音乐一定要和一九八九年的一模一样。他们也不再制造一九八九年那种药物和无指手套了，这把我们的世界变得更好了。当我说"他们再也不制造那样的唱片了"，我的意思是"我再也不像二十岁的样子了"。

思考亚当·约赫的事会让我想起我终有一天也会死。我不喜欢意识到这个事实。约赫死的时候四十七岁，而我也很快要到那个年纪了。他看上去可是把自己照顾得比我好多了。他的身体质量指数很好，经常运动，还有冥想习惯。而我呢，我成天坐着，老是喝酒，还总是紧张。

我躺着，听着自己的心跳，想着我命里总会有的那场心脏病发作会不会现在就来，正当我躺在地上，听着野兽男孩唱片的时候。这会是我的终局吗？他们发现的时候会是这样的场景吗？我不知道这会不会给我的家人带来安慰，知道我死时身边都是我所爱的东西，而不是死在办公室的荧光灯下，心中愤怒，不知自己怎么走到了这一步。查理会不会在这件事上纠结？他会不会执着于这张唱片，把它翻来覆去地听，琢磨他爸爸死前最后的念头，想知道濒死时正听的是哪首歌？

你是会想这些东西的。我爸爸死时，正在吃鸡蛋沙拉三明治，而我不想承认我解读那个三明治解读了太多次。它成了失去的象征。鸡蛋沙拉三明治甚至都没有歌词呢！没有可以解读的字里行间，没有可以用来拆解的音乐主题，让你用来揣摩它在父亲最后时刻里的意义。那只是个鸡蛋沙拉三明治！如果我死在这里，我就会让我儿子一辈子过度解读野兽男孩，想知道为什么他就这样失去了父亲。

还有葬礼要考虑呢。他们会放什么音乐？考虑到特殊情况，他们很可能会从我身边这些专辑里面选歌。里面确实有不少很好的备选项。有代替乐队、劳·瑞德、傀儡乐队、任何一个都能凑出很棒的葬礼曲集。但里面还有几张肯尼·罗杰斯的唱片。还有些阿巴合唱团的。老天爷，如果我妈放的是阿巴合唱团怎么办？她肯定会这么做的。她会看一眼那张沾血的《随它去》，看起来

片吗？"

"在听，"我告诉他，给了他一个熊抱，"你来这里我很高兴。"

"大家都走了？"凯莉问，往房间里看。

我知道他们会来。她告诉我晚点她会开车来，等我做完该做的事情后过来陪我。但现在看见她的面容，把儿子抱在怀里，我还是感到一丝解脱。就像是从海中冒出头来，呼吸到空气。

"他们走了一阵子了，"我说，"来吧，坐下，别客气。"

她踮脚走了进来，四处张望，好像除了空墙和房顶外还有什么能看的一样。"比我想象的大。"她说。

"毕竟没有家具，"我说，"放个沙发进来，那就不太一样了。"

她用脚扫开了一些唱片，清出一块空地，坐在我身边。查理已经从我怀里起来了，正在房间里乱跑，在不同唱片上跳来跳去，好像在石头上跳跃渡河一样。

"查理，别这样，这些对爸爸很重要。"凯莉说。

"没事，"我对她耳语，"查理，没事。如果你有什么想听的，就和我说。"

我在身边那堆唱片里翻找起来，想找到一个完美契合这场重聚的背景音乐。

"没事，我们不需要音乐。"她说。

"当然需要，"我坚持道，"金发女郎？肯尼·罗杰斯？女士优先。"

"你能不能先别放？你已经听了一整天音乐了。我们就不能在一起静静待一会儿吗？"

这已经是我们之间的老问题了。我觉得只要没有音乐，连房间都是空的。我不自觉地就想用音乐填满它。但我妻子只喜欢偶尔听听音乐，主动用力去听。她会说："我们就不能把那个关掉吗？这样就不用吼着聊天了。"或者："我被吵得不能思考了，能不能关掉？"我总是觉得这很奇怪。要是没有音乐，我才不能思考呢。

"传声头像！我们需要的就是这个！"

我把唱针放到《仍在光中》B面，让《千载难逢》完美地说出我们现在的感受。

> 你最后会拥有一座美丽的房子，有一个漂亮的老婆，
> 你会自问，好吧，我是怎么走到这里的？

查理开始跳舞，每次放音乐的时候他都会这样。他立刻跳起了那一套"大卫·拜恩穿大号西装"的舞步，他虽然从来没看过那个视频，却无师自通。他天生就懂怎么有节奏地耸肩。

"刚才怎么样？"她问。

我微笑着说："不错。"

其实远远超过了"不错"。我耳朵里还回响着美妙而熟悉的旋律。我和弟弟笑得肚子都疼了，自从还是小毛孩的时候到现在，我们很久没这么笑过了。我喜极而泣，真没想到有可能发生这样的事。我哭得就像是在灵魂教堂里的人一样，就像他们抓着《圣经》、赞美耶稣一样哭泣。

但我还是只说了"不错"，因为要形容那种感觉需用太多形容词了，听起来会很夸张。就像生命中许多至关重要的时刻，那些多年后你仍会谈起，仍会为之惊奇并感激它们来临的时刻，你却永远无法准确描述它给你带来的感觉。

"那挺好，"凯莉说，捏了捏我的手，"那你怎么看上去这么难过呢？"

我假装惊讶，嘴硬道："我不难过。"

"你看上去难过。"

"没有，我只是累了，"我说，"今天太累了。"

我们躺在地板上，看着天花板。查理在楼上探索，脚步声在地板上移动，就像小老鼠。

她说得对，自然如此。她总是对的。我确实难过。因为天下无不散的筵席。今天的记忆已经开始消退，已经开始成为过去。我总是要离开这座房子，把唱片和唱片机带走，把钥匙留在厨房地板上，我和别人说好了的。明天，另一个家庭会搬进来，他们会带着一大堆东西。他们会把沙发和床垫带进房间，在墙上挂东西，但挂的不是 KISS 海报。他们会开始生活，好像他们是这里的主人。

而明早，我和凯莉、查理会开车回芝加哥。我们会回到公寓里收拾东西，因为我们很快要搬家了。我接下了那份《男性健康》的工作。一个月后，我们就会住在宾夕法尼亚。那是一个叫麦坎吉的小镇，听起来就像皮肤脓肿的医学名。我会每天早晨起床，穿裤子打领带，穿一件有扣子的正经衬衣，去办公室工作，拿成年人的工资。在通勤路上，我会跟着唱哈利·夏平的《摇篮里的猫儿》，努力不哭。

慢慢会变得习惯的。当然会。终有一天，这些陌生又古怪的事情会成为我的日常。然后我们会拥有一间带地下室和车库的房子，查理可以在我们的院子里到处跑。为了得到这些而每天穿裤子去办公室，也算是个好交易。

生活会改变，这是好事。是前进一步。我只是还没做好准备。

我想待在这里，想一直找唱片，但这事已经完了。我知道，我已经走到了终点，再也没什么唱片店可以扫了，再也没有什么地下室可以翻了，再也没有老朋友可以找了，再也没有地板下的老唱片了。

没错，可能还有那么几条线索我没去跟。我有个高中同学，我们曾经交换唱片（和色情杂志），他现在住在夏威夷的军事基地，和老婆孩子住一起，两个儿子已经是半大小子了。有那么百万分之一的可能性，我那张《流放主干道》还在他手上。一九八七年的时候我借给了他，后来没拿回来。但他是个皈依的基督徒，虔诚的共和党人，还支持持枪。我不太想和他勉强聊天，就为了一个渺茫的机会，可以去他的车库翻找一番。

另外，我找到的碟也够了。我这场搜寻很有可能是会空手而归的。但不知怎的，简直无法解释，我竟然找到了一些老宝贝。我有一张邦·乔维的《湿滑》，浑身裹满泥巴；一张偷来的《任血流淌》，黑胶碟上还留着脚印；一张 KISS 的《活着·二》，花了我三百美元；一箱我爸的旧乡村音乐碟，闻起来带着霉味和樟脑丸的怪味；一张枪炮与玫瑰的《毁灭的冲动》，上面有（据说是）我的姓名缩写；一张代替乐队的《随它去》，上面溅着我自己的血。

凯莉坐在唱片机旁，轻轻地翻动那张《仍在光中》，仿佛它是什么宝贵而脆弱的东西，而不是被人冷落的老古董，过去三十年都和旧鞋与电视指南一起塞在某个箱子里。她把唱针落在第一首歌上，等熟悉的前奏响起。

一丝笑容在她脸上绽放，她闭上眼睛，深深吸气，仿佛唱片给空气中带来了芳香。

查理一蹦一跳地下了楼梯，放纵地大笑，像笨拙的芭蕾舞演员一样跳起来。他没穿衣服，身上只有一条蝙蝠侠内裤。

"查理，你裤子呢？"凯莉问。

他往天花板做了个手势。"上面。"然后，他的肩膀开始移动，刚开始有些慢，然后渐渐加快，带着节奏，摇头晃脑地打拍子。

"爸爸，这是啥？"

"传声头像乐队的歌。"我说。

"我超喜欢！"

这种满含感情的宣言对他来说不是什么新鲜事。他的态度来得又快又坚定。如果他爱上了什么东西，那么他几乎立刻就知道了。对痛恨的东西也一样。（生菜连个争取的机会都没有。）

他突然快活地跳起舞来，身体到处都在动。我一直都很喜欢他跳舞的样子，一点儿也不羞涩，彻底地投入其中。他跳起舞来就像喝了太多红酒、忘了舞步的迈克尔·杰克逊。

"我最喜欢这个了！"他大喊道，想做一个复杂的动作，冲进我们之间，"这就是我的菜！"

"我还以为埃维斯·科斯特洛才是你的菜。"

他皱起了眉。"不对，他已经不是我的菜了，这个才是我的菜！"

"好吧，"我说，大笑起来，"完全明白了。这是你的菜。"

"这是我的菜，我超爱它，我以后永远就只听这首了！"他叫道。

凯莉起身和他一起跳舞，但我还是坐着，看着我最爱的两个人在我儿时的客厅跳舞，听着我二十世纪八十年代从没认真对待过的音乐，感觉耳目一新。

只要闭上眼睛，这感觉就会回来。

我抬起头，四处张望。

查理笑得这么灿烂，这么完美，这么纯粹，我想把它收起来，包起来，藏起来，这样它就永远不会被这个冷嘲热讽的世界伤害。但即使我有这个能力，我很有可能也不会这么做的。因为在这个世界上，没有任何好东西会一尘不染。如果真的是一尘不染，那你就是做错事了。

留几条刮痕，即使没法擦除、永远抹不掉，也不是坏事。

等回到家，我就会带查理去唱片店。这次，我会关注他。我们会把传声头像乐队的所有专辑买回来。因为它成了他新的心头好，这应该得到尊重。但我也会引诱他逛逛别的架子，拿几张唱片出来听，看会不会有什么东西吸引他。如果他弄了一堆洛克西音乐团的碟，我也不会说"行吧，你别被那些艺术范儿的封面给骗了"。应该由他来做决定。他得自己去犯错，自己去冒险，找到自己的菜。

去他的，只要我也在，我可能也会试着冒个险。挑个唱片，不为别的，只为乐队名字很酷或唱片封面如魔似幻。我已经很长时间没有这样纵身一跃，期望好事发生了。

我想，我终于准备好去尝试了。

鸣　谢

　　如果没有这两个人，就不会有这本书。第一位是迈克·埃尔斯，是我在 MTV Hive（希望它在互联网中安息）的前编辑，他逼我每周都写新东西，即使我根本没有灵感也写。结果，我写出了很多诡异的故事，如果我记得没错的话，有篇专栏文章写的是石膏倒模的假阴道，还有一篇文章采访了七个戴维·鲍伊的模仿者。但这也最终给我带来了写这本书的创意。我永远亏欠你，麦克。同时，我觉得 MTV Hive 还欠我三百美元，你能不能帮我查一下这件事？

　　本书得以问世的另一因素还得感谢我的编辑。我的编辑贝姬·科尔从一开始就对它满怀信心，当时它还只是个十足疯狂的蓝图而已。她带领我经历了几次蜕变，以温和而精准的手法塑造了这个故事。我和很多编辑合作过，但少有这种受人庇护又饱受挑战的体验，这两种感觉鲜能和平共处。我还记得在她纽约的办公室里，对文稿进行第一次编辑时，我在她办公桌上吃她从附近

的三明治，心里想："这个女人是我的甘道夫。"

我还欠丹·曼德尔一份情。他是我二十年的老经纪人了，一直信任我，即使在我没什么分量的时候也尽力为我争取。我希望能活到九十岁，就为了给《纽约时报》写他的讣告，和其他的作者一样写下怀念之词，讲述丹是如何改变了我的人生。

感谢周三晚上一起在水滨休闲吧喝酒的朋友，赖安、杰夫、麦克、ET、布拉德、卡尔，还有杰里米。他们听我讲这本书的点子，当时还很模糊、很傻。我们花了很多个晚上讨论这本书，甚至远远在它成书之前就不断谈论。我们喝了好多啤酒，实在太多了，甚至都没有意识到这个酒吧没有销售许可。水滨休闲吧已死，水滨休闲吧万岁！

感谢那些被我拖去唱片店的人，有T.J.沙鲁夫、布莱恩和莉兹夫妇，还有一些我想不起来的人。他们包容了甚至有时候还鼓励了我最糟糕的黑胶唱片直觉。感谢我许许多多的杂志编辑，他们也影响了我，东拼西凑地把我塑造成了一个文学上的科学怪人。如果没有斯蒂芬·兰德尔、琼·凯利、迈克尔·霍根、朱利安·桑克顿、弗兰克·迪盖尔科莫、亚当·坎贝尔、保罗·施洛特、彼得·摩尔和威利·斯塔里，我不过会是个没有定型、没有形状、只会往外吐词的团子罢了。

感谢我在写书时身处的那些建筑，比如芝加哥的大都会咖啡厅，我还差两个印花就能获赠免费咖啡了；比如我家在密歇根州欧美那的小屋；还有宾夕法尼亚伯利恒的塞尔公馆，我很确定这是个鬼屋。说真的，我有百分之九十九的信心可以说我住的那个房间有鬼，当时我已经写到最后一章了。我清清楚楚听到床底下传来小女孩的咯咯笑声，后来才知道那很可能是十九世纪的鬼魂。据旅店老板说，她素来有爱挠顾客脚趾的名声。我是没被挠到，谢天谢地，要是她真落到我头上，我肯定会吓得尿裤子的。

感谢 Questlove，他让我走上了这段旅程，即使这只是他的无意之举。感谢鲍勃·迪纳、罗布·哈里斯、海瑟·哥德堡和艾伦·亨特，从很多意义上来说，他们都是这本书的中坚支柱。还要感谢我的老朋友约翰·斯旺森，他经常提醒我"继续打字吧，多罗茜"。谢谢你的鼓励啊，约翰，现在给我滚一边去吧。

最要感谢的是凯莉和查理，我的老婆和儿子。他们牺牲了太多，才能让我写出这鬼东西来。多少个夜晚和周末（实话说，多少个月）了，我必须得独处，就为了这本书，而你们俩对我的支持从来没有动摇过。只有一次，查理告诉我，眼泪汪汪地说："我恨爸爸这本书！"我真的理解他。那个时候，我也有点恨我这本书。我应该和你玩机器恐龙，我们说好了。结果我跑去做了这件事。你们对我如此耐心，可能都超过了我应得的限度，更无条件地支持我，我实在是无法回报。如果这本书不那么糟糕，那都是因为你们。我的当下，我的追求，一切都是因为你们。

OLD RECORDS NEVER DIE:ONE MAN'S QUEST FOR HIS VINYL AND HIS PAST
by ERIC SPITZNAGEL
OLD RECORDS NEVER DIE © Eric Spitznagel, 2016
Originally published in the United States of America in 2016 by Penguin
Chinese translation rights arranged with
Eric Spitznagel c/o Sanford J. Greenburger Associates, Inc.
through Andrew Nurnberg Associates International Limited.
All rights reserved.

著作权合同登记图字：01-2018-8178

图书在版编目（ＣＩＰ）数据

唱片不死 ／（美）埃里克·斯皮兹纳格尔著 ；符夏
怡译. -- 北京：新星出版社，2019.3
ISBN 978-7-5133-3276-7

Ⅰ. ①唱… Ⅱ. ①埃… ②符… Ⅲ. ①回忆录－美国
－现代 Ⅳ. ①I712.55

中国版本图书馆CIP数据核字(2018)第240569号

唱片不死

[美] 埃里克·斯皮兹纳格尔 著

符夏怡 译

责任编辑　汪　欣
特邀编辑　许文婷
装帧设计　李　毅
内文制作　田晓波

出　　版　新星出版社　www.newstarpress.com
出 版 人　马汝军
社　　址　北京市西城区车公庄大街丙 3 号楼　　邮编 100044
　　　　　电话 (010)88310888　　传真 (010)65270449
发　　行　新经典发行有限公司
　　　　　电话 (010)68423599　　邮箱 editor@readinglife.com
印　　刷　三河市宏图印务有限公司
开　　本　787mm×1092mm　1/32
印　　张　9.25
字　　数　152千字
版　　次　2019年3月第1版
印　　次　2019年3月第1次印刷
书　　号　ISBN 978-7-5133-3276-7
定　　价　45.00元

版权所有，侵权必究
如有印装质量问题，请发邮件至 zhiliang@readinglife.com